UN FLECHAZO A LA LUNA

UN
FLECHAZO
A LA
LUNA

EMILY X.R. PAN

Traducción de Carla Bataller Estruch

Argentina – Chile – Colombia – España
Estados Unidos – México – Perú – Uruguay

Título original: *An Arrow to the Moon*
Editor original: Little, Brown Books for Young Readers
Traducción: Carla Bataller Estruch

1.ª edición: enero 2024

ISBN: 978-84-17854-91-1
E-ISBN: 978-84-19413-34-5
Depósito legal: M-31.037-2023

Fotocomposición: Ediciones Urano, S.A.U.
Impreso por: Rodesa, S.A. – Polígono Industrial San Miguel
Parcelas E7-E8 – 31132 Villatuerta (Navarra)

Impreso en España – *Printed in Spain*

Mientras escribía esto, casi creí que no volvería a estar bien.

Pero me recuperé… y por eso este libro es para mí.

ÉRASE UNA VEZ

Había una chica que vivía en la luna como su guardiana. Era su corazón y su aliento.

Un día se puso de puntillas para echar un vistazo al chico que hacía volar las estrellas, perdió el equilibrio y cayó por el borde. Descendió como una piedra desplazando el agua. Su caída descentró el eje del universo.

Y despacio, muy despacio, todo empezó a resquebrajarse.

1974

EN UN PUEBLO DE XIYANG

El aire olía a tierra removida y a cosas imposibles. Los pájaros pasaban delante del sol como las brasas cenicientas del incienso. El granjero se limpió el sudor de la frente y pausó su trabajo en el taladro para beber un trago de agua. Escupió la hierba que tenía en la boca y un escalofrío le recorrió la piel: esa sensación particular cuando alguien te observa.

Los ojos impasibles lo miraban a unos pasos de distancia, desde la hierba. La cabeza de un hombre. Del color del barro. Bien conservada. ¿Era algún tipo de fantasma hambriento que se hacía visible para hacer una petición a los vivos?

No. Ni hombre ni fantasma. ¿Una escultura? El granjero pensó que probablemente estaría hecha con la misma arcilla que la tetera en la mesa de su cocina. La envió rodando con un empujón del pie y reveló un fragmento de un material similar semienterrado en el suelo.

—¿Qué haces? —gritó otro hombre mientras el granjero se inclinaba sobre la tierra—. El pozo no irá ahí.

—He encontrado una cosa —replicó—. ¿Tienes una pala?

—¿Para qué la necesitas?

Los demás se acercaron a mirar mientras el granjero cavaba y raspaba. Más manos y herramientas se unieron para rascar la tierra y, para cuando el sol se hundió en el horizonte, habían desenterrado una colección de piezas rotas de terracota. Las suficientes para llenar una carretilla. Los hombres las llevarían a la ciudad más cercana para ver cuánto dinero podían conseguir con ellas.

—¡Mirad! —gritó alguien.

Todos lo vieron: una luz brillaba desde el agujero que habían excavado. Su intensidad aumentaba a cada segundo, y los hombres alzaron las palmas para protegerse los ojos. El suelo tembló; un granjero gritó una advertencia de terremoto.

Para entonces, el mundo se había vuelto de un gris que menguaba con rapidez. En esa noche temprana, vieron que la luz se elevaba en el cielo, una estrella fugaz a la inversa, hasta que desapareció de la vista. Ninguno de los granjeros supo si aquel fenómeno había sido real.

La estrella describió un arco por los cielos. Se partió en dos cuando descendió por el otro lado del globo. Una pieza aterrizó primero, la segunda siguió cayendo un poco más.

En esos instantes, dos niños nacieron y recibieron sus nombres.

Hunter Yee.

Luna Chang.

1991

EN FAIRBRIDGE, DONDE
TRANSCURRE ESTA HISTORIA

LUNA CHANG

Luna Chang estaba a punto de tomar una mala decisión.

Habían abierto la puerta del sótano de par en par y los chicos mayores ya se precipitaban hacia la noche. Pececitos a los que habían echado por el retrete y que ahora encontraban la libertad.

—¿Qué hacéis? —preguntó Luna a nadie en particular.

—En la casa de al lado hay un chico que va al último curso del Instituto Fairbridge... y celebra una fiesta —respondió una chica.

—¿Una fiesta de verdad?

—Sí. —La chica vaciló—. Aunque tenemos los zapatos arriba.

A modo de respuesta, en el piso superior sonó la introducción de un saxofón, seguida del vibrato de la voz de una señora ampliado por un micrófono. Luna odiaba esas reuniones. A sus padres les gustaba juntarse con otros miembros que hablasen mandarín de su comunidad excesivamente blanca. Y bien por ellos. Lo que Luna no entendía era por qué tenían que arrastrarla a esas cosas.

Mientras los padres berreaban clásicos chinos en el equipo de sonido del piso superior, habían relegado a todos los niños (de entre cuatro y dieciocho años) al sótano. Allí era donde los más pequeños causaban estragos y rompían los tacos de la mesa de billar en miniatura. Donde los adolescentes ponían mala cara y suspiraban, y los mayores fingían que sus padres no les habían contado los resultados de los exámenes de acceso de los demás. Antes, Luna tenía a Roxy para hacerle compañía... pero Roxy estaba en la universidad.

—Vamos a celebrar el Festival del Medio Otoño —le había dicho su padre cuando Luna arguyó que no quería ir. Él había ensanchado su rostro con una alegría exagerada—. ¡Habrá muchos tipos diferentes de pasteles de luna!

Y se había equivocado. Solo había de un tipo, de alubias rojas, y ni siquiera tenían yemas de huevo saladas. Qué birria de fiesta.

Luna podía quedarse en ese rincón de la casa de una señora cualquiera, mientras observaba a los incómodos chicos de la secundaria que hacían figuras con hilos. Mientras escuchaba el ocasional intercambio de chistes que no eran muy graciosos. Mientras se preguntaba distraída sobre gente que no reconocía y que seguramente no volvería a ver en su vida.

O podía hacer algo diferente.

El corazón le palpitaba en los oídos. No acostumbraba a romper las reglas.

—No necesitamos zapatos —anunció al levantarse.

La mayor parte de los adolescentes ya había desaparecido. Solo quedaban los más jóvenes.

—Me voy a chivar —dijo un niño con un mohín. Parecía temeroso ante la puerta abierta, debido al viento que entraba por ella. Era el que había roto todos los tacos con sus puños.

—No dirás nada —replicó un chico mayor de mala manera.

El niño se desinfló.

Luna corrió por la hierba puntiaguda, temblando, con solo la camiseta y los vaqueros; el viento de finales de septiembre le agitaba la coleta.

En unos cuantos parpadeos había cruzado el otro jardín, bajado por la terraza trasera y atravesado una nueva puerta de un sótano a rebosar de gente. El ambiente estaba cargado con el olor a cigarrillos y quizá con algo más.

La música vibraba en los huesos de la casa. De no haber sido porque un grupo de gente cantaba borracha *Losing My Religion*, no habría reconocido la canción con tanto barullo. Ese era el tipo de fiesta que veía en las películas o de las que se enteraba después, a través de chismorreos. No era el tipo de fiesta en el que Luna solía acabar. Ni siquiera la dejaban asistir a los bailes del instituto.

A lo mejor aquello fuera mala idea. ¿Debería regresar?

Delante de ella había un sofá con hueco para una persona.

—Si te sientas, tienes que jugar —dijo una pelirroja a la que no conocía.

—¿A qué?

—A «siete minutos en el cielo». —La chica sonrió con malicia.

Luna nunca había jugado, pero conocía la esencia del juego. Notó un revoloteo en el estómago. Tenía diecisiete años y nunca había besado a nadie. Nunca había tenido la oportunidad, sobre todo porque sus padres le habían *prohibido* que tuviera citas.

Y la verdad era que Luna sentía curiosidad por hacer mucho más que besarse con alguien.

—Cada persona tiene su turno para girar la botella y a quien apunte… —empezó a explicarle la chica.

—¡Gira de una vez! —gritó otra persona.

El chico al que presionaban estaba sentado en el suelo y sacudía la cabeza. Luna estaba bastante segura de que también procedía del sótano de la otra casa. Era uno de los jóvenes a los que no había visto antes.

—Solo estoy mirando —replicó.

Una persona con la piel pálida y los pantalones más bomba-
chos del mundo se levantó.

—No, tú juegas y yo voy a girar la botella por ti.

La Coca-Cola vacía giró como el radio de una rueda. A Luna le
pareció que una gota aterrizaba en su rodilla; seguramente recién
habrían vaciado la botella. El cristal rodó y rodó, captando la luz y
los colores de una lámpara de lava cercana mientras rotaba en círculo sobre la mesa baja.

Empezó a ralentizar y a bambolearse, hasta que se detuvo.
Apuntaba directamente a Luna, como invocada por su mirada.

El grupo aulló de alegría y la chica que la había animado a jugar tiró de su muñeca para que se levantara. Se le aceleró el pulso,
como si hubiera cambiado de marcha.

Luna podría haberse resistido, si hubiera querido. Podría haberse ido… La presión social no funcionaba en ella.

Pero un sentimiento la atrapó como una corriente de agua: he
ahí una aventura que merecía ser vivida.

HUNTER YEE

Hunter Yee no había querido participar en el juego, pero allí estaba: lo estaban metiendo a empujones en una habitación cualquiera en la casa de un desconocido. La puerta se cerró detrás de él y fue como si descendiera una campana de cristal. El ruido desapareció, engullido de un trago.

Echó un vistazo al arte moderno que adornaba las paredes grises. A la cama grande hecha de un modo impecable y con un montón de almohadas. A la cómoda pequeña en el rincón. Todo iluminado tenuemente por dos lámparas.

Y luego estaba la chica que había elegido la botella. Le daba la espalda y observaba el ir y venir de unas criaturas en un acuario brillante.

Qué situación más incómoda.

Hunter probó el picaporte. La persona que había al otro lado lo sujetaba con fuerza y dio un golpe a la puerta para amonestarlo.

Metió las manos en los bolsillos y se dirigió al acuario. Sería buena idea hablar. Le sudaban las palmas. ¿Por qué estaba tan nervioso cuando no pensaba hacer *nada*?

—Qué peces más chulos —dijo, y luego hizo una mueca. *¿Qué peces más chulos?*

La chica no respondió. Ni siquiera reaccionó. Hunter no le había visto bien la cara mientras la botella giraba. Pero su cabello era muy oscuro y por cómo le colgaba la coleta... dedujo que era de Asia del Este. Y no cabía duda de que no iba a Stewart.

Llevaba una camiseta y vaqueros e iba descalza. Eso era una pista: la falta de zapatos. Hunter se preguntó si vendría de la casa contigua, igual que él.

Fue entonces cuando se fijó en que los peces la seguían. La chica alzaba los dedos por encima del acuario y, cuando los movía, ellos iban detrás. El agua se agitó con suavidad de un lado a otro hasta que la muchacha bajó el brazo.

—Guau —exclamó Hunter. Se adelantó para intentarlo él. Los peces se dispersaron antes de que pudiera levantar la mano del todo—. ¿Cómo lo has hecho?

Ella negó con la cabeza.

—No tengo ni idea. Nunca había visto algo así.

El reflejo de la chica lo observaba en el cristal del acuario, ojos negros fijos en los suyos. Hunter se olvidó de respirar por un instante.

La chica se giró para que sus miradas se encontrasen a través del aire. Alzó un dedo índice delante de la cara de Hunter y movió la mano de un lado a otro.

—Supongo que mi truco solo funciona con los peces —dijo.

Hunter se sorprendió al soltar una carcajada.

La chica sonrió y fue como si a Hunter le hubieran quitado un peso de encima. La coleta le colgaba por delante. Olía a ropa limpia y a algo dulce. Miel, quizá.

—Bueno —dijo ella—. ¿Has hecho esto antes?

—¿El qué? —Hunter notaba las rodillas extrañamente flojas.

—¿Has entrado en una casa cualquiera para jugar a «siete minutos en el cielo» con una chica que puede controlar peces?

Sus ojos se fijaron en los labios de ella.

Lo que sabía sobre «siete minutos en el cielo»… o, mejor dicho, lo que deducía, basándose en las conversaciones que había oído en la cafetería de Stewart, era que debían pasar ese tiempo besuqueándose, o incluso quitándose algunas prendas de ropa. Se suponía que los minutos debían transcurrir en un parpadeo ardiente y sudoroso.

Varias cosas ocurrieron en la siguiente exhalación:

Alguien gritó: «¡Se acabó el tiempo!». La puerta se abrió de golpe y la cacofonía inundó el dormitorio.

Luna se giró y rozó el brazo de Hunter con los nudillos por accidente. Un destello nació donde sus pieles se encontraron.

El suelo rugió y se ladeó y, en otra parte de la casa, la gente se puso a gritar.

Hunter oyó la palabra: «¡Terremoto!».

La chica desapareció por la puerta y se perdió entre la multitud antes de que Hunter pudiera detenerla. El ruido regresó a sus oídos como una ráfaga de viento.

LUNA CHANG

Luna atravesó corriendo la casa, esquivando cuerpos ebrios y vasos en ángulos peligrosos. Los marcos de las fotos repiquetearon contra las paredes. El suelo seguía temblando cuando salió de ese sótano hacia la noche.

Casi parecía un castigo por lo que había hecho. Nunca rompía las normas de ese modo. Tampoco tenía una restricción verbal, solo la comprensión implícita de que sus padres esperaban de ella que se quedara en la otra casa, que se enfadarían si se enteraban de a dónde había ido.

Regresó al otro sótano justo a tiempo.

—¡Luna! —Su madre la llamaba desde la parte superior de la escalera—. ¡Nos vamos a casa!

El ruido había parado, pero sus padres estaban demasiado nerviosos como para quedarse.

—A mí no me ha parecido un terremoto normal —dijo su padre—. No como los que hay en Taiwán.

—Aiya, ¡mírate los pies! —exclamó su madre—. ¿Y qué es ese olor? —Comprobó que no hubiera nadie cerca antes de susurrar a Luna—: ¿Cómo tienen el sótano *tan* sucio?

En el coche, sus padres cotillearon sobre las familias que habían asistido a la fiesta, y Luna intentó reprimir la culpa que latía en sus venas. ¿Qué bicho la había picado? Le parecía increíble haberse escabullido de esa forma. Era un milagro que sus padres no se hubieran dado cuenta de que se había ido. Se llevó el extremo de la coleta a la nariz: olía a humo de cigarrillo. Se metería en la ducha nada más llegar a casa.

Las carcajadas en la parte delantera del coche ayudaron a que se le calmara el pulso. Algún chiste intercambiado entre sus padres; se lo había perdido. Luna observó cómo su padre miraba con amor a su madre hasta que el semáforo se puso en verde.

Suspiró. Pasarían los días y esa noche perduraría como un recuerdo brillante en el fondo de su mente. Se dio unos golpecitos en la rodilla con un dedo, el mismo que había guiado a los peces hacia un lado y hacia el otro en el agua. Qué cosa más extraña. Y lo bien que le había sentado.

Y ese chico… había algo bueno en él.

No sabía qué la había llevado a comportarse de esa forma. Había sentido una audacia desconocida. Como si alguien le hubiera metido la mano dentro para subirle el volumen. Se sonrojó y tembló al pensar en los minutos que había pasado en esa habitación. Los ojos del chico habían sido como estanques de tinta. Su boca parecía suave. Casi se había inclinado hacia él para besarlo. ¿Por qué no? Ese era el objetivo del juego, ¿verdad?

Se lo había pensado dos veces porque sentía que algo los empujaba el uno hacia la otra, algo tan magnético y raro como esos peces siguiendo sus dedos. Y cuando la puerta se abrió, se produjo un punto de contacto durante un milisegundo. Su piel contra la de él y la chispa en medio.

No, una chispa, no. Algo más grande que le hizo contener la respiración. Recordó cómo había brillado antes de apagarse.

Y luego el suelo se inclinó y tembló. Si no hubiera ocurrido aquello, se habría quedado más tiempo.

Luna no pudo evitar preguntarse: ¿lo vería otra vez?

HUNTER YEE

¿La vería otra vez? Durante el resto de la noche, reprodujo el momento de su desaparición; su mente se obsesionaba por no saber su nombre. Pensó que a lo mejor la veía en el otro sótano… pero había un gran revuelo en la casa y sus padres lo buscaban, enfadados. Y su hermano pequeño permanecía callado de esa forma que indicaba que estaba muy alterado. Hunter dedujo que era porque había dejado a Cody allí para irse a la fiesta.

Le costaba dormir. Miró el techo, pensando en la forma exacta de la coleta oscura de la chica y de sus labios suaves. La forma en la que ella había tomado ese momento incómodo y, de algún modo, lo había hecho estallar, como cuando rozas una burbuja con un dedo.

La mañana siguiente fue un infierno. El problema: Hunter era una estrella rebelde que caía en la dirección equivocada.

«No te metas en líos», le repetía su madre una y otra vez.

Lo intentaba, en general. Pero costaba ajustar una flecha torcida que siempre se desviaba del camino deseado. Cuando las cosas salían bien en su mayor parte, sus padres aún encontraban una forma de criticar todo lo que hacía.

Así que no se molestó en decirles que había hecho que lo expulsaran de Stewart a propósito. Para ellos, eso habría sido incluso peor. No había ningún escenario posible en el que se callaran y lo escucharan el tiempo suficiente para entenderlo. Pensarían lo que quisieran pensar.

Sus voces flotaban sobre él:

… irresponsable…

… un desperdicio…

… poco respeto…

… una desgracia…

Las palabras eran balas perdidas, lanzadas en el ángulo equivocado. No podían atravesarle.

Sus padres creían que esa cocina pequeña y oscura, en la que estaban en ese momento, era la parte más aislada de la casa. Allí se producían todos los gritos, allí levantaban la voz porque nadie les oiría desde fuera. Actuaban con cautela incluso en su enfado irracional.

El colegio Stewart había llamado, por supuesto, para hacerles saber que cuando Hunter solicitara plaza en una universidad y necesitase su expediente académico, también entregarían los detalles de su historial… con mucho énfasis al describir sus diversas infracciones.

Hunter puso los ojos en blanco. Podría haber sido mucho peor. Sin embargo, a sus padres solo les importaba que fuera, una vez más, un fastidio. ¿Por qué no podía ser el hijo mayor que querían? ¿No entendía que los ponía en un compromiso?

Hunter se tragó su respuesta. *Ellos* habían cabreado a un tipo del que se negaban a hablar. *Ellos* se habían metido en ese compromiso, y Hunter y Cody sufrían los daños colaterales.

No había nada que hacer, solo permanecer como un frío pilar de piedra y dejar que sus padres gritaran hasta que les doliera la garganta. Su hermano había desaparecido. Hunter dedujo que Cody estaría acurrucado debajo del fuerte de mantas en el rincón del dormitorio que compartían, con los ojos cerrados mientras escuchaba a través de la pared.

—Si esta es nuestra ruina, deberás cargar con ese peso durante el resto de tu vida. —El padre de Hunter jadeaba de lo mucho que se había alterado.

—¿Cómo va a ser esto nuestra ruina? —preguntó Hunter. Y casi soltó: «¿Cómo va a ser esta *tu* ruina?», pero se contuvo a tiempo.

—La gente se enterará de tus payasadas. Y se harán preguntas. «¿Quién es ese tal Hunter Yee? ¿Quién es su familia?». Aparte de *humillarnos...* —Y ahí escupió la palabra, antes de parar un momento y respirar hondo—. Aparte de hacernos quedar mal, ¿y si alguien descubre dónde estamos? ¿Y si la persona oportuna nos encuentra? ¿Crees que hemos sido cautos todos estos años solo porque era divertido?

Hunter sabía qué intentaba decir su padre mientras enrojecía, y mentiría si no admitiera que la idea le envió un escalofrío por la espalda. Pero Hunter también estaba cansado de aquello, de la paranoia constante. Estaba harto de que todo se remontara a ese mismo miedo.

Su madre sacudió la cabeza, y su pequeño cuerpo se marchitó al hacerlo.

—Lo entiende. Ahora que va a ir a un nuevo instituto, empezará de cero. —Se giró para hablarle a Hunter directamente—. Te portarás bien, ¿verdad? Nada de problemas. Recuerda que todo lo que hagas afecta a cómo los demás perciben al pueblo chino.

Sonaba cansada.

—Estamos decepcionados, Hunter —dijo su padre—. Este no es el comportamiento que espero de un hijo mío. Si sigues así... a lo mejor no lo serás. Ya no.

Su madre ahogó un grito.

—¿Qué significa *eso*? —preguntó el chico.

—¿Quieres ser un delincuente? ¿Quieres ser un fracasado? ¿Sabes cuántas veces haces llorar a tu madre? Cuando te hablamos, *erbianfeng*, ¿oyes lo que te decimos? ¿No quieres ser parte de esta familia? Pues no lo seas.

—No, Dawei —dijo su madre, decidida a ser su portavoz—. Hunter lo intentará. Se portará bien.

Su padre se dio la vuelta.

—Ya veremos.

—Puedo pedirle a Zhang Taitai que lo recoja y lo lleve...

—Soy perfectamente capaz de ir en autobús, ¿sabéis? —intervino Hunter con fuerza.

Pero su padre ya había salido de la cocina y su madre le dirigió una mirada para decirle que lo aceptara.

Genial. Iría y volvería del instituto escoltado por una niñera.

Hunter se retiró a su habitación y encontró a su hermano justo donde sabía que estaría: bajo el fuerte con una sábana raída sobre la cabeza. Hunter se arrastró por el suelo, apretándose entre la pared y el somier hasta que alcanzó los pies que sobresalían del fuerte.

—Eh, Cody. —Su hermano se quitó la sábana, que soltó un chispazo de electricidad estática en el cabello oscuro hasta dejárselo de punta—. Siento todos los gritos.

Cody se restregó los ojos.

—¿Por qué siempre están tan enfadados?

Hunter buscó una pizca de verdad lo bastante grande para que escondiera la mentira.

—Así son los adultos.

—Pero tú casi eres adulto. Y no estás enfadado.

Hunter rio, pero sin alegría.

—Sí que lo estoy.

Estaba enfadado todo el tiempo. De hecho, se sentía furioso. A veces permanecía despierto en plena noche, sin poder entender cómo sus padres tomaban sus decisiones. Enrollaba la rabia como si fuera un hilo alrededor del dedo y se preguntaba cuánto tardaría en cortarle al fin la circulación.

A veces pensaba que lo mejor sería marcharse sin más. Estaba seguro de que podría sobrevivir por su cuenta y llevaba años ahorrando dinero por si llegaba a ese extremo.

Pero no podía abandonar a su hermano pequeño. Eso era lo que le mantenía anclado allí.

—Cuando sea mayor, nunca me enfadaré —dijo Cody.

—Esa es una buena aspiración —respondió Hunter—. Debería intentar ser como tú.

Cody se cruzó de brazos.

—*Nunca* me enfadaré de esa forma.

LUNA CHANG

Había una luciérnaga en su mano cuando fue a agarrar el té. Parpadeó y desapareció.

Luna se detuvo, por si percibía más movimiento. En la última semana, todo había sido muy raro. Desde la noche de la fiesta.

—¿Todo bien? —preguntó su padre.

La propietaria de Fortune Garden se acercó a su mesa con tres bandejas y salvó a Luna de tener que responder.

—Estos son los platos de los que os he hablado. Melón amargo, tortilla de ostra y fideos fritos con salsa.

—Mary, tienen una pinta estupenda —exclamó la madre de Luna—. ¡Qué impresionante!

—Un adelanto para mis clientes habituales favoritos —sonrió Mary—. Sed sinceros sobre los sabores. Aún estoy ajustando las recetas antes de ponerlas en el menú.

—Delicioso —dijo el padre de Luna, ya con la boca llena—. Se nota la grasa de cerdo.

Mary removió los fideos un poco más.

—Cuando vayáis a Taiwán este año a lo mejor os pido que me traigáis unas cuantas especias.

Habían estado hablando en mandarín para ayudar a Luna a practicar, pero en ese momento sus padres cambiaron a taiwanés para ponerse poéticos sobre los méritos de la pasta de soja fermentada. La chica se lo tomó como una concesión para que su mente vagara.

La pregunta era: ¿por qué de repente había luciérnagas por todas partes? Unas veces percibía un parpadeo mientras se ataba el pelo. Otras las veía contra la ventana. Aparecían a cualquier hora del día. ¿No se suponía que solo salían de noche? ¿No hacía demasiado frío ya? En un día que había refrescado bastante, le señaló una a su padre y él se encogió de hombros sin más e hizo un comentario sobre que quizá fuera una especie que había evolucionado.

Luna presentía que en el pasado había sabido por qué las luciérnagas eran importantes. ¿Qué había olvidado?

—Luna, te gradúas este año, ¿verdad? —preguntó Mary, sacándola de sus pensamientos—. ¿Has decidido a qué universidades enviarás la solicitud? A las mejores, seguro.

—Su primera elección es Stanford —informó su padre con una sonrisa.

Mary alzó los pulgares en un gesto casi caricaturesco.

—Apunta a la luna —dijo en inglés— y, aunque falles, aterrizarás entre las estrellas. —Y en taiwanés, añadió—: Pero todos sabemos que llegarás a la luna.

La chica se esforzó en mantener un semblante agradable. Se sirvió una segunda ración de fideos para ocupar las manos y la boca.

La mirada de su padre se iluminó.

—¿Has oído la historia de por qué la llamamos Luna?

—¡No, cuéntamela!

—No debía nacer hasta dos semanas más tarde —relató su madre—. Acababa de ir al médico esa misma mañana.

—Yo estaba impaciente —añadió su padre—. Quería abrazarla.

—Esa noche, comimos dumplings para cenar. Hsueh-Ting los preparó… es un gran cocinero.

—Me lo creo —dijo Mary—. ¿Has visto cómo critica mis recetas?

—Miré por la ventana y vi una luz brillante que caía. —Cada vez que su madre contaba la historia, su voz se llenaba de emoción—. Al principio pensé que era la luna. Luego pensé que era una estrella fugaz.

—Pero era más elegante —explicó su padre—. Por cómo se movía… Una estrella fugaz es un rasguño en el cielo. Aquello era como una flor abriéndose al caer. Impactó justo cuando Meihua rompió aguas.

Su madre sonrió.

—Así que decidí llamarla Luna y fue justo la bendición que esperábamos que fuera.

Luna sintió vergüenza. A veces, cuando sus padres contaban la historia, se sentía cálida y burbujeante y sonreía mientras seguía la absurda dramatización.

Pero ese día la historia la inquietó. Estaba harta de mirar solicitudes para las universidades, de pensar en temas estúpidos para las redacciones. Las expectativas de sus padres se habían convertido en un pisapapeles y ella debía quedarse quieta y cuidadosamente aplastada.

—Voy al baño —anunció, levantándose.

—Espera —dijo su padre, señalándola con un dedo—. ¿Quieres pedir algo más? ¿Postre?

—Estoy llena.

Tras dar unos pasos, se dio cuenta de que no le había dado las gracias a Mary, pero ya habían pasado a una nueva conversación.

—¿Te has enterado de lo que ocurrió después del terremoto del otro día? —decía la mujer—. Es terrorífico... Encontraron una grieta en el suelo...

El baño estaba frío; Luna agradeció el cambio. Bajo las luces fluorescentes, se lavó las manos y frunció el ceño a su reflejo en el espejo. Su coleta habitual le tiraba del cabello negro y lo tensaba sobre el cráneo, pero los mechones más cortos se habían liberado. Unas cuantas espinillas le salpicaban la frente. ¿El chico de la fiesta se habría fijado en ellas? Resistió el impulso de acariciar los bultos con la yema del dedo.

Se suponía que el último año del instituto debía ser una etapa importante; el próximo otoño empezaría la universidad. Para algunas personas, eso era emocionante, pero, para Luna, vistas las expectativas de sus padres... podría ser más de lo mismo.

Se esforzaba en todo lo que hacía, por supuesto. Era «meticulosa y ambiciosa», como sus profesores escribían en la sección de comentarios de su boletín de notas debajo de la columna de sobresalientes.

Y la verdad era que quería... algo diferente. Quería ser el tipo de persona que tomaba las riendas de su propia vida y emprendía viajes épicos. Alguien que hacía cosas atrevidas e inesperadas. ¿Por qué no podía aparecer un mago, como en las historias de fantasía? ¿Un hechicero que invocase su verdadero ser?

El futuro que sus padres imaginaban para ella no incluía aventuras que rompiesen moldes. Incluía escritorios, tal vez oficinas, y ropa sofocante. Papeles y números y toda clase de elementos soporíferos que acompañaban el tipo de sueldo que ofrecía estabilidad. Se suponía que debía salir del nido para conseguir aquello.

Sabía lo que se esperaba de ella. El claro camino hacia delante. Sus padres solo querían lo mejor para Luna y era prudente confiar en ellos.

Ojalá ella quisiera lo mismo. Ir a Stanford. Vivir esa vida perfecta. Ojalá *supiera* lo que quería para sí misma.

Notaba una inquietud entre las costillas que escocía y tiraba de su corazón. El presentimiento de que estaba destinada a hacer mucho más.

Roxy y ella habían ido a ver *El club de los poetas muertos* hacía un par de años y, después, una frase que había dicho el personaje de Robin Williams no había dejado de resonar en su cabeza: «Haced que vuestra vida sea extraordinaria».

Extraordinaria. Le gustaba cómo sonaba aquello.

Al darse la vuelta para salir, se fijó en un cuadro que colgaba en la pared junto al lavabo. Representaba a una luciérnaga sobre la palma de una mano oscura y abierta. Se le trabó la respiración. ¿Qué demonios significaban las luciérnagas?

Fuera del baño, vio que sus padres recogían sus cosas para marcharse y se detenían para charlar con alguien que conocían. Los esperó junto a la fila de grandes acuarios, que olían como la sección de crudos del supermercado. Eran más funcionales que decorativos. Dentro del cristal sucio, las criaturas eran plateadas, del color de la tormenta; se movían despacio, tan grandes como su antebrazo. Parecían adormiladas, como seres que no sabían lo que querían.

Luna recordó los peces brillantes de la fiesta. Los giros que hicieron para seguir su dedo. Alzó la mano: un experimento.

Como la aguja de una brújula, los peces viraron. Se movieron al unísono, primero hacia la izquierda, luego de vuelta hacia la derecha. Ella era la directora y ellos, su orquesta silenciosa.

Roxy nunca se lo creería. ¿Quién lo haría? Nadie.

Excepto el chico de los ojos de tinta.

Luna bajó el brazo, los peces se desperdigaron y fue como si lo invocara con sus pensamientos: justo ese par de ojos parpadeó desde el otro lado del acuario, acelerándole el corazón. ¿Era él de verdad?

Luna se movió y el chico la imitó. Con cada paso que daba, él la seguía. Hundió las mejillas y puso labios de pez. Luna se rio. Llegaron al extremo del acuario, salieron de detrás del cristal y el agua se convirtió en aire y en nada. Antes de que Luna pudiera pensar en algo ingenioso que decir, la mirada del chico pasó al mostrador, donde unas voces hablaban en un mandarín furioso.

—Solo dice que hay un quince por ciento de descuento. Nada de fechas.

El hombre detrás del mostrador parecía cansado.

—Discúlpeme, pero había una fecha de caducidad en la página de la que cortó esto.

—¿Qué página? ¡Pero si era un folleto suelto!

Mary apareció en ese momento, con el semblante endurecido; Luna nunca la había visto así.

—¿Hay algún problema? —Miró el folleto—. Aplicaremos el descuento solo esta vez.

Luna se fijó entonces en la tensión de los hombros del chico, en cómo se encogió cuando el cliente gruñó.

—¿Ese es el total? ¿Después del descuento?

—Sí, señor.

Más gruñidos mientras el hombre escarbaba en la cartera en busca de dinero. Sus dedos se volvieron frenéticos al repasar los pliegues. Cayeron monedas, rodaron por el mostrador y aterrizaron con un tintineo en el suelo.

—¿Cuánto es, papá? —dijo el chico. Luna se percató de lo mucho que se parecían sus rostros. Nariz ancha como la de un león, mandíbula cuadrada, cejas que se volvían escasas en el extremo—. ¿Papá?

El muchacho se acercó al mostrador y Luna se sintió sola y expuesta junto a los acuarios. Lo vio sacar unos billetes doblados con cuidado del bolsillo trasero y deslizarlos por debajo del codo de su padre.

—¿Qué haces? —espetó el hombre.

—Con eso debería bastar —dijo el chico con aire de disculpa.

Su padre se giró para salir, sin molestarse en contar los billetes, y el chico lo siguió. Luna deseó que mirase hacia ella por última vez.

Mary profirió un resoplido despectivo mientras los padres de Luna llegaban al mostrador.

—¿Te he oído discutir con alguien? —preguntó su madre—. ¿Quién era?

—¿Quién va a ser? Los Yee.

—¿David Yee estaba aquí? —se sorprendió el padre de Luna—. No lo he visto.

El corazón de la chica era un timbal en sus oídos. Ese muchacho... Ya sabía quién era. El hijo mayor de esa familia a la que tanto odiaban sus padres. Hunter Yee.

HUNTER YEE

El viento frío le cortaba el pecho y rugía en sus oídos. Su padre echaba humo en silencio mientras cruzaban el aparcamiento hasta donde el resto de la familia les aguardaba en el coche. Hunter intentó no toser; con eso solo provocaría más rabia. Llevaba años sin sentir una tensión como esa en los pulmones. Abrió la puerta y se sentó detrás del asiento del conductor.

La mirada de su madre pasó de Hunter a su padre y de nuevo al muchacho, para medir sus expresiones. Se aclaró la garganta.

—Cody, ¿puedes ir al maletero a buscar mi bufanda, por favor?

Ya estábamos. Siempre les resultaba más sencillo gritarle a Hunter cuando podían fingir que era el único que les oía. Su hermano pequeño se desabrochó el cinturón y salió del coche; solo dudó un momento antes de cerrar la puerta con un empujón.

Oyeron el chasquido del maletero, el rechinar al abrirse.

Su padre se dio la vuelta en el asiento.

—¿Has *robado* ese dinero?

Hunter se apartó y su madre ahogó un grito.

—No —replicó—, ¡claro que no!

—Hemos venido aquí para homenajear a tu madre —siseó el hombre—. Se suponía que iba a ser un buen día. ¿Y qué has hecho? Nos has *humillado*.

—Te juro que no lo he robado. Me lo dieron... Quiero decir... Lo encontré.

No lo creyeron, cómo no. Sus padres se enzarzaron en su diatriba mordaz habitual y, a medida que alzaban la voz, Hunter se hundió para dentro y su respiración se calmó. Redujo el alcance de su concentración. Se trasladó a la tensión de la cuerda de un arco, a los músculos moviendo la flecha.

Así (fingir que se hallaba a solas en ese lugar, con solo los árboles y el cielo y su arco y las flechas) era la única forma que tenía de tranquilizarse.

Un golpe les sacó a los tres del momento. Su padre abrió la puerta.

—Cody, ¿por qué tardas tanto?

—Lo siento —les llegó su vocecita, lejana y amortiguada—. Ya estoy.

Una neblina de silencio, densa e incómoda, se acomodó entre ellos y se quedó. Cody regresó a su asiento y tiró la bufanda de punto por encima de la consola central hasta el regazo de su madre. A Hunter le pareció atisbar un resplandor en los dedos de su hermano, pero Cody sacudió las manos y no hubo nada más que ver.

Su padre dio marcha atrás y giró con brusquedad el volante, como si la familia al completo necesitara un recordatorio de su rabia.

—David —empezó su madre—, deberías reducir...

El coche dio una sacudida. Todos miraron hacia el punto de colisión. Procedía de la parte trasera.

A través de los dos cristales, Hunter fijó su mirada en los ojos de la chica de los acuarios. De la fiesta. Unos mechones de pelo se habían liberado de su coleta y le caían sobre la cara. No parpadeó.

Su madre gruñó, consternada.

Un hombre, seguramente el padre de la chica, se apeó del asiento del conductor en el otro coche. Frunció el ceño mientras examinaba la parte trasera de su vehículo y luego echó un vistazo rápido al maletero de la familia Yee.

El padre de Hunter bajó la ventanilla y sacó la cabeza al aire frío. Su semblante era impenetrable.

El hombre se encogió de hombros.

—No es nada.

Hunter vio que su padre metía la primera marcha y se alejaba sin mirar atrás. El maletero se abrió y oyeron un ruido como el mar; era el aire tirando y empujando la tapa.

—No he sido yo —se apresuró a decir Cody.

—Sé que no has sido tú —dijo su padre con los dientes apretados mientras aparcaba en el arcén de la carretera—. Se rompió ayer por la mañana. Hunter…

—Sí, ya voy.

Hunter bajó para dar un par de portazos en el maletero hasta que la tapa al fin se quedó encajada.

Estaban llegando a la casa cuando su madre habló de nuevo.

—Deberíamos habernos quedado.

—No tengo nada que decirle —replicó su padre.

—Pero por si su coche *sí* que ha sufrido daños…

—Sabe dónde está mi despacho.

Hunter oyó el suspiro largo y contenido de su madre.

—¿Por qué siempre es esa familia?

—¿Qué familia? —preguntó Cody.

—Los Chang —respondió ella, jugueteando con la bufanda.

Es decir: el doctor Chang, la némesis de su padre. Hunter parpadeó. Eso significaba que la chica de la coleta era Luna Chang.

HSUEH-TING CHANG

El padre de Luna

Hsueh-Ting Chang observó mientras David Yee sacaba su feo coche del aparcamiento del Fortune Garden. Las ruedas pasaron por encima de un desnivel en el suelo y algo cayó del maletero. El objeto rodó hasta detenerse a los pies de Hsueh-Ting. Una piedra tallada, blanca y hexagonal. Tan pequeña que podía envolverla con los dedos, tan pesada que notaría su peso en el bolsillo.

Olía a vieja. *Parecía* vieja.

Sintió la misma emoción que recordaba de su primer trabajo sobre el terreno. El conocimiento eléctrico de que esos puntos de contacto entre la piedra y su cuerpo eran lo más cerca que un ser humano podía estar de viajar en el tiempo.

Hsueh-Ting se guardó el hexágono. Lo examinaría más tarde.

LUNA CHANG

Nadie había avisado a Luna de que Hunter Yee se transfería al Instituto Fairbridge. Cuando se dio cuenta de quién era, decidió no hablar nunca más con él. Debería haber sido fácil. Aparte de las obligaciones laborales de su padre, sus progenitores habían conseguido evitar a esa familia durante todos esos años. Si Luna y Hunter habían estado en el mismo lugar a la vez antes de la noche de la fiesta, ella no lo recordaba.

Pero ahora orbitaba a su alrededor todo el día; uno era una polilla y el otro una llama. Luna no sabía quién era qué.

En su primer día en el instituto, la chica casi tropezó con él cuando corría de Francés a Literatura.

Y durante Sociales, Hunter entró en el aula por error. Mientras salía a toda prisa, Joyce Chen movió las cejas hacia Luna y dijo:

—Parece que nuestra población ha crecido un cincuenta por ciento.

Y, más tarde en la cafetería, se le cayó una lata vacía de cerveza de raíz de la bandeja, y él la recogió y la lanzó (en un arco perfecto) a una papelera que estaba imposiblemente lejos.

Y *luego* resultó que los dos iban a la misma clase de Química Avanzada y, tras una breve introducción, Hunter se sentó en la única mesa de laboratorio con una silla vacía… Junto a Luna, claro está. La chica pasó el resto de la lección intentando no mirarlo.

Y ahora, Educación Física.

Luna estaba en el fondo, atándose de nuevo la coleta, antes de que el equipo menguase tanto que no quedasen más cuerpos para protegerla. Qué fastidio. Y qué suerte que Hunter Yee estuviera allí para presenciar su infierno final.

Ese día tocaba balón prisionero. Los profesores lo llamaban «el bombardeo», como si el juego fuera a mejorar con el cambio de nombre. Bajo la atenta mirada de la señorita Rissi, Luna se movió de un lado a otro para dar la sensación de que participaba. Recogía alguna que otra pelota y fingía buscar un hueco… antes de pasársela a alguien que estuviera interesado de verdad en el juego. La misma definición de jugar en equipo.

Ahora que Roxy se había graduado, Educación Física resaltaba la soledad de Luna más que cualquier otra cosa. No porque se llevara mal con otras personas; en general la apreciaban. Pero toda su vida había sentido como una separación invisible. Como si estuviera en un lado de una pared de cristal, con todo el mundo en el otro. Incluso le pasaba con Roxy, con quien había trabado amistad por pura proximidad, porque sus padres eran buenos amigos.

Una pelota se estampó en las gradas a pocos centímetros del codo de Luna y la trajo de vuelta al juego. Ojalá hubieran acertado. Habían eliminado a la mayor parte de su equipo. Solo quedaban tres personas, y todas se retiraron hacia atrás.

Una pelota pasó a su lado.

Quedaban dos personas. Luna y esa chica tan inteligente con la tez marrón oscuro, Vanessa.

En el otro lado solo quedaba una: Hunter Yee. Luna no había prestado atención a lo bien que le estaba yendo a su equipo.

Hunter recogió munición hasta llenarse los brazos antes de dirigirse a la línea del centro que dividía el gimnasio. Empezó con Vanessa y le acertó en el tobillo. La chica gritó y apartó de una patada la pelota. Aunque no por eso dejaba de estar eliminada.

Solo quedaba Luna.

—¡Vamos, Hunter! —gritó alguien.

El chico estaba de pie delante de ella, mirándola. Con una pelota en la mano derecha, listo para lanzarla. Dejó caer las otras. Rebotaron y el sonido reverberó por todo el gimnasio. Hunter la miró como disculpándose.

Luna alzó las cejas. Se veía tan seguro de sí mismo que le dieron ganas de demostrarle que se equivocaba.

Ella recogió la pelota más cercana y acortó la distancia hasta que solo los separaban un par de metros. Luna aguardó, retándole con la mirada. Él no se movió.

—Venga, acabad —gritó la señorita Rissi. Tenía el silbato entre los dientes, lista para hacerlo sonar.

Luna cambió la pelota a la mano derecha, dejando expuesto su cuerpo.

Hunter aprovechó el gesto y lanzó la suya, pero ella se apartó justo a tiempo. La pelota casi le rozó los pelos del brazo.

—Ooooooh —entonó el resto de alumnos.

Hunter se agachó para recoger más munición y ella le apuntó a la rodilla con su mejor lanzamiento. La pelota cruzó el aire con un ligero arco. Pareció brillar, como una extraña luna llena en un cielo encendido. Cuando Hunter se enderezó, la pelota aterrizó contra su pie.

Rissi hizo sonar el silbato. El equipo de Luna había ganado.

HUNTER YEE

—No me puedo creer que *Luna* haya eliminado al nuevo —dijo un chico en el vestuario—. Es demasiado gracioso.

Bueno, eso no sonaba justo. ¿Por qué Luna *no* podía eliminarle?

Lo raro, sin embargo, era que Hunter se enorgullecía de su puntería. Desde que vivía en Fairbridge, poseía un *don*. No importaba lo que tuviera que hacer: si debía hacer que algo fuera del punto A al punto B, a él le resultaba sencillo. Marcar un gol en el campo de fútbol. Lanzar las llaves del coche de repuesto al gancho junto a la puerta. No le hacía falta entrenamiento; practicaba porque se adentraba en un trance reconfortante.

A veces imaginaba la trayectoria precisa y parecía que era capaz de dirigir el objeto en cuestión solo con su mente. Pero incluso cuando no lo pensaba demasiado y dejaba que el instinto viajase por su brazo, su puntería siempre era certera.

El resto de la gente no lo sabía. Ninguna persona le creería si le contara que nunca había fallado hasta ese momento. Su brazo se había movido hacia la dirección equivocada en el último segundo y había lanzado la pelota demasiado hacia la izquierda.

Tampoco era que le molestase. Y le daban igual los abucheos exasperantes de la gente del vestuario.

Solo quería volver a oír la voz de Luna, aprender la cadencia de sus frases. Quería mirarla a los ojos y comprender qué tiraba de él hacia su dirección.

CODY YEE

Cody Yee se despertó el día de su cumpleaños pensando en que debería sentirse emocionado, como los demás niños. Cada año, Harrison, un compañero de clase, pasaba días alardeando sobre los juguetes que había recibido. Su madre, con su cabello dorado, iba a su aula a repartir pastelitos recubiertos con crema de mantequilla que había preparado ella misma.

¿Cuándo viviría la familia de Cody como lo hacía la de Harrison? Eran muy ruidosos, llenos de alegría y muy, muy rubios. Las fiestas de cumpleaños en esa enorme casa azul eran legendarias. Y los lunes siguientes, todos los niños hablaban sobre quién se había llevado un premio, o quién había acabado con tarta en el pelo. Cody nunca había ido. Según su madre, como no podían permitirse comprar un regalo, lo mejor era quedarse en casa.

—Además —decía—, no quieres intimar demasiado con nadie.

—Todos los demás tienen amigos —había intentado decirle.

—Tú nos tienes a nosotros. Tienes a tu hermano. Somos tus *mejores* amigos. Puedes confiar en nosotros más que en cualquier otra persona.

Mientras Cody se lavaba los dientes, oyó a Hunter hablando en voz baja sobre una cena especial y a su madre respondiendo que el dinero iba justo ese año y que Cody lo entendería.

—¡Feliz cumpleaños! —exclamó su madre con una sonrisa exagerada cuando salió a desayunar—. Baba vendrá más tarde a casa.

Hunter le dio un empujón en el hombro.

—Cuando acabes de comer, iremos de aventura.

El cielo era de un azul grisáceo, el ambiente inusitadamente cálido. En la parte del barrio con todas las casas bonitas, la gente había dispuesto mesas en garajes abiertos o mantas estiradas sobre el césped para exponer cosas a la venta.

—Vamos a comprarte un regalo —dijo Hunter—. Tú eliges.

Fueron de casa en casa, y Cody evaluó con cuidado todas las cosas que vio. Un tablero de mancala en el que la mitad de las piezas de cristal habían sido reemplazadas por peniques. Un globo, que chirriaba y se bamboleaba, donde aparecían las constelaciones. Una caja de música con una bailarina; no le gustó la canción.

Un jarrón de cristal, con facetas talladas que captaban la luz del sol. Cody lo quería de verdad, pero Hunter no pudo rebajar el precio.

En la casa posterior a esa, Cody se sentó en una mecedora rota mientras examinaba las mesas. Vio una escultura de madera de un conejo con las orejas de latón, tan grande que podría abrazarla. Siempre le habían gustado los conejos.

Se levantó para examinarla de cerca, pero antes de alcanzar la mesa vio una jaula sobre una manta de pícnic que albergaba un conejo *de verdad*, minúsculo y blanco, que picoteaba un trozo de apio. La jaula estaba junto a una hilera de sartenes de hierro, marcos de fotos, una vieja cámara Polaroid y un juego de platos de porcelana.

—¿El conejo está a la venta? —le gritó a la propietaria de la casa, con una voz que sonó alta y clara, no como su susurro habitual. Su osadía lo sorprendió hasta a él, y vio que su hermano se giraba con asombro. Cody no solía hablar con desconocidos.

La mujer lo evaluó con la mirada.

—¿Crees que podrás cuidarla bien? Una coneja no es un juguete sin más. Es un ser vivo, igual que tú y que yo. Tienes que comprometerte.

—La cuidaría *muy* bien —declaró Cody con fiereza.

La propietaria asintió despacio.

—Entonces te la puedes quedar.

—¿Cuánto cuesta? —preguntó Hunter.

Cody había suplicado por una mascota, pero sus padres siempre encontraban un millón de razones para negarse. Se preguntó, con un nudo en el estómago, si su hermano decidiría que el conejo era demasiado caro.

—Gratis —respondió la mujer—. Tengo pienso y heno para ella. También os los podéis llevar. Voy a vender la casa y no quiero quedarme con nada.

Cargaron la jaula hacia su casa y Hunter preguntó:

—¿Qué nombre le vas a poner?

—Jadey —dijo Corey.

—¿De dónde lo has sacado?

—No lo sé. Se me ha ocurrido sin más. —La observó por los barrotes de metal. Estaba tranquila, dentro de una cajita en un rincón alejado. Solo se le veía la nariz—. ¿Baba y mamá se van a enfadar?

Hunter se encogió de hombros.

—¿Y qué más da? Se enfadarán conmigo. Nada nuevo.

Cody se descubrió sonriendo. Era el mejor cumpleaños de su vida.

LUNA CHANG

Luna tenía que practicar a ponerse cómoda en el asiento rígido formado a partir de los deseos de sus padres, así que dedicó el sábado a presentar un par de solicitudes más para la universidad. Escribía en una libreta amarilla sobre la mesa de la cocina, porque en su habitación, a su aire, su mente vagaría libre.

Allí, a la vista de todos, sus padres pasaban cerca y sonreían. Eso acabó por distraerla también.

—Estamos muy orgullosos de ti —le dijo su padre en inglés, algo que siempre le añadía más vergüenza a todo. Era como si no pudiera expresar esas cosas en taiwanés o en mandarín.

— Seguro que te aceptan en tus primeras opciones —añadió su madre—. *Yiding hui.*

Pero Luna en realidad no tenía ninguna opción favorita. Se trataba más de las universidades que codiciaban sus padres, los nombres famosos que llenaban sus ojos con luz de estrellas. Su padre estaba tan prendado de la idea de Stanford que se había olvidado de preguntarle a Luna si de verdad quería ir allí. Había enviado esa solicitud solo para complacerlo.

Luna sentía que aquello *debería* importarle más, por cómo le había importado a Roxy, por todo el tiempo que había pasado investigando universidades y enviando diecinueve solicitudes, para agenciarse una merecida beca.

Luna suspiró. Apenas empezó el curso, había reinado un tipo de energía concreta en los pasillos y las aulas del instituto. Todo el mundo era muy consciente de que aquel era el último año, de que el próximo otoño todo cambiaría. Sabían que estaban de camino hacia su destino o lo que fuera. ¿Cuál sería el de Luna?

—Cuando acabes tu redacción para Stanford —le dijo su padre—, puedo ofrecerte mi opinión para mejorarla.

—Gracias —dijo ella, intentando no sonar sarcástica. Se restregó los ojos—. Creo que necesito un descanso.

Dejó el bolígrafo; su padre se levantó y pasó a toda prisa a su lado para agarrar el bote de copos de avena de la alacena.

—Ya sé lo que vamos a hacer. —Alzó las cejas.

—Es casi la hora de la cena —protestó la madre de Luna.

—Nos quedaremos hasta que se ponga el sol.

Luna sonrió. A lo mejor otros estudiantes de último curso no querían pasar tiempo con sus padres de esa forma, pero para ella era uno de sus momentos favoritos.

El padre las llevó a la universidad donde daba clases y aparcó el coche junto al lago. Las ocas acaparaban el borde del agua. Cuando Luna y sus padres salieron al aire frío, los pájaros se animaron y empezaron a acercarse.

La chica echó el primer puñado, intentando repartir la avena en un arco amplio por la hierba.

—No te acerques demasiado —advirtió su madre.

—Lo sé.

A veces las ocas tenían mal genio. Ella dio un paso más de todas formas.

El agua ondeaba con el cielo rosado. Una brisa atravesó su cortavientos y le agitó el cabello. Olía a tierra.

A Luna le encantaban los momentos sencillos como ese. Ver a las ocas picotear la avena. Quedarse junto al lago con el ardiente atardecer y sus padres. No quería marcharse a la universidad. No quería que las cosas cambiaran. Solo quería permanecer en ese instante.

—Hacía siglos que no veníamos aquí —dijo Luna, luchando contra el nudo de su garganta—. Ha sido buena idea, papá.

—Pues claro que lo ha sido. Todas mis ideas son buenas.

Luna se alejó para que solo el agua y el cielo pudieran presenciar su tristeza. Se le empañó la vista. El lago se volvió negro y perdió el reflejo, mostrando el vacío. ¿Habría movimiento en esa oscuridad? Juraría que había visto una especie de silueta hecha de sombras...

—¿Qué es eso? —Luna retrocedió—. ¿Qué le ha pasado al lago?

—¿Qué dices? —preguntó su madre.

La chica parpadeó y todo regresó a la normalidad.

—Da igual... Creo que ha sido un efecto de la luz.

Cuando se marcharon, Luna miró por encima del hombro una vez más para asegurarse. El agua captó el brillo de la primera estrella, que titiló para ella.

A la mañana siguiente, Luna se preparaba para impartir un taller de nudos chinos a niños en la Escuela de Lengua China de Fairbridge. Según sus padres, era algo que debía hacer, que quedaría bien en las solicitudes para la universidad.

Repartió trozos de cuerda de nailon y folletos que había preparado para quien necesitara instrucciones visuales. Un rápido recuento reveló que le faltaba un alumno.

—Eh... Deberíamos empezar. Podéis llamarme Luna.

—¿No tenemos que llamarte «profesora»? —preguntó una niña.

—¿Ni hablar en chino? —dijo otra.

Ella sonrió.

—No, con Luna me basta. Y aquí podéis hablar en inglés. ¡Bueno! Hoy vamos a hacer un ser humano en miniatura. Este es el aspecto que tendrá. —Alzó su ejemplo para mostrar los lazos en vez de brazos, el cuerpo de macramé y la cuerda que colgaba con cuentas en vez de pies—. Empezamos con un lazo...

Era un grupo de niños muy hablador y todos enseguida captaron las técnicas de los nudos. Luna cortó un poco de hilo azul y verde para ella. Era más grueso que el cable de sus cascos, suave y sedoso entre los dedos. Bajo la luz brillaba como tesoros arrastrados hasta una playa. Quizá por eso a menudo le daban ganas de anudar pequeñas criaturas marinas con él.

Por encima, por debajo, alrededor, a través. Siempre había una pauta clara, una forma correcta de hacer un nudo. El hilo viajaba con precisión. Tirón tras tirón, los colores creaban formas.

Ojalá las preguntas sobre su vida fueran así de sencillas. Dónde ir a la universidad. Qué carrera elegir. A qué dedicarse. ¿Cómo ataría esos nudos para que se convirtieran en la vida que quería? ¿Qué clase de vida *quería*?

Luna ató la mariposa y rebuscó unas cerillas en su bolso. Ese era su paso favorito: quemar los extremos del nailon para terminar la pieza y que las fibras no se deshilacharan. Observó cómo el material empezaba a derretirse y lo apretó contra la mesa como si ahuecara una galleta para rellenarla. Se enfrió enseguida y se convirtió en una superficie de plástico suave que sellaba los extremos.

Estaba haciendo otra criatura (esa vez un búho grande, hecho con hilo más grueso), cuando se dio cuenta de que el taller casi había terminado y aún no había llegado su último estudiante. Luna estaba mirando el listado en busca del nombre que no había tachado cuando la puerta se abrió para revelar a un niño pequeño y con pinta de tímido. Y detrás de él...

Hunter Yee se detuvo justo en la entrada de la sala y parpadeó. Ella le devolvió la mirada, resuelta a pasar por alto el aleteo entre sus costillas.

El chico se aclaró la garganta.

—Sentimos la interrupción. Mi hermano Cody, se pierde mucho. Creo que se apuntó a este taller.

Luna intentó que su boca formara una sonrisa normal.

—Bueno. ¡Cody! Encantada de conocerte. Me llamo Luna. Entra. —Cody alzó la mirada hacia su hermano mayor—. Tú también puedes entrar, Hunter.

Era la primera vez que decía su nombre en voz alta y las sílabas le produjeron una descarga eléctrica en la lengua. ¿Se estaba sonrojando?

Los hermanos se acababan de sentar en la parte de atrás justo cuando sonó el timbre.

—Ah. —Luna carraspeó—. Bueno, eso es todo, gente. Si habéis terminado, os arreglaré los extremos de los hilos. Si no, podéis pedirles a vuestros padres que lo hagan. Las instrucciones están en la hoja.

Luna agarró unos cuantos fragmentos de hilo y se acercó a Cody, que parecía desolado.

—Es bastante sencillo —le dijo al niño, intentando fingir que su hermano no estaba allí—. De hecho, estoy segura de que lo entenderás enseguida. Pero te enseñaré cómo empezar.

Hizo un bucle con un hilo amarillo y lo enroscó con el azul para formar el primer bulto. Cody le miraba las manos, pero ella notaba los ojos de Hunter en su rostro.

—¿Quieres intentarlo tú? —Luna le pasó los hilos al niño. Él no habló, pero lo había entendido rápido. Sus dedos pequeños separaban hilos y ataban los nudos con seguridad—. Eso es.

Por el rabillo del ojo, se fijó en la pulsera de la muñeca de Hunter, de un fino cordón rojo en su estilo favorito. Parecía desgastada, como si la hubieran hecho hacía tiempo. Se preguntó si sería obra del propio Hunter.

Cody articuló un sonido interrogativo y alzó su obra para que Luna la viera.

—Bien hecho —dijo—. No me cabe duda, Cody, de que vas a ser todo un experto en esto.

No pudo evitarlo: alzó los ojos para encontrarse con los de Hunter. Su mirada era aguda y brillaba de un modo que ella no supo descifrar.

—Gracias —le dijo.

HUNTER YEE

—Me gusta —dijo Cody mientras se abrochaba el cinturón.

Hunter sabía a quién se estaba refiriendo, cómo no. Se aclaró la garganta.

—Me alegro.

—¿*A ti* te gusta? —Las llaves tintinearon y cayeron. Hunter las buscó en las sombras bajo sus rodillas—. Sí que te gusta, lo sé.

—Bueno —dijo Hunter, y lo dejó ahí. No quería pensar en cómo reaccionarían sus padres si descubrieran que sus dos hijos eran admiradores de la hija de los Chang.

Le había prometido a su madre que pasaría inadvertido ese último año, que se mantendría alejado de los problemas dentro de sus posibilidades. Pero tampoco podía hacer nada si en el instituto compartía tres clases con Luna.

Cody introdujo el casete de *West Side Story* y jugueteó con el volumen.

Hunter había oído las canciones un millón de veces, pero le encantaba cuando su hermano cantaba así, con ganas y alegría. Cuando estaban solos los dos en el coche, con las ventanillas subidas, podían hacer todo el ruido que quisieran. No tenían que preocuparse por si alguien oía sus conversaciones, ni por si atraían la atención de alguna persona peligrosa.

Casi habían llegado a casa cuando Cody bajó la música.

—¿Tenemos que entrar ya? —preguntó.

Hunter miró la hora. La cena no sería hasta dentro de un par de horas y estaba bastante seguro de que su padre no necesitaba el coche en todo el día.

—No es *obligatorio*. ¿Por qué lo dices?

—¿El arco sigue en el cobertizo? ¿Podemos ir, por favor?

Como si Hunter fuera a negarse.

—Vale.

El camino rápido estaba bloqueado por unos conos de color naranja, seguramente por la grieta de la que hablaba todo el mundo. Otros conductores parecían molestos por el desvío, pero a Hunter no le importó. Allí, en esas largas extensiones de carretera que serpenteaban entre los árboles, a diez kilómetros por hora por encima del límite de velocidad (lo bastante bajo para que no lo parasen), sentían esa libertad y esa paz que no encontraban en la casita adosada. Nadie iba a echar la puerta abajo ni a amenazarles. Allí fuera, podían ser ellos mismos.

Condujo hasta la parte más espesa del bosque de Fairbridge. Ese lugar lo había atraído desde que se mudaron allí, quizá por las ramas que lo llamaban con señas o los susurros del suelo del bosque. Se había adentrado en los árboles para perseguir el arroyo, para mirar cómo los renacuajos nadaban en el agua.

A unos treinta pasos en el interior del bosque, en el borde de un enorme claro, había encontrado el cobertizo destartalado. La primera vez que Hunter abrió la puerta había estado tan oscuro que no vio nada, solo la boca abierta de un espacio a punto de engullirlo. La segunda vez, con la luz acuosa de la mañana sobre sus hombros, vio un arco y un carcaj de flechas en un rincón. No los tocó, pero cada vez que regresaba a mirar seguían allí, cubiertos por una espesa capa de polvo. Al cabo de unos meses, decidió que el arco y las flechas eran suyos.

Durante los últimos siete años, había regresado a ese cobertizo, se había adentrado en su silencio para pensar, para respirar. Para lanzar flechas a los troncos de los árboles con los ojos cerrados hasta oír el golpe del aterrizaje.

Hunter sacó el coche de la carretera hasta un trozo de tierra cubierto de hierba. Aparcó junto a un árbol gigante con todo el tronco partido por la mitad. Ese pedazo llano de tierra era la entrada más rápida al claro.

Cody corría unos pasos por delante, saltando las raíces al descubierto.

—¿Sabes por qué se llama Arroyo del Rayo?

—¿Por qué?

—Porque un día, hace mucho tiempo, hubo una tormenta y cayó un rayo justo aquí. Creó un surco enorme con forma de serpiente que recorría todo Fairbridge y la tormenta lo llenó de agua hasta convertirlo en un arroyo.

—Guau. ¿Quién te ha contado eso?

—La señorita Jordan. Era adolescente cuando ocurrió la tormenta.

El arco era demasiado grande para Cody, pero no le importaba. Lo que quería sobre todo era sujetarlo con las manos, sentir la vibración al disparar una flecha con la ayuda de Hunter. Siempre hacían lo mismo. Iban allí, entre la hierba alta y el canto de los pájaros. Cody probaba a disparar un par de veces y luego se sentaba en la hierba para observar a su hermano.

Una detrás de otra, todas las flechas de Hunter impactaron en troncos grises, en ramas que se retorcían en ángulos complejos, siempre donde él quería. Cada vez que iba a lanzar una flecha, ralentizaba la respiración, buscaba el momento entre dos latidos, cuando todo permanecía en silencio y el mundo se aquietaba. Disfrutaba de las vibraciones que recorrían el arco, que temblaban en sus dedos. El *shushttt* placentero cada vez que acertaba en la diana.

Hasta con los ojos cerrados acertaba. Conocía el camino exacto que recorrería la flecha; cómo la empujaría el viento, cómo se arquearía y caería. Ese instinto le resultaba tan natural como respirar.

De vez en cuando, Hunter hacía una pausa para ponerle una mueca graciosa a Cody, que le sonreía con adoración, como si Hunter fuera el único que pudiera ensartar las estrellas del cielo. A veces le preocupaba que su hermano pequeño lo admirase demasiado. Con un poco de suerte, tampoco sería un modelo a seguir demasiado horrible.

Y, al mismo tiempo, deseaba que Cody no se dejara arrollar por las normas abrumadoras de sus padres. Sería bueno que se le pegara una pizca de la rebeldía de Hunter, por su bien.

Pensó de nuevo en Luna. En la amabilidad con la que había tratado a su hermano. No mostró la impaciencia que solía aparecer en otros educadores cuando Cody se quedaba en silencio. Los profesores de la escuela pública (todos ellos blancos) pensaban que no hablaba inglés. Los profesores en la Escuela de Lengua China pensaban que era poco inteligente. Pero se equivocaban: Cody era, seguramente, el miembro más listo de la familia Yee.

Pasaron el tiempo así hasta que el cielo se volvió del color del fuego. Juntos extrajeron las flechas de los árboles y lo devolvieron todo al cobertizo antes de regresar al coche de su padre y al lugar al que llamaban «hogar».

Esa noche, Hunter se despertó por los ululatos fantasmales de dos búhos emparejándose. La primera vez que había oído el sonido casi salió huyendo, seguro de que alguien le estaba gastando una broma. En ese momento le recordó al búho que Luna había estado tejiendo con sus manos hábiles mientras Cody y él salían del aula. Recordó la cuerda marrón brillante. Cómo la enrollaba alrededor del dedo índice. La concentración con la que ataba cada nudo en su lugar.

LUNA CHANG

Su madre llenó la mesa con zongzi recién hechos, verduras saltea-
das, huevos revueltos con tomate y una fuente de pasteles de taro
salados. Luna fue a buscar la salsa de chili.

Al entrar en el comedor, vio que su padre sujetaba una caja
envuelta en satén y adornada con un lazo.

—Meihua. Esto es para ti.

—¿*Weishenme*? No necesito nada.

—Es un regalo.

Ante eso, su madre alzó la mirada; su boca tenía la dulce forma
de una sonrisa incierta. Era una botella de perfume con el cristal
cortado para parecer una piedra preciosa.

El padre le quitó la tapa.

—Pruébala. A ver si te gusta el olor.

La madre de Luna se roció con cuidado la muñeca.

—Es… salado.

—A mí me gusta —dijo Luna. Su madre le pasó la botella y la
chica se la llevó a la nariz. El aroma le recordaba al aire de la playa
y al humo de una hoguera, a pétalos enroscándose contra un lecho
de cenizas calientes. *Sí* que le gustaba.

—Bien —dijo su padre—. Me alegro.

La madre permaneció en silencio, los dedos peleándose con la cuerda que ataba las hojas de zongzi alrededor del arroz.

Luna fue a toda prisa a la cocina y, cuando regresó con las tijeras en los dedos, descubrió que su padre había desatado dos de los nudos.

Qué tiernos se los veía así, juntos, su padre concentrado, su madre mirando por encima de su hombro. A Luna le encantaban esos instantes, porque le servían de recordatorio sobre lo que significaba ser una familia. Su madre siempre era así de rara con los regalos, pero estaba claro que el gesto significaba más para ella de lo que dejaba entrever.

—Las tijeras son más eficientes —dijo su madre, quitándoselas a Luna, con lo que rompió el hechizo. Las hojas de zongzi cayeron inertes, *clip, clip,* y llegó el momento de sentarse a comer.

La madre ya había empezado a despotricar.

—Hoy ha venido una madre para examinar la escuela para su hijo. Ha sugerido quitar el *zhuyin fuhao* del plan estudiantil… ¡Necesitaríamos nuevos libros de texto! ¿Qué será lo siguiente? ¿Enseñar caracteres simplificados en vez de los tradicionales?

—*Kaiwanxiao* —dijo su padre—. Eso sería una destrucción cultural. La cosa ya está bastante mal con todos los cambios que intentan establecer los partidarios del Guomindang.

Luna oyó a su madre sorber por la nariz.

—Hoy me han dicho que no dirigiré el comité para el Año Nuevo Lunar.

—¿Qué? —exclamó su padre—. ¡Pero si llevas cinco años organizándolo!

Ella suspiró.

—*Fanshi you yi de, bi you yi shi.* Al menos no tendré que preocuparme sobre coordinar nada mientras estemos en Taiwán.

—Entonces, ¿quién lo hará?

—No lo sé. Se lo ofrecieron a Yvonne Yee, pero lo rechazó. —La expresión de su madre era turbulenta—. ¿Te lo puedes creer? Esa familia está en todas partes… No podemos huir de ella. En este curso, el pequeño es alumno mío.

La mención de los Yee tornó los pensamientos de Luna hacia la expresión de Hunter en el gimnasio cuando lo eliminó. Y luego en el taller, con lo tierno que se había comportado con su hermano.

El aire vibraba cuando él estaba cerca. Pensó en su cabello negro reluciente, en cómo a veces se le ponía de punta. En su mandíbula angulosa, en los ojos oscuros pero cálidos. Luna se imaginó viéndolo en el instituto y con una excusa para arrancar una conversación.

Existía una expresión para ese tipo de pensamientos. «Soñar despierta». Se sintió mareada durante un instante y luego avergonzada.

Bebió un sorbo del té e intentó regresar a la conversación que transcurría en la mesa.

—Bueno —decía el padre de Luna, siempre diplomático—, es afortunado por tener una profesora tan buena. Aprenderá mucho de ti este curso… Estoy seguro.

Su madre resopló.

—No creo que ninguno de los Yee sea capaz de aprender nada. Tampoco tiene pinta de ser estudioso. Es tan malo como el mayor. ¿Sabes por qué echaron a ese Hunter de Stewart? Perdió la beca. —El padre de Luna profirió un sonido entre la incredulidad y el desprecio. La madre añadió—: He visto a muchos alumnos como Cody Yee. Desde el primer día sé que son unos vagos y no tienen ganas de aprender.

A Luna nunca se le había ocurrido dudar de esas afirmaciones tan generalizadas, pero en ese momento la lente por la que contemplaba a su madre empezó a fracturarse.

—Hoy ha venido Cody a mi taller —dijo despacio—. Creo que es un niño especial.

Su madre se tornó del color de la salsa vertida sobre un bawan.

—Nadie en esa familia es *especial* —escupió.

—Luna, no hables de cosas que no entiendes —la recriminó su padre. Se le endureció el semblante, y su voz adquirió un filo poco común.

Luna intentó tragar el bocado de arroz que se había vuelto duro y seco. Los granos le arañaron la garganta.

MEIHUA CHANG

La madre de Luna

Meihua se sentó en el borde de la cama y se pasó los nudillos por las cejas doloridas. Seguía tensa tras clase. ¿Por qué se encontraba con los Yee en cada esquina?

A la salida, había visto a los dos hijos en el taller de Luna, los últimos en marcharse. A través de una rendija de la puerta, Meihua había presenciado la despedida cálida de su hija.

Y lo que era peor: la forma en la que Luna había defendido al hermano pequeño durante la cena.

Meihua sacudió la cabeza. Tendría otra conversación con Luna para enfatizar la importancia de mantenerse alejada de los Yee.

Se acordaba de la primera vez que había conocido a esa familia. Se estaba quitando los zapatos en el vestíbulo de los Zhang mientras David e Yvonne sonreían con timidez y su hijo, con el gesto sombrío, sujetaba los feos dumplings con los que contribuían a la cena.

Meihua se había preparado para que le cayeran muy bien. Sobre platos de mifen y kangkong, David e Yvonne habían explicado en voz baja que se acababan de mudar a Fairbridge y esperaban quedarse una temporada. Querían un poco de estabilidad para su primer hijo y para el segundo, que estaba en camino. En ese momento, Meihua había mirado sorprendida la barriga de Yvonne, cuya redondez escondía bajo el amplio vestido.

—*Gongxi ah!* —había dicho con calidez y sentimiento. Un hijo nuevo traía suerte. Hsueh-Ting y ella habían intentado concebir de nuevo después de Luna, pero el destino no lo quiso. Y, de todas formas, ya tenían suficiente con la enfermedad de su hija. Meihua recordaba notar con alegría que no sentía ni una pizca de celos por la buena suerte de David e Yvonne.

Luego llegó el descubrimiento incómodo: Hsueh-Ting y David iban a postular por el mismo trabajo. Eran profesores con una experiencia similar y codiciaban el puesto de profesor fijo. Todo el mundo se rio ante la coincidencia, pero Meihua vio que la postura de Hsueh-Ting se había vuelto rígida.

Necesitaban ese trabajo. Luna enfermaba a menudo, había faltado a tantas clases que no sabían si pasaría al siguiente curso. Necesitaban el seguro médico. Tenía virus e infecciones, una hinchazón inexplicable, mucha fiebre. Nada ayudaba, excepto la luz de la luna, por raro que pareciera.

Cuando Meihua colocaba a su hija en una tumbona bajo el cielo nocturno, su temperatura bajaba al fin y respiraba con más facilidad.

—Mamá —decía, mientras señalaba las formas que trazaba en las estrellas con su pulgar minúsculo.

Unas semanas después de la cena, Hsueh-Ting consiguió el trabajo. Su alivio fue abrumador.

La siguiente vez que se encontró con los Yee, estos se comportaron con frialdad. Meihua intentó iniciar una conversación, pero Yvonne se giró como si nadie hubiera hablado. La tensión aumentó a partir de ese momento. David e Yvonne habían traído un veneno a esa piscina en la que todos nadaban. Desde entonces, los Chang hicieron todo lo posible para evitar a esa familia. Y viceversa, como si hubiera un acuerdo tácito de que no asistirían a las mismas reuniones sociales. Pero algo había cambiado en esos días, hasta el punto de que sus órbitas se habían inclinado tanto que colisionaban una y otra vez.

Hsueh-Ting salió del baño, secándose el pelo con una toalla.

—¿Qué haces ahí sentada? —Su tono era inocente, pero Meihua no pudo evitar sentir que la acusaba de algo.

—Nada —replicó. Se levantó y empezó a balancear los brazos de un lado a otro, dejando que las manos chocaran contra el cuerpo. Su ejercicio diario—. Tú también deberías hacerlo —le dijo a su marido, porque era lo que decía siempre, aunque la frase ya era más un hábito sin ningún significado.

—Mmm —asintió Hsueh-Ting, como siempre, y abrió un cajón en busca de calcetines limpios.

CODY YEE

Cody llevaba observando con atención a su hermano toda la vida. Le costó un poco, pero en un determinado momento se dio cuenta de que Hunter nunca fallaba un lanzamiento. Si hacía una bola con un poco de basura y apuntaba a la papelera desde una distancia imposible, esta formaría un arco perfecto por el aire. Daba igual cuánto pesase o que debería haberse desviado por el soplo de un gran ventilador.

A veces, después de que su hermano se marchara de la habitación, Cody intentaba repetir el lanzamiento. Y no lo conseguía ni de cerca.

Ansiaba ser como Hunter. Seguro de sí mismo y audaz. Con una puntería perfecta incluso con los ojos cerrados. Tan fuerte como para sujetar un arco y una flecha como si no pesaran nada. Sin miedo.

Sobre todo eso último. Porque Cody tenía *mucho* miedo. Todo lo ponía nervioso. Voces elevadas. La inquietud que emanaba de las conversaciones de sus padres. Las partes de la casa que permanecían con las luces apagadas cuando el sol se ponía, para que los vecinos no sintieran la tentación de mirar hacia sus ventanas.

La preocupación de sus padres se convirtió en la preocupación de Cody, como si, al respirar el mismo aire, hubiera absorbido su estrés. Se preguntaba si su familia tendría en algún momento dinero suficiente. Si podrían dejar de esconderse alguna vez.

¿Algún día descubriría de *qué* se escondían?

Lo único que sabía era que aquello estaba relacionado con un hombre del que intentaban escapar desde antes de que Cody naciera.

El miedo era una chaqueta pegada a su piel, imposible de arrancar. Era lo único que la gente veía: su timidez. Pensaban que no entendía las cosas, que le costaba aprender. La gente ajena a su familia no sabía que leía libros de un nivel superior a su curso, que tenía una memoria excelente y que entendía mucho más de lo que podrían adivinar. Los profesores hacían suposiciones sobre él, igual que sus compañeros de clase.

Quizás en parte se debiera a que tenía un aspecto distinto al de la mayoría de los estudiantes, con su piel rosada y sus pecas y sus ojos azules o marrón claro o incluso verdes. Pero, en general, estaba bastante seguro de que se debía a que podían percibir su miedo.

—¿Tú también estás asustada, Jadey?

Acercó la nariz a la cabeza de la coneja. Le reconfortaba hablarle en voz alta.

Ojalá no se pusiera tan nervioso por tantas cosas. Ojalá tuviera el valor que Hunter siempre le recomendaba guardar cerca, como un tesoro secreto. Su hermano hacía que pareciera fácil. «Tú finge que eres valiente. Hay que practicar ese valor hasta que, un día, ya no tendrás que fingir».

Pero Cody no sabía cómo hacer aquello. En lo que a él respectaba, no había nacido con el atributo de la valentía.

Alguien le había dicho hacía mucho tiempo que las estrellas fugaces concedían deseos, así que había intentado mantener la cabeza encarada hacia el cielo siempre que caía la noche. Aún no había visto nada que se pareciera a una estrella fugaz. Pero estaba listo para pedir un deseo.

HUNTER YEE

Hunter suspiró en la noche mientras sacaba el cubo de basura hasta su sitio en la calle. Se detuvo en la acera para mirar la fila de casas. La de su familia se hallaba en un extremo, con la pintura amarilla tan descolorida que había adquirido un tono enfermizo por tanto moho. El número siete de Belladonna Court. Desde allí veía cómo la casa se hundía por un lateral al final de la fila, con ese esqueleto cansado y encorvado. El sendero hasta la puerta era irregular, como una mandíbula de dientes torcidos.

Se habían mudado a esa casa cuando Hunter iba a empezar cuarto de primaria; en aquella época, sus padres lo habían llamado «una solución temporal».

Y ahora, ocho años más tarde, Hunter había dejado de preguntar cuándo se mudarían de nuevo. El alquiler de la casa solo había subido en una ocasión y aún no habían recibido la llamada para la que se habían preparado desde su llegada. Estaba claro que sus padres creían que aquel era el lugar perfecto para esconderse. Allí se habían convertido en una aguja en un pajar.

Oyó un susurro delator, un dedo de viento acariciando la tierra cerca de sus tobillos. Hunter se quedó quieto, a la espera, con todos los músculos tensos por la curiosidad. Si intentaba mirar directamente, huiría. Ese fenómeno llevaba años ocurriendo. No recordaba el momento en el que había empezado.

El susurró se apagó y el silencio regresó, y *entonces* miró. Allí estaban. Dos billetes nuevos de veinte dólares junto al talón. Se agachó, fingiendo que iba a atarse los cordones, para poder doblar el dinero y guardarlo dentro del calcetín. En cuanto se quedase a solas, lo metería en la caja de los fondos para su huida.

Hunter regresó a la casa oscura y sofocante. Deseaba poder abrir una ventana, pero sus padres no lo permitían. Demasiado fácil que se oyeran sus voces, que unos ojos curiosos encontraran un objetivo. Lo mejor era mantener los pestillos cerrados, las cortinas echadas.

En cuanto la puerta principal se cerró a su espalda, supo que algo iba mal. Oía a su padre en la cocina, profiriendo una sarta de frases quedas en mandarín con demasiada rapidez y urgencia como para que pudiera entenderlas.

El pasillo principal de su diminuta casa limitaba con la entrada de la cocina. No podía llegar a su habitación sin toparse con sus padres. Siempre estaban alerta. El crujido de un tablón, el roce de una rama fuera de la casa... Cada sonido les hacía detenerse, contener el aliento con fuerza en los pulmones, observar qué iba a ocurrir.

Hunter había aprendido de su comportamiento. Iba de puntillas a todas partes y se envaraba ante el menor ruido. Su casa no era un lugar para relajarse. Había que moverse con cuidado.

Se quitó los zapatos. La madera bajo los calcetines se quejó y las voces en la cocina se detuvieron de inmediato.

—Soy yo —dijo—. Solo estaba sacando la basura.

Renunció a lo de andar en silencio y entró en la cocina, donde su padre se apoyaba en el frigorífico, tras haber descartado la corbata en un montón sobre la encimera, y su madre se encorvaba en el centro de la habitación, agarrándose los codos con las manos.

—¿Por qué has tardado tanto? —le preguntó.

—¿Qué? Pero si he salido y he vuelto enseguida.

—Has tardado más de lo normal —replicó ella, nerviosa.

—¿Qué pasa?

—Nada —respondió su padre, al mismo tiempo que su madre dijo:

—Hemos recibido una llamada.

Una llamada. Una palabra de lo más inocua, pero, para ellos, la más siniestra. El corazón de Hunter empezó a martillear con fuerza. Después de todos esos años, ¿era ese el momento para el que se habían preparado? ¿Los habían encontrado?

—De un número desconocido —añadió su padre.

La mirada de Hunter pasó de un progenitor a otro.

—Así que… podría no ser nada, ¿verdad?

—Sí.

—O podría ser *algo* —suspiró su madre—. Nadie en Taiwán se creerá que la familia de un profesor viva de esta forma.

—No digas nada —dijo el padre con brusquedad.

—No pienso hacerlo.

Su madre agarró la tetera, que contenía agua hervida hacía unas horas. La vertió con cuidado en la jarra de una mermelada de fresa que les habían regalado y la metió en el microondas para recalentarla.

Hunter notaba los bordes de los billetes haciéndole cosquillas en la piel y pinchándole el tobillo. Su mente ansiaba irse al dormitorio, buscar la bolsa pequeña metida en un rincón de la parte más honda del oscuro armario. Si la cosa se agravaba, al menos tenía aquello.

Su padre se inclinó para echar un vistazo por los bordes de las cortinas. La paranoia era infecciosa. Los tres se quedaron allí de pie, en silencio, hasta que el microondas pitó.

—Hunter, tienes que esforzarte más. —Su madre sorbió el agua y bajó el bote de cristal—. Ahora que no tienes la beca...

—Mamá, lo sé.

—Te resultará más complicado entrar en una buena universidad —dijo con un suspiro—. Stewart tenía muy buena reputación.

Hunter estaba harto de oír aquello. Que había desperdiciado esa oportunidad. Que era una vergüenza para la familia, sobre todo ahora que había una mancha oficial en su expediente. Que no podían permitirse una mierda y que él había renunciado a la posibilidad de conseguir algo en la vida.

—Tengo que ir a hacer los deberes —dijo.

En su dormitorio, Cody estaba estirado en el suelo, acariciando a Jadey. Hunter no estaba de ánimo para hablar, así que, antes de que su hermano pudiera decir nada, se echó sobre la cama y cerró los ojos. Apretó los dedos, las uñas contra la piel de las palmas. Ansiaba que llegase el día en que no tendría que vivir en esa casa nunca más.

HSUEH-TING CHANG

El padre de Luna

A lo mejor era por las nubes de terciopelo arrugado que absorbían toda la luna. A lo mejor era porque el ambiente estaba extrañamente espeso y cada respiración se le pegaba a la nariz. Pero Hsueh-Ting no podía dormir.

Bajó las escaleras a hurtadillas hasta la cocina y abrió el cajón que contenía llaves, alambres y cosas variadas. El pequeño hexágono blanco estaba en lo más hondo. Quería envolverlo con los dedos.

El objeto tenía un peso y una calidez… No, algo más que eso. Una vibración. Olía a viejo. A viejo *viejo*, y lo sabía por un instinto que había desarrollado en la universidad, como un cerdo que busca trufas. ¿Era un artefacto?

¿Cómo *demonios* lo había encontrado David Yee?

Luego la cabeza empezó a darle vueltas al recordar la última publicación de Yee, la que había generado olas en su campo académico. El aire se le atragantó en la garganta cuando pensó en esas afirmaciones.

La insinuación de que los alquimistas imperiales de Qinshihuang *habían* conseguido, probablemente, desarrollar ciertos elixires antes de la supuesta quema de libros y de la persecución de eruditos. La idea de que el emperador había poseído no solo el famoso Heshibi, sino también otros fragmentos de la preciada piedra, considerados Mandatos del Cielo adicionales o divinos talismanes de protección.

Hsueh-Ting se había quedado pasmado; el artículo parecía una obra de ficción. Le había costado localizar una cuarta parte de las fuentes enumeradas y muchas de las otras citas eran imprecisas. *¿Esa* era la obra de un académico que quería conseguir un puesto fijo?

Pero la gente se lo estaba tomando en serio. Yee, callado y torpe, no tenía amigos de verdad entre sus colegas (o nadie los había visto, al menos) y de repente era popular. Lo invitaban a comidas especiales y a hablar en conferencias. Otros equipos de investigación intentaban contactar con él. Y era tan manipulador que hasta fingía pudor por todo aquello.

Hsueh-Ting no era ningún novato en la adquisición de artefactos a través de rutas poco convencionales… pero nada de lo que había caído en sus manos contenía tanto potencial. Y eso que había trabajado duro. Meihua tenía razón. Los Yee lo *acaparaban* todo: el prestigio de ella dentro de la comunidad, la reputación de él como principal investigador del departamento.

Quería que David Yee se marchara de una vez por todas. Quería su ascenso. Hsueh-Ting ni siquiera le había contado a su esposa que lo estaba intentando. No quería que Meihua se hiciera ilusiones. O, para ser más exactos, no quería enfrentarse a su decepción. Ya había demasiado de eso. Cuando le dieran el ascenso, sería una gran sorpresa para ella. Quería ver a Meihua sonreír como el sol, como solía hacer antes. Quería poder pagarle Stanford a Luna.

Quería que se graduara sin préstamos estudiantiles. Cuán orgullosa estaría su hija y cuánta libertad tendría.

¿Aquella cosa hexagonal sería el tema del siguiente artículo de Yee?

Hsueh-Ting consideró las posibilidades. A lo mejor podía usarlo para su *propia* investigación. Lo alzó y las facetas parecieron captar una luz lejana. La piedra brillaba.

Un ruido en otra parte de la casa hizo que diera un brinco. Cerró el cajón, con el cerebro rumiando ya nuevas ideas.

Por la mañana se pondría manos a la obra.

LUNA CHANG

Luna se despertó jadeando. Había soñado que flotaba sobre las copas de los árboles y las luciérnagas parpadeaban a su alrededor. En su lengua persistía un sabor a miel y a nata.

¿Qué la había despertado con tanta brusquedad? Notaba el cuerpo diferente. Era muy consciente de que existía un vacío en su centro.

Estaba... hambrienta. Por decirlo de alguna forma.

No ansiaba comida, sino algo innombrable. Su corazón también trastabilló de acuerdo. Palpitaciones. Un vacío doloroso en el estómago. Venas que le cosquilleaban y piel resbaladiza con sudor frío.

Pero no tenía fiebre y no se sentía *enferma*, no exactamente.

Unos puntos de luz titilaron en el borde de la ventana y la sacaron de la cama. Cuando apartó las cortinas, las vio: sus luciérnagas, apretadas contra el cristal. Nunca en su vida las había visto así, esa pequeña multitud de soldados con linternas parpadeantes.

Con dedos rápidos, fue a abrir el pestillo, a deslizar la ventana hacia arriba. Pero hacía frío y la ventana estaba atascada, y cada movimiento espantaba a otro puñado de luciérnagas. Cuando al fin consiguió abrirla, solo quedaban unas pocas.

Le guiñaron sus luces, una tras otra, antes de lanzarse hacia la noche que ocultaba la luna.

RODNEY WONG

Era muy tarde (o muy temprano, según las preferencias de cada uno). No era raro que el teléfono de Rodney Wong sonase a esas horas, pues el suyo era un tipo de trabajo que se alargaba hasta horas intempestivas.

Sin embargo, sí que era un momento *inconveniente* para una interrupción de ese calibre. Wong se hallaba en un sótano minúsculo y con humedades en San Francisco, mientras abría y cerraba, abría y cerraba, una navaja pequeña como quien no quiere la cosa. Crear expectación era importante.

Delante de él, el hombre atado en la mesa jadeaba, aunque nadie había hecho nada que le afectase la respiración. Wong se fijó, divertido, en que solo lo hacía por nervios. Lo único que había tenido que hacer era introducir levemente una hoja afilada entre el extremo de una uña y la suave piel del dedo, y su víctima había caído en una espiral de puro pánico.

Extraerle información a ese tipo debería resultar sencillo… si no se desmayaba antes.

Pero el teléfono seguía sonando. Cada timbrazo cortaba el silencio que había construido con tanto cuidado. Wong vio que la respiración del hombre se ralentizaba, que los músculos tensos de los brazos empezaban a relajarse. A lo mejor creía que iban a rescatarle.

A esas alturas, deberían empezar de nuevo. Wong se tragó una queja de frustración y fue a responder el teléfono, que se hallaba sobre hormigón visto en el rincón sudoeste. El cable enrollado estaba muy estirado y enredado, porque lo habían lanzado a través de la habitación demasiadas veces. ¿Qué mejor forma de terminar una llamada que incitaba a la rabia? Bueno, ya se compraría otro cuando ese muriera.

—¿Diga? —respondió de mal humor.

Una voz que llevaba un tiempo sin oír empezó a hablar, y las palabras que atravesaron la línea fueron como magia. El humor de Wong cambió. La cabeza le daba vueltas. Preguntas, ideas, planes que cobraban forma. Debería reservar un vuelo, alquilar un coche. Iría solo en esa ocasión.

Cuando colgó, abrió la navaja con entusiasmo y cortó las ataduras que retenían a su víctima en la mesa.

—Puedes irte —dijo. No tenía por qué hacerlo, pero se sentía generoso. Incluso jovial.

—¿Qué? —El hombre se enderezó—. ¿Quién ha llamado? ¿Era…? ¿Han llamado por mí?

—No le importas a nadie. —Wong sonrió—. Era una persona con algo mucho más valioso de lo que podrías ofrecerme tú.

Llevaba ocho años esperando esa llamada.

LUNA CHANG

La mente de Luna estaba iluminada con ideas sobre luciérnagas cuando Joyce Chen, que se sentaba una fila por delante, se dio la vuelta. Luna notó sus ojos sobre ella mientras apuntaba los deberes de Sociales en la agenda. Cohibida, se puso a escribir más despacio para que la letra le saliera pulcra. Desde el primer año en el instituto, Joyce había sido la otra chica asiática en su curso, pero nunca habían compartido una clase hasta ese momento. Luna siempre había querido ser su amiga.

—Hola —saludó Joyce.

Luna se enderezó.

—Hola. ¿Qué pasa?

—¿Has hablado con el chico nuevo?

—¿Con Hunter Yee? —preguntó Luna, y se le calentaron las mejillas.

—Sí. Con ese.

—La verdad es que no.

Joyce se acercó y bajó la voz.

—He oído que hizo un montón de barbaridades en Stewart antes de que lo echaran.

—¿Como qué?

—Dicen que hace un par de años activó la alarma antiincendios para sabotear los exámenes finales. No hubo pruebas, así que nunca se metió en un lío... pero todo el mundo sabe que fue él. Y, al parecer, justo antes de un partido, tiró todas las gradas como si fueran fichas de dominó.

Luna parpadeó.

—Vaya.

—Ya ves. Me lo contó mi primo, que va a Stewart. Ese chico tiene una reputación muy intensa.

La campana sonó para indicar el inicio de la clase. Joyce se dio la vuelta y dejó a Luna con la sensación de que una piedra se hundía en su interior. Sus padres tenían razón. Pues claro que la tenían. Debía mantenerse alejada de Hunter, a toda costa.

Luna les había dicho a sus padres que se iba a quedar en el instituto para hacer un trabajo de clase. Se sentía culpable por mentir, pero tampoco era que fuera a traficar con drogas. Y ya había *terminado* todos los deberes. Ocupó una mesa vacía en la parte trasera de la biblioteca y se tomó su tiempo para colocar un montón de libros y que hubiera un rincón donde esconder las chuches. No estaba permitido comer en la biblioteca, pero ¿de verdad alguien podía trabajar con el estómago vacío?

Esa era su cuarta visita para documentarse en dos semanas. Sí, había cosas más importantes que podría estar haciendo (como las redacciones para solicitar plaza en distintas universidades), pero Luna había desarrollado una obsesión. Tenía que investigar todo lo que pudiera sobre las luciérnagas. Había leído en tomos polvorientos que tenían vidas muy cortas, solo unas semanas. Había aprendido que su nombre científico era *Lampyridae* y que había muchas especies diferentes. Algunas emitían colores distintos o guiñaban las luces a diversas velocidades. Pero ninguna de las descripciones que había encontrado encajaba con las luciérnagas que habían empezado a aparecer a su alrededor.

Si no prestabas atención, cualquiera pensaría que todas eran iguales. Pero *sus* luciérnagas, las que soportaban el frío, tenían un aspecto particular. Alargadas y finas, más oscuras que otras que hubiera visto, y sobre el lomo tenían un diamante plateado, casi como una estrella.

Luna se detuvo. ¿Acababa de ver una luz por el rabillo del ojo? No. Su mente se imaginaba cosas.

Comió un poco de chocolate y examinó el índice de un libro. Le frustraba no poder buscar *lo contrario* a una característica. Si consultaba el apartado sobre hibernación, ¿por qué no había una subsección que hablase sobre especies que *no* hibernasen?

Según la ciencia, a las luciérnagas les gustaba la humedad del verano. Pero las suyas persistían incluso con la rápida bajada de temperaturas. No sabía cómo sobrevivían al frío. Cuanto más lo pensaba, más dudaba de que pudiera llamarlas «luciérnagas» o *Lampyridae*... porque su extraña habilidad para sobrevivir casi las convertía en una especie distinta.

Luna pasó a una sección en el libro sobre canibalismo. Las luciérnagas a veces se comían las unas a las otras; eso le había parecido fascinante. No se imaginaba a las suyas haciendo algo así. Funcionaban como una manada, como una familia. Iban con mucho cuidado cuando se movían con las demás... Otra característica determinante que las alejaba de las *Lampyridae* sobre las que había leído. Sus instintos básicos eran radicalmente distintos.

Luna empezó a leer sobre mantis religiosas y arañas, sobre los rituales caníbales que tenían... hasta que se dio cuenta de que había dejado de leer. Volvía a soñar despierta. Se había distraído pensando en Hunter Yee. En su sonrisa torcida. En su codo, que había chocado por accidente con el suyo durante Química.

Pestañeó con fuerza y sacudió la cabeza. ¿Qué le pasaba? Incluso sabiendo lo horribles que eran sus padres... Y todo eso sobre «de tal palo, tal astilla». Y lo que le había contado Joyce...

Por no mencionar cómo reaccionarían sus propios padres. Casi podía ver las caras de asco que pondrían.

La megafonía sonó en ese momento para anunciar que los últimos autobuses habían llegado. Luna recogió los libros y los devolvió a sus estantes.

HUNTER YEE

Habían castigado a Hunter por primera vez en el Instituto Fairbridge por culpa del viento, que lo siguió hasta el aula y derribó el podio de la profesora. Los papeles salieron volando, un lápiz se partió por la mitad, el borrador de la pizarra aterrizó en el hombro de una persona. Y claro que había ocurrido cuando Hunter cruzó el aula para buscar un pañuelo, mientras los demás se inclinaban sobre un examen sorpresa. Nadie había visto que, en realidad, no había tocado nada. Lugar equivocado en el momento equivocado. Fue el único objetivo lógico al que echarle la culpa.

Así nunca causaría una buena impresión. Pero había aprendido a apretar los dientes y a lidiar con el castigo para que acabara mucho más rápido. Esa era su filosofía general en la vida: tragar la injusticia, contar los días hasta que pudiera escapar.

Como nadie podía recogerlo a las cuatro, debía tomar el autobús hasta casa. Su padre estaba furioso, pero Hunter se alegraba del cambio. La mayoría de los estudiantes de último curso usaban su coche para ir al instituto o compartían el trayecto con amigos, pero él ansiaba el día en que pudiera viajar sin un acompañante.

Ir en autobús sería un soplo de libertad.

Se sentó apoyado en la pared sur, justo bajo el reloj, y dedicó esa hora a escuchar los lentos tictacs. El ritmo le recordó a la última vez que se había sentado en un sitio a contar los minutos hasta la libertad. Por aquel entonces aún llevaba el uniforme de Stewart y, mientas se contemplaba los mocasines marrones y movía la rodilla, aguardó a que los demás hicieran el descubrimiento, a que lo llamaran por megafonía, a que lo convocaran en el despacho del director. Se le antojaba que aquello había pasado el día anterior y hacía una eternidad al mismo tiempo.

Cuando la hora de castigo terminó, hacía tanto frío que sus exhalaciones se convirtieron en bocanadas blancas. El frío le escocía en la garganta y le tensaba el pecho. Quería toser, pero intentó aliviar esa sensación tragando saliva. ¿Por qué había empeorado de nuevo?

Habían pasado años desde la última vez que había subido a un autobús amarillo. Qué raro le resultaba repasar en ese momento la línea de autobuses para buscar el número correcto en la ventanilla. No debería correr con ese frío, porque ya notaba la presión contra las costillas, con el aire arañándole la parte posterior de la boca.

Ese, ese de ahí. El número ochenta y ocho.

Subió los escalones justo a tiempo y la conductora cerró la puerta a su espalda. El autobús se puso en marcha antes de que Hunter pudiera sentarse. Al menos se estaba bien allí dentro.

El sonido había cambiado. Se detuvo a escuchar.

El vehículo parecía vacío. No se veía ninguna cabeza. Hunter dejó la mochila en un asiento doble…

Y entonces la vio, sentada justo detrás del lugar que había elegido, con un libro abierto sobre las rodillas. Luna Chang lo miró y su rostro reflejó la misma sorpresa que sentía Hunter.

LUNA CHANG

El mundo era gris y frío, y las sombras se movían en lugares inapropiados. Luna fijó la mirada en la ventanilla para dejar de observar a Hunter Yee.

¿Había vivido en su barrio todo ese tiempo? En las últimas semanas, desde que había empezado a ir a Fairbridge, nunca lo había visto en el autobús. ¿Cuántas posibilidades había de que fueran las dos únicas personas allí dentro?

Pensó en su terrible reputación. No encajaba con todo lo que había visto por sí misma.

El autobús derrapó y se tambaleó. Las ruedas encontraron hielo en vez de carretera. Patinaban: el exterior daba vueltas. La parte delantera del vehículo descendió y se estrelló antes de inclinarse hacia la derecha.

Se oyó un crujido y el autobús se detuvo. ¿Qué demonios estaba pasando? Luna se aferró a la parte posterior del asiento que tenía delante con tanta fuerza que la piel le tiraba de los nudillos.

La conductora maldecía en voz alta. La mujer se levantó al fin y se giró, apoyando una pierna en el asiento del copiloto.

—La radio no funciona.

—¿Qué quiere decir con eso? —preguntó Luna.

—Vosotros dos, quedaos aquí. Voy a buscar ayuda. No puedo dejar el autobús en marcha, pero lo cerraré para que se mantenga el calor.

La conductora abrió la puerta y una ráfaga de aire frío recorrió el vehículo entero. La mujer tardó un momento en conseguir salir. Empujó la puerta, pero esta se negó a cerrarse del todo.

Desde dentro costaba ver lo que había pasado. Luna dejó de intentar mirar y se abrochó el abrigo hasta la barbilla antes de cruzarse de brazos. Ya empezaba a tiritar. El aire silbaba contra el lateral del autobús. Se apoyó en la mochila, menos fría que la ventanilla.

Era muy consciente de que Hunter estaba sentado al otro lado del asiento que tenía delante, de cada movimiento que hacía, de cada respiración que inhalaba. Resollaba, le costaba respirar. El aire traqueteaba contra las ventanas. Luna esperaba que la conductora regresara pronto.

Hunter empezó a toser. Al principio fue un sonido tenue, como si carraspeara. Pero aumentó en intensidad y no tardó en volverse violento y asfixiante.

Algo cayó al suelo y resbaló bajo el asiento de Luna. Hunter se arrodilló en el pasillo para buscarlo. No parecía capaz de hablar, pero saltaba a la vista que necesitaba con urgencia lo que se le había caído. Luna fue a recuperar el objeto: una cosa cilíndrica hecha de plástico verde.

Hunter se la arrebató de las manos, temblando, y la sacudió con fuerza antes de envolver el tubo con los labios y rociarse la boca con aquella sustancia. Luna se dio cuenta de que era alguna medicina. Un inhalador… aunque nunca había visto uno de cerca. Había oído a gente hablar sobre asma. ¿Estaría teniendo un ataque

de asma? Entre una respiración y otra, oyó que a Hunter le castañeaban los dientes. Sus toses no mejoraban.

—¿Necesitas ayuda? —preguntó mientras avanzaba por el pasillo. El chico temblaba tanto que no supo si había asentido con la
cabeza—. ¿Qué te hace falta? —Él abrió la boca, pero no le salió
ninguna palabra. Jadeó en busca de aire—. Creo que tenemos que
hacerte entrar en calor. ¿Buscamos un sitio con teléfono para llamar a alguien? —Hunter intentó levantarse, pero las piernas le fa-
llaron y cayó hacia atrás—. Yo te ayudo —dijo Luna, agarrando sus
manos de hielo para ponerlo en pie.

En ese ángulo todo parecía raro, le costaba mantener el
equilibrio. Les golpeó un fuerte vendaval y las ruedas avanza-
ron hasta inclinar más el vehículo. Luna cayó contra Hunter y
lo derribó en su asiento. Casi chocó contra su nariz y acabó con
el cuerpo sobre él. Le preocupaba aplastarle cuando ya no podía respirar.

El viento desapareció; el silencio fue tan repentino que le pita-
ron los oídos. Hunter ya no tosía. Unos centímetros separaban sus
rostros y las exhalaciones irregulares del chico le acariciaban el
mentón.

—¿Estás bien?

Él asintió, con cara de cansado.

Luna fue consciente de repente de su aliento. ¿Qué había comido ese día? Además, se estaban tocando *mucho*, con las piernas
enredadas, las rodillas de Hunter entre las suyas. Avergonzada, empezó a retirarse, intentando ponerse de pie otra vez…

Las toses de Hunter regresaron. El chico se aferró el pecho y
Luna comprendió que le dolía. Trastabilló para apartarse más rápido, para encontrar una forma de ayudarlo, y acabó resbalando y
cayendo de nuevo encima de él.

Las toses pararon.

—Creo… —La voz de Hunter era rasposa y se detuvo tan de repente que Luna se preguntó si habría empeorado.

—¿Qué? —preguntó—. ¿Qué necesitas?

—Creo que tu aliento… Eh… Creo que me ayuda a respirar.

—¿Ah, sí? —dijo ella, perpleja. ¿Eso existía? ¿No se suponía que exhalaba sobre todo dióxido de carbono? ¿Y él no necesitaba… oxígeno?

Hunter parecía muerto de vergüenza. Pero ella también se había dado cuenta de que, cuando acercaba la cara a la del chico, el color regresaba a sus mejillas.

—Vale —dijo—. Pero quizá deberíamos intentar… ¿sentarnos?

Consiguieron recolocarse en el asiento doble. Cuando Luna se alejaba de él durante demasiados minutos, los resuellos regresaban.

—Ven.

Hizo que apoyara la cabeza sobre su hombro y mantuvo la cabeza girada hacia la de Hunter, con la esperanza de que así estuviera lo bastante cerca para que su aliento le alcanzara.

Hunter casi se había recuperado del todo cuando la conductora regresó tras encontrar otro autobús. Los dos chicos bajaron con torpeza los escalones, salieron por la puerta y saltaron por encima de una grieta en el suelo. La carretera se había partido y en ese hueco se había quedado atascada la rueda. Estaba demasiado oscuro para ver más.

Las luces de los coches de policía giraban a su espalda mientras el nuevo autobús se alejaba. En esa ocasión, se sentaron en un asiento de tres plazas para que Hunter pudiera recostarse. Luna respiró en su dirección durante el trayecto a casa, charlando sin parar para que el aire fluyera. Habló sobre compañeros de clase y profesores y un escándalo reciente relacionado con una fiesta del instituto. Cuando se cansó de aquello, se puso a contarle historias.

—Érase una vez, había un mono llamado Sun Wukong —dijo en un murmullo—. Nació a partir de una piedra mágica muy antigua. —Hunter puso mala cara y ella se detuvo—. ¿Qué?

—Creo que he oído esa historia antes. ¿Cómo se llama?

—*Viaje al Oeste* —le contó Luna—. Estaba obsesionada con ella cuando era pequeña. ¿Quieres que pare?

Él negó con la cabeza y empezó a resollar de nuevo. Luna sentía las sacudidas de sus toses en los puntos donde su cuerpo se recostaba en el de ella. Se contuvo para no tocarle. ¿Qué más podía hacer para que se tranquilizara?

—Eso te pasa por interrumpir —dijo con un mal humor fingido—. Bueno, ¿vas a escuchar o no?

El autobús vibraba mientras ella seguía contando lo que recordaba de la leyenda. Los charcos amarillos de las farolas entraban por las ventanillas y desaparecían a lo lejos. Con cada fogonazo de luz, Luna estudiaba una nueva sección del rostro del chico. Las miradas furtivas de sus ojos. Los labios ligeramente abiertos para inhalar aire. Se inclinó con la excusa de ofrecerle más aliento.

La parada de Luna llegó antes.

—¿Estarás bien? —le preguntó, y él asintió.

—Gracias.

Ya en la acera, la chica se giró a mirar y buscó por las ventanillas el asiento que habían compartido. Allí estaba Hunter, con el rostro apretado contra el cristal, observándola. Le sostuvo la mirada hasta que el autobús dobló la esquina. Un par de luciérnagas parpadearon a su lado.

Durante el resto de la noche, Luna se preguntó qué era ese extraño sentimiento que había penetrado en su pecho.

YVONNE YEE

La madre de Hunter

Yvonne Yee se hallaba en la habitación a oscuras en la parte delantera de la casa, observando por un hueco entre las cortinas a su hijo, que subía los peldaños de la entrada. Soltó un suspiro de alivio. Llegaba tarde, pero no había desaparecido. No lo habían secuestrado para pedir un rescate o chantajearles.

David, cómo no, juraría que era su preciada piedra la que los mantenía a salvo. Ese objeto absurdo que ocultaba en el maletero del coche y del que hablaba con una obsesión enfermiza. Yvonne no sabía cuándo su marido se había vuelto tan supersticioso. *Quería* creer en la piedra, ¿y quién no? Pero su instinto protector y maternal era más fuerte que cualquier esperanza que pudiera albergar en un objeto supuestamente divino.

Ese era el problema con los niños: nunca comprendían por completo el peligro que acechaba a la vuelta de la esquina.

Se le erizó la piel de un modo que indicaba peligro. ¿Cuándo averiguaría Huang dónde habían ido? ¿Enviaría a alguien para ejecutar su castigo y recoger el pago o lo haría él en persona? Yvonne se estremeció. Esperaba que se hubieran escondido bien.

Hunter sabía más de lo que dejaba ver. Su marido y ella habían intentado, como cualquier progenitor, proteger a sus hijos, pero el mayor había averiguado la mayor parte. Aun así, ese conocimiento no le inculcaba la sensatez que Yvonne habría esperado. ¿Por qué insistía en meterse en tantos líos cuando no dejaban de repetirle una y otra vez que necesitaban mantenerse invisibles?

Niños. ¿Cuándo aprenderían?

HUNTER YEE

El frío había introducido un puño helado por su garganta y aferrado sus costillas; tiraba con tanta fuerza que a lo mejor se le rompían los huesos. Hunter nunca había sufrido un ataque así: como si se hubiera tragado el Ártico y los vientos le hubieran robado el aliento. Como si todo su cuerpo fuera a congelarse y romperse.

Odiaba el frío.

Y luego estaba Luna, que había llegado con magia entre los dientes, con alientos cálidos que, extrañamente, le permitían respirar.

Se había pasado el trayecto apoyado contra ella mientras la chica le contaba historias. Cotilleos del instituto. Fábulas y cuentos de hadas. Incluso algún refrán. Su voz era apenas un susurro que se le quedó grabado en la cabeza mucho después de que se marchara.

La corta caminata desde la parada de autobús hasta la puerta de su casa bastó para que el frío se tensara alrededor de su pecho una vez más y, al entrar, ya volvía a toser.

Su madre le gritó por haberla preocupado. Su padre se negó a creer que el autobús se hubiera quedado atascado en una grieta (*esa* grieta de la que todo el mundo hablaba), hasta que Hunter les retó a que llamaran al instituto y lo verificaran, todo mientras procuraba no toser un pulmón.

—¿Dónde está el inhalador? —le preguntó su madre, aprovechando otra oportunidad para enfadarse.

—Ya lo he usado —respondió Hunter con cansancio—. Pero está caducado, ¿recuerdas? Vete a saber si sigue funcionando.

—Funciona.

Hunter intentó no poner los ojos en blanco. ¿Qué más podían hacer? ¿Malgastar un dinero preciado en un viaje al hospital?

Cuando era pequeño, su enfermedad desconcertaba por completo a los médicos. Los inhaladores no habían funcionado tampoco por aquel entonces, caducados o no. Lo único que le ayudó fue un brebaje extraño que le dieron sus padres hacía años. Hierbas secas cocidas en una sopa. Aquello hizo desaparecer la opresión, le facilitó respirar. Pensaba que se había curado... hasta ese momento.

—¿Queda más de esa medicina? —preguntó.

—¿Qué medicina?

—Ya sabes. Esa sopa que me preparaste cuando nos mudamos aquí.

—No sé de qué estás hablando —respondió su madre con crudeza—. La única medicina es el inhalador.

No entendía por qué sentía la necesidad de reescribir la historia. Hunter no se molestó en responder. Se saltó la cena y se metió en la cama. Tras horas de resollar y toser, se giró hacia su hermano pequeño.

—Oye —dijo entre una tos y otra—. ¿Me ayudarías a hacer un experimento? —Cody dejó a Jadey, cerró su jaula y se sentó en la cama—. ¿Puedes respirar cerca de mí? Creo que así se me pasará durante un rato.

Su hermano se sentó a su lado, con la frente apoyada en la suya, y ofreció un flujo constante de aire. Hunter podía oler el ajo de la cena, pero no le importó.

Pasaron unos minutos. No funcionó como esperaba. La opresión persistió.

—Gracias, Cody —dijo Hunter y se apartó, cansado del experimento.

—¿Ha funcionado?

—Sí —mintió.

Era cosa de Luna, como sospechaba. La necesitaba a ella.

Hubo un golpe de suerte: Zhang Ayi había llamado para decir que al fin le iban a reemplazar la cadera y que no podría llevar ni traer a Hunter del instituto. A sus padres no se les ocurrió otra solución, solo que tomara el autobús.

Casi fue corriendo hasta la parada, sin preocuparse por cómo el aire matutino le cortaba los pulmones. Había visto a otros chicos reunirse en el cruce, con mochilas colgando de los hombros y termos en las manos. Ahora era uno de ellos. Más o menos.

Nadie le habló cuando se unió al grupo; unas cuantas personas se apartaron. Le dio igual. Menuda libertad, ir y volver al instituto en transporte público sin supervisión. Era como si hubiera escapado de la cárcel.

Cuando el autobús llegó, Hunter fue el último en subir y solo quedaban un par de asientos libres. Se dejó caer en el primero que vio y cerró los ojos. Tres paradas más tarde, notó que alguien se quedaba de pie a su lado.

—Ah, hola. —Era Luna.

Hunter parpadeó y sintió la necesidad de disculparse.

—*¡Siéntate de una vez!* —gritó la conductora desde la parte delantera.

—¿Te lo dice a ti?

—Sí —respondió Luna—. Este es mi sitio.

—Es un asiento doble. Así que... hay hueco para los dos, ¿no?

La chica aguardó hasta que él apartó la mochila y se deslizó junto a la ventanilla, por donde se colaba una corriente gélida. No pudo contener una tos.

—¿Te encuentras bien? —preguntó Luna.

—Sí.

Entre la luz gris de la mañana y el silencio de un autobús lleno de chicos cansados que temían el inicio del día escolar... volvía a sentir vergüenza. No pudo pedirle su aire. No en ese momento.

Pero ella se acercó más a él. El aire de sus respiraciones le llegó de tal modo que le alivió un poco, y se sintió agradecido.

LUNA CHANG

Hunter la estaba distrayendo tanto que casi no se fijó en que la conductora había tomado un desvío. Pasaron junto a una hilera de conos naranjas que bloqueaban la carretera donde se había quedado atascado el autobús la noche anterior. La grieta parecía enorme bajo la luz matutina. ¿Había crecido más? ¿Era posible?

—Guau —dijo—. Mira eso.

Algo titiló sobre la hendidura del suelo. A su lado apareció otra lucecita.

Luciérnagas.

—Qué raro —comentó Hunter.

Esa fue toda su conversación antes de que llegaran al instituto.

Luna cargó todo el día con una semilla secreta de emoción escondida detrás del esternón: un sentimiento que no acababa de entender, envuelto en una timidez recién descubierta. Cada vez que veía a Hunter, su corazón cambiaba de ritmo. La primera vez fue en el pasillo entre la tercera y la cuarta hora.

—Hola —dijo él, un tanto indeciso por el saludo.

—Hola —contestó ella. Quería ser inteligente y memorable, pero antes de que pudiera pensar en algo más que decir, Hunter se había marchado.

Lo vio de nuevo antes de la comida, cuando cambiaba de carpeta en su taquilla. Una luciérnaga parpadeó junto a la oreja del chico y luego desapareció.

Luna poseía un instinto especial que la había vuelto tan audaz durante el juego de los «siete minutos en el cielo»; en ese momento sentía lo mismo, como si un dedo se enroscase alrededor de un músculo en la parte inferior de la garganta y tirase de ella hacia delante.

Luna alcanzó a Hunter justo cuando él estaba cerrando la taquilla.

—Hola. Eh. ¿Cómo te va con tu…? ¿Es asma?

Hunter parpadeó.

—Eso es lo que los médicos pensaron que era al principio. Pero luego ya no estuvieron tan seguros.

—¿Ha mejorado?

—No lo sé, la verdad. Pero gracias.

Sin saber cómo, acabaron caminando el uno junto a la otra y, al entrar en la cafetería, Hunter señaló con el pulgar una mesa vacía en un rincón.

—¿Quieres sentarte ahí?

—Claro.

Luna intentó sonar casual y no como si hablara por encima del pulso que resonaba en sus oídos. Como si no fuera nada del otro mundo comer con el hijo de las némesis de sus padres. Como si no fuera nada que a Luna le pareciera un chico bastante decente.

Los dos traían bocadillos de casa: el de Hunter en una fiambrera ajada con una mancha en un lateral y el de Luna en una bolsa marrón, algo que, de repente, le pareció un desperdicio terrible.

Sacaron la comida y la chica empezó a ponerse nerviosa por la poca conversación, hasta que Hunter dijo:

—Toma. —Rompió un trozo de una galleta gigante, puso la mitad en una servilleta y se la acercó a Luna.

—Ah, vaya, gracias.

—Tenemos unas, no sé, tres docenas de galletas en el congelador solo porque estaban de oferta. Es el instinto de supervivencia de mi madre. —Calló, avergonzado.

A Luna le preocupaba el regreso del silencio.

—La verdad es que no tienes pinta de encajar en Stewart. —Las palabras salieron antes de que pudiera evitarlo.

Hunter se rio.

—Guau. Qué directa eres, ¿eh?

—Lo siento.

—No lo sientas. Resulta refrescante. Y tienes razón. No encajaba en Stewart.

La primera comida estuvo llena de inicios y pausas y silencios incómodos. Pero, al día siguiente, Luna se descubrió yendo por el mismo pasillo, caminando junto a Hunter, apartando la misma silla en la cafetería.

—*Déjà vu* —bromeó.

La semana siguiente, mientras se terminaba el bocadillo, Hunter sacó con timidez un manojo de lana roja brillante de la mochila.

—Tenía la esperanza de que me enseñaras a hacer una pulsera como esta. —Señaló la que llevaba en la muñeca.

—¿No la hiciste tú?

Él negó con la cabeza.

—Fue mi madre. Hace años. —Qué mono que la hubiera llevado durante tanto tiempo. Luna nunca lo había visto sin ella—. Cody quiere una. No deja de preguntarme cuándo conseguirá una pulsera para él. Me ofrecí a quitarme esta y dársela, pero no me dejó.

—Puedo enseñarte a hacerla. Es un nudo bastante sencillo. Pero usaremos materiales de verdad, no lana.

Al día siguiente, trajo un carrete de su hilo granate favorito. Era fino y resistente, el que se usaba para atar pequeños ornamentos y amuletos. Acercó la silla a Hunter y le enseñó cómo prepararlo, cómo entrelazar las líneas de un lado al otro. Era un nudo rápido y pensó que lo acabaría él solo. Pero, al día siguiente, lo sacó de nuevo para que pudieran trabajar juntos en él.

Luna le ayudó a terminarlo y a cortar los hilos. Se metió bajo la mesa para que los profesores no la vieran encender el mechero y selló los extremos.

—Guau —exclamó Hunter al ver cómo se había derretido el nailon.

—Lo sé. Es mi parte favorita. Se cierra solo y los extremos no se deshacen.

—A Cody le va a encantar —dijo el chico con una sonrisa.

Durante las siguientes semanas, establecieron un nuevo ritmo. Por las mañanas, en el autobús, estaban demasiado cansados para hablar, pero su silencio se había vuelto amigable y no raro. La conversación a la hora de la comida había evolucionado en un cómodo tira y afloja. En Educación Física, se juntaban para los ejercicios de vóleibol, se vigilaban mientras alzaban pesas, se cronometraban las carreras.

A Luna le maravillaba la transformación de sus días. Ya no se sentía tan sola. Aunque había odiado las clases de Educación Física, ahora le gustaban. Cada tarde, corría a cambiarse de ropa y rehacerse la coleta para poder salir del vestuario y encaminarse hacia las gradas, donde los estudiantes aguardaban a que sonara la campana final que los liberaría de vuelta al mundo. Hunter siempre estaba allí cuando ella salía. Pasaba esos últimos minutos hablando con él o dándole golpecitos en las zapatillas y apartando los pies para huir de sus toques, un juego tonto que habían inventado casi sin querer.

De hecho, la frase «casi sin querer» capturaba muy bien la esencia de su nueva amistad. Y ese pensamiento hacía brillar a Luna.

HUNTER YEE

—¿Por qué sonríes? —le preguntó Luna mientras se sentaba a su lado. El autobús arrancó y Hunter atrapó la mochila de la chica antes de que cayera al suelo.

—Estoy de buen humor porque sí. Y *tú*, ¿por qué estás tan gruñona?

Lo cierto era que sí que tenía un motivo para estar así. Se había dado cuenta bastante rápido de que su humor cambiaba según cuánto veía a Luna.

La chica suspiró.

—Mi padre lleva dándome la lata con la universidad durante siglos y sin motivo. Ya he enviado seis solicitudes.

—Qué fastidio —comentó Hunter. Él ni había mirado las solicitudes para la universidad. Por correo le había llegado un montón de folletos que acumulaban polvo debajo de la cama. Le daba pereza mirarlos.

Luna cerró los ojos.

—Estuvimos hasta las dos de la madrugada corrigiendo juntos una redacción. Y él no quería *parar*. ¡Aún quedan dos meses para que acabe el plazo!

—¿Y si le tomas el pelo y escribes redacciones falsas sobre cosas aleatorias?

Luna resopló.

—Demasiado esfuerzo. Además, ¿sobre qué escribiría?

Hunter se encogió de hombros.

—Sobre la historia de la mayonesa. Sobre por qué *La bella y la bestia* es una película horrible.

—¿No te gusta *La bella y la bestia*?

—No la he visto. La verdad es que no voy al cine. Pero la premisa me parece deficiente por definición. ¿Una chica que se enamora de un monstruo peludo? ¿Por qué Disney está tan obsesionado con la zoofilia? Y, encima, ¿él no la mantiene prisionera?

Luna se rio.

—¿Una película es sinónimo de obsesión?

—¡Más de una! *La sirenita* va sobre una chica-pez (que, seamos realistas, es más pez que otra cosa) que se enamora de un humano.

—Pero en esos dos casos todo el mundo acaba convertido en humano gracias a la magia.

Él encogió los hombros.

—La magia es una estupidez. *Deus ex machina*.

Luna rio de nuevo y él bebió de ese sonido.

—Me parece que deberías ser *tú* quien escribiera esas redacciones.

—*La verdad sobre los cuentos de hadas: una reflexión sobre la estupidez*. Seguro que me dan algún premio.

—Tú lo llamas «estupidez»… Otra gente lo llama «romanticismo». —Hunter puso los ojos en blanco—. Pero coincido contigo —añadió Luna, sorprendiéndolo—. En los cuentos parece que todo está diseñado para encajar en su lugar. Siempre hay una solución perfecta. Solo tienes que andar en la dirección correcta, beber las pócimas adecuadas, enamorarte de la persona indicada…

—Y bingo —concluyó él—. Y vivieron felices para siempre.

—Suena panfletario, cuando te paras a pensarlo —añadió Luna, y Hunter no pudo evitar fijarse en cómo la luz oblicua del sol le iluminaba el cabello de un rojo resplandeciente. El autobús giró una esquina y la coleta recuperó su negro sedoso—. ¿Por qué incluyen esa frase al final? A lo mejor la verdad es que *nunca* vivieron felices para siempre.

Hunter alzó las cejas.

—Parece que dominas bastante bien el tema. Así que tú escribe sobre eso y yo escribiré sobre... Ya sé. Alienígenas.

Luna parecía entretenida.

—¿En plan ovnis?

—No tanto ovnis como plantearse que hay ciertas cosas en la Tierra que no son lo que parecen.

—Así que tienes una hipótesis.

—No sé qué pensar, la verdad. Pero ¿has sentido alguna vez que hay algo en el mundo que es... *raro*? Que algo no encaja, o quizá solo sea... diferente, según las normas que conocemos.

Luna guardó silencio durante un rato largo y él intentó pensar en algo que decir para que riera de nuevo.

—Lo cierto es que sí —declaró la chica al fin—. Es algo que he sentido mucho.

—Bueno —dijo él, con un encogimiento de hombros—. A lo mejor son alienígenas. O, no sé. Puede que sea la magia de Disney.

LUNA CHANG

Las luciérnagas. El hambre extraña. Las dos eran sus compañeras constantes esos días.

Unas lucecitas flotaban en los bordes de su visión. El fondo de la garganta le cosquilleaba con la sensación inquietante de que debía tragar. Cuando se concentraba en ella le rugía el estómago, pero ninguna comida ni ninguna bebida satisfacían esa ansia.

También había una extrañeza indeterminada a su alrededor. A veces, por el rabillo del ojo, un árbol se derretía o un edificio parecía inclinarse. Pero cuando se giraba a mirarlos directamente, todo estaba normal.

Luna también se descubrió soñando despierta más de lo que quería admitir. Empezó a coleccionar ciertos recuerdos sin casi darse cuenta y a veces, en medio de una tarea de lo más mundana (como hacer los deberes o echar leche en los cereales), uno burbujeaba hasta la superficie.

Como el recuerdo de Hunter arrodillándose con cuidado sobre sus zapatillas y envolviéndole las rodillas con la mano para sujetarla durante los abdominales. Y su forma de decir: «Dime si te aprieto demasiado los pies» con una preocupación real. Y cada vez que ella se enderezaba, acababa mirando las suaves montañas de sus nudillos y concentrándose en la calidez de sus palmas a través del pantalón. Esperaba no tener las rodillas sudadas. ¿Eso podía pasar?

O cuando le tocó a Hunter hacer los abdominales y unos mechones de pelo, empapados de sudor, le cayeron sobre los ojos, y ella pudo notar cómo se balanceaba todo su cuerpo con cada repetición.

De vez en cuando recordaba su primer encuentro con Hunter, en aquel dormitorio, para el juego de los «siete minutos en el cielo», y le entraban ganas de reírse como una tonta, de sacudirse esa sensación inidentificable que la entibiaba y le hacía cosquillas.

¿Qué habría ocurrido si se hubiera atrevido a besarle?

RODNEY WONG

Wong iba detrás del volante de un sedán negro y estaba entrando en una ciudad llamada Fairbridge. *Qué nombre más encantador*, pensó. Giró en una calle tranquila que lo condujo a un barrio lleno de casas pintadas con tonos neutros. Había calzadas y jardines de rocas y vallas blancas. De vez en cuando, veía algún patio trasero con un columpio o un trampolín.

No era el tipo de lugar en el que esperaba que estuvieran… si era que estaban aquí de verdad. Los había imaginado huyendo de una jungla de asfalto a otra, enterrándose en algún lugar con mucha población, donde fuera fácil desaparecer.

Claro que quizá contaban con que él pensara eso. Qué astutos. Siempre habían sido impredecibles.

Había volado hasta allí con tiempo de sobra para su primera obligación programada. Le gustaba tener tiempo para actuar con la diligencia debida y preparar el terreno. Trabajar fuera de las expectativas de otras personas era una forma de mantenerse un paso por delante.

Bajo el asiento guardaba el frío metal de una pistola pequeña, al alcance de la mano. Si echaba hacia atrás el talón, podía notar el roce de la empuñadura contra el zapato. Le reconfortaba imaginársela ahí. No por una cuestión de protección ni nada así. No, él era la mayor amenaza en la zona.

Wong llevaba haciendo ese trabajo casi treinta años. Una vez había oído a alguien especular que se había convertido en lo que era ahora por alguna maldad que le habían hecho de niño. La idea le hizo reír. Con cuánta desesperación se aferraba la gente a sus nociones del bien y del mal. Cómo se horrorizarían si descubrieran que él no era tan distinto a ellos.

Wong solo hacía lo necesario para sobrevivir; algunas cosas eran más desagradables que otras. Pero cualquier tarea se volvía tolerable con el paso del tiempo.

Aminoró la velocidad del coche hasta detenerlo y bajó las ventanillas para oler la ciudad.

El aire era frío y gris y le cosquilleó en los pulmones. Estaba repleto de aromas que no conocía. Y quizá había otros que sí.

El aire olía a promesas.

No tenía ni idea de dónde se habían escondido, pero sabía que estaban allí. Y pensaba encontrarlos.

CODY YEE

El viento estaba de mal humor, porque azotaba la mosquitera rota detrás del cristal. Siempre había viento por allí, daba igual la época del año. Cody estaba cansado de cómo le arañaba la piel. Odiaba sus aullidos, agudos como los de un animal herido.

Pareció como si sus pensamientos lo hubieran animado: una nueva ráfaga sibilante lo hizo temblar. Se levantó para poner una toalla en el borde del alféizar y la ventana se abrió.

Aquello no tenía sentido. En clase le habían hablado sobre la gravedad. ¿Cómo podía el viento empujar el cristal *hacia arriba*?

La violenta ráfaga trajo hielo al interior de la habitación y tiró de la ropa de Cody. Rugió contra los papeles sueltos de su hermano, los arrancó de la carpeta de los deberes. Abrió de un portazo el armario. Lanzó por doquier los trozos de periódico en la jaula de Jadey.

Cody gritó, como si así pudiera aquietar los vientos. Saltó para enganchar con los dedos la parte superior del cristal y tiró hacia abajo con todas sus fuerzas.

Silencio instantáneo. Le pitaban los oídos.

A Hunter no le gustaría ese desastre. Pero si Cody le decía que había sido el viento, lo creería. Siempre le creía. Por eso era tan buen hermano.

Se puso a recoger el destrozo y fue entonces cuando vio lo que el viento había revelado. En la jaula de Jadey, donde los pedazos de papel habían salido volando, había un libro con pinta de antiguo. Era pequeño, quizá cupiera en el bolso de su madre. La cubierta desvaída mostraba una luna redonda; una mujer con el cabello negro flotando a su alrededor, ataviada con un vestido vaporoso, y un pequeño conejo blanco.

No había título y las páginas estaban en blanco. Lo repasó desde el principio hasta el final, desde el final hasta el principio, y vuelta otra vez.

Dejó el libro y este se abrió por la mitad. Habían aparecido unas palabras.

Houyi era el dios de la arquería y su puntería siempre era certera. Cuando sacaba una flecha, siempre sabía (por el aroma del viento y los rayos del sol) en qué ángulo disparar, cómo calcular el momento de liberarla. Nunca fallaba, porque el tiro con arco era su aliento, su vida y su divinidad.

Cody pensó en Hunter en el bosque, concentrándose en los troncos de los árboles, con los ojos cerrados porque ni siquiera necesitaba mirar.

¿Acaso ese libro contaba la historia de su hermano?

Bajó la mirada hacia las páginas. Volvían a estar en blanco. Eso era imposible. ¿Dónde había ido el texto?

Pasó una página y luego otra, hasta que acabó hojeando el libro con rapidez, con frenesí. Quería leer de nuevo las palabras. ¿Cómo habían desaparecido así como así? Desde el principio hasta el final y desde el final hasta el principio. Blanco, blanco, blanco. Cerró la cubierta y se llevó el libro al pecho.

Había algo especial en él. ¿Aparecerían más palabras luego? Una parte de Cody quería enseñarle ese descubrimiento a su hermano... pero Hunter llevaba toda su vida siendo especial. A lo mejor el libro había aparecido porque era el turno de Cody de dominar un poco de magia.

Estaba decidido: lo mantendría en secreto.

DAVID YEE

El padre de Hunter

David Yee se hallaba en el aparcamiento más cercano a la biblioteca de la universidad, donde el asfalto se había partido y una grieta en forma de zigzag había aparecido de la noche a la mañana. No era como las demás, porque en esas la gente podía meter un palo y tocar el fondo. Si miraba directamente la de allí, casi le parecía ver un camino hacia el centro de la Tierra. La oscuridad le hacía estremecerse con ansia, con ganas de éxito.

Incluso con todos los reveses de la vida, seguía siendo ambicioso. Pensaba cambiarlo todo.

Al día siguiente se reuniría con el decano. Si conseguía la plaza fija, podrían librarse de sus deudas en dos años. ¿Sería una esperanza demasiado buena? Antes debería reunir el resto del dinero. Después de eso… bueno. Tras todos esos años, aún no sabía la mejor forma de proceder. ¿Contactar y ofrecer un pago con intereses?

¿Y si decía que se habían visto obligados a venderlo? ¿Que su familia había necesitado con gran desesperación el dinero y que no quedaba nada más, solo el pago?

Cuando todo estuviera solucionado, pediría al fin una tarjeta de crédito. Menuda libertad le proporcionaría hacer compras en público sin preocuparse por si dejaba un rastro sobre su localización. Podría empezar a ahorrar para una casa. La idea de ser el dueño de una propiedad... Ansiaba aquello. Quería estabilidad para Yvonne, para Hunter y para Cody. Quería que todos vivieran el sueño americano.

Todos sus planes y esperanzas se habían detenido, pero eso se solucionaría pronto. Lo juraba. Su familia no se merecía un castigo por algo que había hecho él.

El recuerdo de aquella tarde tan decisiva iluminaba su mente como las luces altas de un coche. Un error impulsivo que había tirado todas las fichas de dominó. Estaba sentado en un despacho con mucha corriente en un rincón del ajetreado restaurante que pertenecía al vicepresidente de la *tong*. Olía a retrete, y aquello lo convertía en el lugar perfecto para que nadie les oyera.

A menos que, claro está, alguien llegara tarde a una reunión y le hubieran dicho que esperase en un asiento junto al armario en el que estaba el teléfono. Huang seguramente ni se habría dado cuenta de que a través de la puerta David podía oír la conversación sobre la panacea, sobre que alcanzaría un precio elevado. ¿Funcionaba? Pues claro que sí. Había más, o eso dijo. Una colección completa de cosas. Pero, entre ellas, la más fácil de vender sería la panacea.

Una cura para todo. David había pensado de inmediato en su hijo, Hunter, resollando y tosiendo, con aspecto miserable y a pocos centímetros de la muerte mientras temblaba bajo capas de mantas. Hunter, que sorprendía a los médicos con su enfermedad. ¿No era justo el tipo de paciente al que deberían darle una panacea?

Y allí estaba el maletín de Huang, abierto sobre el escritorio. Con la caja redonda de madera dentro, un objeto antiguo y valioso. Una corazonada impelió a David a abrir la tapa y echar un vistazo.

Recordaba haber regresado a casa, a ese oscuro piso mohoso en San Francisco, temblando e incapaz de explicarle a su esposa lo que había hecho. La preciosa y brillante Yubing, con la barriga hinchada por su segundo hijo y con el corazón hinchado por el miedo.

—Tenemos que hacer las maletas —le había dicho David—. Tenemos que subir hoy a un avión.

Ella lo había mirado con los ojos muy abiertos, quieta mientras removía la cazuela sobre el fuego.

—No —dijo con un hilillo de voz—. No no *no*. ¿Por qué?

No hacía falta que ella le recordara que tanto su mentor como su tutor estaban allí, que el plan era que ella reemprendiera sus estudios donde los había dejado después de dar a luz a su segundo hijo.

Esa tarde había cometido su mayor fracaso como marido, como padre. ¿Qué mosca le había picado? A pesar de todo, había tensado los nudillos alrededor del mango de la bolsa donde había escondido su adquisición. No quería soltarla.

David sacudió la cabeza para apartar el recuerdo, que se aferró a él como el humo de un montón de basura ardiendo. Nunca se desharía del olor.

LUNA CHANG

La regla le bajó y trajo con ella las oleadas desgarradoras de náuseas, el dolor lacerante. No solía ser tan horrible los primeros días. Luna lo interpretó como un castigo.

Dio vueltas en la cama toda la noche, pegajosa por el sudor; los analgésicos no le aliviaban nada. Hacerse un ovillo era insoportable. Estirar el cuerpo dolía lo mismo. Ojalá pudiera salirse de la piel, escapar a algún lugar. O, al menos, caer inconsciente. Cuando consiguió dormirse, fue en un maldito duermevela, y cada vez que despertó fue con una nueva ola recorriéndole el cuerpo.

Lo que necesitaba era más medicina. Se produjo un descanso temporal del dolor. Aprovechó esa oportunidad y bajó las escaleras. Se sentía como un fantasma mientras acariciaba las paredes con las manos. En el primer armario de la cocina a la izquierda vivía el ibuprofeno.

Al abrir la puerta, una luciérnaga se encendió entre los estantes. Luna se frotó los ojos. El bicho pasó junto a su hombro. Se giró para seguirlo y vio la masa reluciente en la ventana. Un sinfín de luciérnagas revoloteaban en el patio trasero.

Se puso un pesado abrigo y metió los pies en las zapatillas de franela de su madre. Abrió la puerta y el viento le encogió las entrañas, devolviéndole las náuseas...

Allí estaban, centellas que se alzaban para saludarla. Las luciérnagas se arremolinaron por debajo de su ombligo, acercándose como si ella también brillase con luz y la reconocieran como parte del grupo.

¿Estaría soñando? Notó un tirón y una calidez, y luego alivio. Respiró con más facilidad, como si hubieran cortado las ataduras alrededor de sus órganos. El dolor menguó. Las luciérnagas lo habían hecho desaparecer.

—Gracias —les dijo.

Danzaron alrededor de su rostro, tan cerca que podía oír el suave roce sibilante de sus alas contra el aire. No se movían como nada que hubiera visto antes, ni como polillas, abejas o las luciérnagas normales que salían en verano. Nunca había visto luciérnagas que produjeran sonido. Unas veces revoloteaban de forma errática y otras permanecían firmes como pequeños tambores. Los aleteos sonaban como susurros.

—¿Estáis intentando decirme algo? —preguntó.

Una luciérnaga se detuvo sobre su muñeca. Luna la rodeó con la otra mano. Entre sus dedos brilló un destello tenue, un pálpito. No quería hacerle daño, solo mirarla de cerca. La sujetaba como el filamento más frágil.

Dentro de la casa, se acercó a los vasos puestos bocabajo en el escurridor con la intención de agarrar uno para la luciérnaga. Apartó la mano.

Y no había nada.

Una luz parpadeó por la periferia de su visión, cerca de un cajón. Sin comprender el instinto que surgió de ella, Luna lo abrió y encontró una piedra blanca con forma de hexágono.

Aquello incrementó su hambre. La superficie brillaba como un caramelo duro con pinta de disolverse sobre su lengua. ¿Qué era ese aroma plateado a vergel, tan suave y tentador? Alzó la piedra hacia la luz de la luna y un brillo estalló a su alrededor. Luna dio un brinco y su codo envió volando una carpeta; los papeles de su padre acabaron por todo el suelo.

—¿Qué haces?

Su padre estaba de pie en la entrada de la cocina, con un dedo pegado al interruptor de la luz.

Luna se sintió avergonzada y pescada con las manos en la masa.

—Eh… creo que estaba… caminando sonámbula.

Él la miró con un semblante impenetrable.

—¿Te has caído? ¿Estás bien?

—Sí. Estoy bien, solo…

—Tienes clase dentro de unas horas. Deberías volver a la cama.

Ella asintió y dejó que su padre la ayudara a recoger las páginas. La siguió por la escalera.

—Espera —dijo la chica—. Me he dejado una cosa.

—¿El qué?

—Una… piedra. Creo que está en el suelo de la cocina. No la he guardado.

Su padre se giró en el rellano.

—Yo no he visto ninguna piedra. Lo habrás soñado.

Luna lo miró durante tanto rato que acabó escuchando el tic-tac del reloj. Había sido real… ¿verdad?

Luna se despertó antes de que sonara la alarma. Sabía por la quietud de la casa que sus padres estaban dormidos. Bajó a la cocina, al cajón en el que recordaba haber descubierto el hexágono blanco.

No había sido un sueño. Estaba segura.

Buscó y buscó, pero no encontró la piedra por ninguna parte.

RODNEY WONG

Rodney Wong entró en el despacho principal del Instituto Fairbridge luciendo su sonrisa más deslumbrante. Dejó que las mejillas le arrugaran los bordes de los ojos. Le habían dicho que así resultaba encantador.

—Siento molestar… señorita Hart. —Se aseguró de resaltar su acento británico—. Últimamente soy un desastre y no encuentro la copia del directorio de mi hija. ¿Tiene alguna de más que pueda llevarme?

El tono de piel rosáceo de la mujer resaltaba con el blanco de su jersey mullido de cuello alto. Se apartó un mechón rebelde castaño claro.

—No nos quedan, lo siento.

—¿Puedo tomar alguna prestada? Intento solucionar un problema con los trayectos al instituto.

Durante un segundo muy breve, los ojos de la mujer se dirigieron hacia un organizador sobre el mostrador. Se aclaró la garganta.

—Creo que no nos conocemos. ¿Cómo ha dicho que se llama su hija? —A Wong lo salvó el pitido del teléfono—. Disculpe —dijo ella, con aire compungido—. Tengo que responder.

Desapareció en una habitación trasera y Wong se preguntó durante un milisegundo si era tonta o le daba igual.

Encontró el directorio en la segunda balda del organizador y buscó la lista de nombres. Primero indagó la letra ele. La esposa siempre había sido la más lista. Tenía el presentimiento de que se habrían cambiado el nombre por el suyo. Había un estudiante llamado Mark Lee. ¿Era posible? Lo guardó en su mente y siguió bajando el dedo por las filas hasta llegar a Yee, Hunter.

Sí, Hunter. Así se llamaba el chico. Y un ligero cambio en el apellido… Suficiente para evitar que Wong los encontrase durante tantos años. Memorizó la dirección y el número de teléfono.

—Veo que lo ha encontrado —dijo la mujer con aspereza tras regresar al mostrador.

—Ah, sí. Muchas gracias. —Cerró el directorio—. Tengo todo lo que necesito.

YVONNE YEE

La madre de Hunter

Yvonne estaba en su salsa, apoyada contra la encimera de la cocina con sus papeles mientras los editaba. Había redactado un nuevo análisis basado en los últimos descubrimientos en la tumba Qin. Dawei había escrito algo distinto, aunque se equivocaba. A esas alturas, después de tantos años, había aprendido a delegarle a ella esas cosas.

Su hijo pequeño entró deslizándose en la cocina descalzo, aunque llevaba calcetines, y se puso de puntillas para agarrar una barrita de granola que Yvonne había comprado en masa en la tienda de saldos. Se la dio para que no se cayera. Y luego se dio cuenta de una cosa.

—Cody. ¿De dónde has sacado esa pulsera?

Era de un rojo oscuro, con los nudos bien apretados. Parecía nueva.

—Hunter me la ha hecho —gorjeó el niño, y patinó de nuevo para salir de la cocina.

Yvonne respiró con dificultad un par de veces para intentar controlar el ritmo desbocado de su corazón.

El recuerdo era nítido en su mente: el cordón rojo manchado de tierra que olía a antiguo, atado con fuerza alrededor del paquetito de hierbas secas. Las había cocinado y a Hunter le había dado una rabieta (durante la que había tosido todo el rato) cuando lo obligó a beberse la sopa, con raíces y todo. Después de eso, no había podido tirar el cordón. Porque le había parecido importante.

Así que había hecho una pulsera con él, y en cada nudo concentró su esperanza de que mantuviera a Hunter a salvo. De que estuviera sano y escondido. Así lo deseó.

La ató de tal forma que podía ajustarla a medida que su hijo creciera y sus huesos se agrandaran. Habían pasado muchos años y se le antojaba una tontería. Aun así, le daba paz ver que la llevaba.

Y ahora Cody también tenía una. Aunque esa no estaba hecha con un hilo antiguo imbuido de rezos y las propiedades de una medicina imposible. Solo era una imitación. No protegería a nadie.

Se estremeció al pensarlo.

HUNTER YEE

Hunter y Luna se acababan de sentar en su mesa para comer cuando sonó la alarma de incendios. Las luces parpadearon en un rojo desagradable y el profesorado condujo a los alumnos hacia las puertas de la cafetería. Hunter comprobó que no lo estuvieran culpando por la alarma: la costumbre. Sintió un alivio tremendo al confirmar que nadie miraba en su dirección. No le interesaba que lo expulsaran una segunda vez.

Luna gruñó.

—Me *muero* de hambre. ¿Por qué no me he traído algo más transportable que sopa? ¿Por qué no nos han avisado de que habría un simulacro de incendios?

—Toma —dijo Hunter, dándole la bolsa de su comida—. Puedes comerte mi bocadillo. La verdad es que no tengo hambre.

—No te entiendo —dijo Luna mientras salían con el resto del alumnado—. Yo *siempre* tengo hambre.

Los dientes de Hunter ya empezaban a castañear por el aire de diciembre, pero era soportable. Con suerte, aquello solo duraría unos minutos. Ojalá llevase el abrigo y la bufanda.

Luna ya había devorado la mitad del bocadillo cuando Hunter trastabilló. Era el viento en sus tobillos; en general, solía oírlo antes. Pero la presencia de Luna siempre ahogaba el silbido del viento en sus oídos.

—¿Estás bien? —preguntó la chica con la boca llena.

—Sí —dijo, intentando mantener la mirada fija en un punto, que resultó ser cerca del codo de Luna.

—¿Qué miras?

—Espera… dame un segundo. —Agudizó el oído para captar el susurro, para determinar cuándo finalizaría.

Fue imposible. Solo oía las conversaciones de alumnos y profesores, el sonido de Luna abriendo el velcro de la bolsa. Hunter contó hasta diez y luego se permitió mirar.

Allí estaban los billetes, y varios. De veinte, de cincuenta e incluso uno de cien nuevecito. Lo rodeaban de una forma que llamaba la atención. Hunter se agachó: debía recogerlos con rapidez antes de que alguien los viera.

—*Vaya* —exclamó Luna.

El viento sopló con fuerza y el dinero desapareció por una esquina del instituto.

Hunter maldijo en voz alta y fue tras los billetes. Había demasiado dinero para dejarlo marchar. Rodeó el edificio de ladrillo y se lanzó a por los billetes, que trastabillaron por el césped, siempre fuera de su alcance. Hunter no se fijaba hacia dónde iba, y así fue como acabó tropezando con una raíz al descubierto y precipitándose por un abismo.

LUNA CHANG

Luna oyó el pitido de un silbato: una profesora que agitaba los brazos para que los estudiantes regresaran. Cuando se dio la vuelta, Hunter había desaparecido. El simulacro había terminado y las clases se reanudaban. ¿Dónde se había ido el chico?

Hacía un frío gélido; le calaba en la piel y en los músculos y en el centro de los huesos. Luna siguió el ladrillo por el sendero hasta darle la vuelta a todo el instituto. Pasó por los dos aparcamientos del profesorado y de los alumnos de último curso.

No encontró nada. Ni rastro de Hunter.

Se echó el aliento sobre los dedos; los tenía tan fríos que dolían. Regresó a donde estaba el gimnasio, hacia el campo de fútbol y la pista de atletismo. El viento silbaba y la arañaba.

Una única luciérnaga apareció por la periferia de su visión. Estaba tan cerca que Luna parpadeó para que no le entrara en los ojos. Dudó durante una fracción de segundo antes de seguirla por el campo, lejos del instituto. Sus pies la llevaron más allá de las porterías y hasta los árboles. Al mismo bosque que atravesaba serpenteante el resto de Fairbridge.

Allí había más luciérnagas. Redujeron la velocidad para que Luna las alcanzara. Se abrió paso por el terreno irregular y por encima de las raíces. Se apoyó durante un momento en un árbol y acabó con la mano pegajosa. Le brillaban los dedos como si hubiera derramado tinta. La sustancia procedía del tronco, cuyas ranuras rezumaban una resina que fluía con lentitud, de color negro. Nunca había visto algo así.

No tenía tiempo para pensar en aquello. Luna mantuvo la mirada fija en las luciérnagas y las siguió hasta el borde de un acantilado.

Pero no tenía sentido.

Allí no debería haber un acantilado. En sexto de primaria, los habían llevado de excursión por esos mismos árboles para aprender sobre ecosistemas. Había recorrido ese terreno antes y, desde aquella vez, había regresado en un par de ocasiones. No debería ser así.

Luna se acercó con cuidado al borde por donde desaparecía la tierra. Y vio una escena como sacada de una pesadilla. Era como si un gigante hubiera abierto el suelo con un pico para luego agrandar más el agujero con las manos. Podía ver rocas incrustadas en la tierra y marañas de raíces que sobresalían de ella.

Alguien soltó un quejido desde las profundidades.

—Hunter —dijo Luna, echando un vistazo por el borde. Era como mirar desde un balcón alto.

Su cuerpo parecía una muñeca caída, pequeña y frágil. El viento arreció de nuevo y Luna no supo cómo Hunter podía soportar pasar tanto frío. ¿Estaba tan malherido que no podía moverse?

—¿Puedes oírme? ¿Hunter?

Él se esforzó en abrir los ojos.

Luna buscó un camino seguro para bajar, pero no vio ninguno. Lo que *sí* que vio fue un riachuelo minúsculo que pasaba junto al

chico. Intentó pensar. Si el mapa en su mente era correcto, entonces esa agua procedía del Arroyo del Rayo. El terreno se habría
partido justo por donde fluía el agua.

Si no podía llegar hasta Hunter por ahí, quizá podría buscar el
arroyo y seguir el agua hasta donde había caído el chico.

—Enseguida vuelvo —dijo, esperando que no fuera una mentira.

El arroyo la condujo por entre los árboles y las colinas, serpenteando por aquí y por allá. Para cuando Luna pudo alzar a Hunter
con sus brazos, las nubes habían ocultado por completo el sol del
mediodía. El chico pesaba, pero podía apañárselas. Luna era más
fuerte de lo que creía.

Hunter se echó a toser, un graznido terrible que le sacudía los
pulmones.

Luna hizo lo único que podía. Inclinó la cabeza sobre la de él y
respiró.

El chico cerró los ojos. Inhaló sus exhalaciones como un animal muerto de hambre y, al fin, los resuellos disminuyeron.

Soltó una tosecilla e hizo una mueca.

—Ya estás otra vez salvándome.

Luna le acarició el pelo.

—Cuando sea mi turno, podrás salvarme tú.

HUNTER YEE

Si no fuera porque le dolía todo el cuerpo, Hunter podría creer que los hechos del día anterior habían sido un sueño.

Recordaba la caída. Caer hasta aterrizar en el fondo, con ramas rotas clavándosele en las costillas. Pensar que nadie lo encontraría jamás.

Hunter recordaba que el cielo había sido del color de la piedra mientras permanecía allí tumbado, con el pecho dolorido y el aliento estancado en la garganta. La oscuridad lo envolvió. Estaba perdido, frío, y no podía ver nada.

Al cabo de un rato, oyó su nombre, al principio como un eco, luego como una pregunta. Esa vez no era el viento, sino una persona. Luna en la parte alta del acantilado, mirándolo. Le pareció ver que llevaba un vestido blanco vaporoso, uno que se hinchaba con el viento, cuyas mangas sonaban como campanas.

Pero parpadeó y la vio con un suéter y vaqueros. Luego la chica se marchó y él la observó retroceder, con la vista agudizada. La idea de que lo abandonara resultaba aterradora. Intentó llamarla, la lengua se alzó para formar su nombre, pero no produjo ningún sonido.

Las nubes y los árboles se desdibujaron. La niebla retornó.

Luna respiraba sobre él, la dulzura melosa de sus exhalaciones lo renovaba. Medio cargó con él, medio lo arrastró a un terreno conocido. Recordaba el parpadeo de las luces guiándolos todo el camino. Pequeñas estrellas.

Se negó a ir a la enfermería, así que ella lo llevó a escondidas a un aula vacía, colocándose un brazo de Hunter por encima de los hombros para ayudarlo a andar. Le rodeó el torso para ofrecerle apoyo. A Hunter le dolía cada parte de su cuerpo, pero disfrutó de la sensación particular de los dedos de Luna contra sus costillas.

La chica esperó a su lado hasta la hora de ir al autobús.

—Luna Chang, ¿faltando a clase? ¿Acaso las ranas crían pelo ahora?

Ella se cruzó de brazos.

—Has bromeado. Supongo que eso significa que ya estás mejor.

Hunter recordaba que subió al autobús que lo llevó a casa y se fue directo a la cama. Se tumbó en ella, con las costillas doloridas, y se fijó en que su pulsera roja parecía deshilachada; se le habría enganchado con algo al caer. Los ruidos de sus padres al llegar a casa y encender el televisor, y la voz de las noticias hablando sobre una grieta gigantesca que atravesaba Fairbridge. Recordaba el crujido de la puerta que sonó más tarde y Cody subiéndose a la cama para poner la coneja blanca y peluda en el hueco del codo de Hunter. Notaba su calidez, el pelaje moviéndose cuando inhalaba y exhalaba, y ese ritmo fue lo que le hizo dormirse de verdad.

Y en ese momento, mientras caminaba hacia la parada del autobús, cada paso le sacudía el cuerpo, le hacía notar cada magulladura, cada golpe, como si los acabara de recibir. Se recordó que tenía suerte de no haberse roto nada.

Durante muchos años, había pensado que el viento era su aliado; un poco travieso, quizá, pero aun así un amigo que le ofrecía apoyo en forma de compañía y billetes. Sin embargo, ya no estaba tan seguro. ¿Qué quería el viento? ¿Por qué era tan impredecible?

Menudo desperdicio. Ni siquiera había conseguido el dinero.

Su aliento formaba nubes y el hielo le carcomía el pecho. Se subió más la cremallera del abrigo. Ojalá tuviera un gorro para taparse las orejas.

Hunter se imaginó congelándose en un bloque de hielo, rompiéndose y disolviéndose, desperdigándose como las semillas de un diente de león. La brisa lo llevaría fuera de Fairbridge, de ese estado, de ese país. Lo enviaría al mar, al Polo Norte y al Sur, al cielo.

LUNA CHANG

La imagen de Hunter tirado allí como un trozo de basura invernal se le había grabado en la mente. Fue lo que la despertó con un sobresalto. La idea de verle herido, muerto, desaparecido… la quemaba.

Sentía algo por él y no podía fingir lo contrario. Si sus padres pudieran ver lo que le pasaba por la cabeza, se enfurecerían y disgustarían. Tenía expresamente prohibido salir con gente y no debía quedar con chicos fuera del instituto. Esperaban de ella que detestase a los Yee, incluso al dulce Cody.

Pero Luna no podía evitarlo. Sus pensamientos sobre Hunter eran delicados como la seda. Permitía que la rodearan con su red, que la envolvieran en su abrazo.

Pasó las primeras horas de la mañana como un perezoso, sintiendo el tiempo como una sustancia viscosa. Se estiraba y distorsionaba para que ella no pudiera seguir su ritmo.

Al subir al autobús, Hunter estaba desplomado contra la ventanilla, con el mismo aspecto pequeño y frágil del día anterior.

—Ha salido en las noticias —dijo Luna—, que el suelo está roto. Una línea atraviesa toda la ciudad.

—Una grieta. Me he enterado.

—En eso caíste. —Él se agarró la muñeca izquierda y masajeó con el pulgar un moratón bajo el abrigo—. Déjame ver.

Él le permitió que tirara de la manga abultada, que apartara las capas para revelar el moratón reciente, la piel arañada. Luna retiró la pulsera y trazó los bordes de la herida. Hunter inhaló con fuerza y ella se detuvo, con miedo a hacerle daño.

—No pares —dijo el chico en voz tan baja que Luna casi no lo oyó con el rugido del autobús.

La chica rodeó la red de arañazos que le cubrían la palma. Dibujó un óvalo alrededor de la contusión del brazo. El calor manó en la punta de sus dedos y pintó esa calidez dorada en la piel de Hunter.

En un impulso, se inclinó para besar el tierno marrón e índigo. Entre sus labios y la piel brotó electricidad, una chispa al contacto.

El autobús se detuvo con una sacudida y a su alrededor oyeron los sonidos de los estudiantes levantándose de sus asientos y colgándose las pesadas mochilas en los hombros. Habían llegado al instituto.

Durante las siguientes horas, Luna estaba más distraída de lo normal. Lo conjugó todo mal durante el examen oral de Francés. Se olvidó de apuntar los deberes de Literatura. En Sociales, no oyó ni una palabra hasta que todo el mundo empezó a cambiar de sitio los pupitres.

—Tierra llamando a Luna —dijo Joyce—. ¿Quieres que seamos compañeras?

—Claro. ¿Para qué?

Joyce la miró con extrañeza y tocó una hoja de papel sobre el pupitre.

—Para este proyecto.

Luna bajó la mirada hacia las hojas que acababan de repartir.

—Ah. Claro.

—*Alguien* tiene la cabeza en las nubes —bromeó la chica.

—Bueno. —Luna carraspeó—. Supongo que hay que elegir un tema.

—Lástima que no podamos hablar de *cazadores* y recolectores —dijo Joyce. A Luna se le encendieron las mejillas y recordó su conversación sobre la reputación de Hunter en Stewart. Joyce pareció leerle la mente—. La verdad es que parece un buen chico.

La clase de Matemáticas fue la más lenta. Luna observó cómo otra gente apuntaba gráficos en la pizarra e intentó concentrarse… pero sin éxito. Las líneas se convirtieron en las formas de sus besos sobre la piel de Hunter. Un dibujo tras otro de esa extraña magia.

HUNTER YEE

Pasó la mañana aturdido, reproduciendo esos momentos embriagadores en el autobús con Luna.

Bajo la manga, el moratón cambiaba. Había empezado marrón e índigo, con unos puntos de un feo amarillo.

Ahora era azul. No el típico azul moratón, sino azul como algo eléctrico. Como una flor silvestre bajo la luz de la luna llena. Ya no le dolía y las costras de la palma empezaban a pelarse; la piel de debajo era nueva e inmaculada.

El beso de Luna había hecho magia, calentándolo cuando no podía dejar de temblar. Lo notaba incluso entonces, como si le hubiera dado el halo de una llama.

A la hora de la comida, entró en la cafetería y el volumen cambió. Allí estaba Luna, ya en su mesa. Hunter se sentó a su lado.

La chica alzó los ojos para encontrarse con los suyos y los apartó igual de rápido.

—¿Sabes lo que has hecho? —le preguntó Hunter.

Luna parecía preocupada.

—¿Qué dices?

Hunter se apartó la manga.

—Mira.

La mano ya se había curado por completo, la piel estaba suave y nueva. La decoloración en la muñeca se había reducido al tamaño de una moneda.

—*Yo* no he hecho eso.

—Sí que lo has hecho.

Luna sacudió la cabeza.

A Hunter se le ocurrió una idea. Una pregunta.

—Déjame ver tu mano.

Luna dudó al principio y luego la estiró. Él le envolvió los nudillos con el dedo índice y los sujetó bajo el pulgar.

Había fuego en su piel. Su propia mano lo absorbió hasta adquirir un calor febril.

—¿Lo notas? —preguntó. Luna asintió—. ¿Por qué pasa eso?

—No lo sé.

Le giró la palma para ver el pálido interior de su brazo, donde había un mapa de venas azules. Deslizó el dedo hacia el codo, trazando el río más largo. Luna se estremeció, sin apartarse.

Él se inclinó para mirar más de cerca, como si pudiera adivinar el futuro a partir de los pliegues de su muñeca.

—¿Esto te parece bien?

Luna asintió.

Antes de que pudiera acobardarse, Hunter le acarició la base de la palma con la boca. Hubo un chispazo. Le vibraban los labios y el calor le recorrió todo el cuerpo.

Luna inhaló con fuerza y se apartó para examinar el punto donde la había tocado. Fue su turno de decir:

—Mira.

Hunter vio la huella color índigo de sus labios en la piel de la chica, como una flor indecisa.

—Lo siento mucho —dijo, pasmado.

—No lo sientas.

Hunter se reclinó en su silla con el rostro ardiendo y la cabeza dándole vueltas.

—¿Te duele?

—No. Solo lo noto... raro.

El chico se preguntó si aquello sería un chupetón. Había oído a los chicos en el vestuario riéndose sobre sus marcas, sobre las chicas que eran más salvajes de lo que esperaban. Hunter había echado un vistazo con disimulo para ver uno, y las huellas en los cuellos de los demás parecían como quemaduras leves, no como la flor azulada en la palma de Luna.

—Es como una especie de conversación —dijo ella. Hunter alzó la mirada.

—¿Qué?

—Como un diálogo entre nuestros cuerpos.

Sacó con mucha pompa el bocadillo de la bolsa marrón, quizá porque se sentía avergonzada.

Hunter pensó en lo raro que era todo. Luna le había besado la piel y quitado el moratón. Él le había devuelto el beso y causado justo lo opuesto.

El chico sacó su comida y cambiaron de tema. Habían empezado a inventarse cuentos sobre la gente que trabajaba en el comedor. Luna narró una historia muy poco Disney sobre una redecilla embrujada que atormentaba a su portadora. Hunter le seguía el juego y aportaba detalles, como que la redecilla te hacía anhelar carne de sirena... Pero le costaba concentrarse.

¿Qué significaba el moratón de Luna?

Justo antes de que sonara la campana, vio que la chica movía la mano bajo la luz fluorescente con una sonrisita en la comisura de los labios.

LUNA CHANG

Luna curvó los dedos sobre la marca: pétalos abriéndose en la carne blanda bajo su pulgar. Sintió un resplandor cálido cuando Hunter la había besado, como si hubiera metido la mano en un rayo de sol veraniego.

Quería saber lo que sentiría si se besaban en los labios.

Hunter estaba apoyado en las gradas, al otro lado del gimnasio. Le había crecido el pelo y le caía un mechón sobre los ojos. Luna estaba a punto de cruzar la sala hacia él, pero cuando el chico la miró, una nueva timidez la mantuvo clavada en su sitio.

La señorita Rissi hizo sonar el silbato y el pitido sacó a Luna del trance. La clase se dividió en cuatro grupos y ella acabó en un equipo lejos de Hunter. Jugaban a un juego que implicaba lanzar pelotas en aros, sin que aquello fuera baloncesto de verdad.

Los lanzamientos de Luna eran poco entusiastas. Estaba muy distraída. Notaba el punto cálido en su palma, donde Hunter la había tocado con los labios.

—¡Muy bien, Luna! —gritó alguien de su equipo.

Dedujo que la pelota habría entrado por el aro.

En el otro lado del gimnasio se oyeron gritos y vítores. Los chicos se turnaban para darle palmadas a Hunter en la espalda.

—Venga, Luna. ¡Te toca otra vez porque acertaste el anterior!

Esa vez se vio fallar y la pelota pasó a toda velocidad junto al tablero.

Cuando miró de nuevo, Hunter la observaba directamente. Tenía la pelota entre los dedos arqueados, como si la sujetara de un modo magnético. La tiró de espaldas, por encima de su cabeza, sin girarse para ver la trayectoria. Todo se quedó inmóvil mientras la pelota formaba un arco por el aire hasta el aro. En el gimnasio no se oyó nada, solo el susurro de la red.

El grupo de Hunter bramó a modo de celebración.

A la mañana siguiente, Luna fue al instituto con el coche de su madre. Sentía no ir con Hunter en el autobús, pero lo encontró en su taquilla y le dio un toquecito juguetón en el hombro.

—Hola —lo saludó. Y la mirada del chico se iluminó.

—Ah, hola. Pensaba que estarías enferma o algo.

—No, mi madre quería que me llevara su coche. Quiere que practique más antes de que me dejen sola, porque se van a Taiwán. Casi no he conducido desde que me saqué el carné.

—Ah, guay —dijo él, con un aire de decepción.

Luna se obligó a decir lo que quería decir antes de que el valor la abandonase:

—¿Estás libre después de clase?

A Hunter se le cayó un libro y se agachó para sacarlo del fondo de la taquilla.

—Eh... ¿Para qué?

Ella se encogió de hombros e intentó con todas sus fuerzas aparentar normalidad.

—Para quedar.

El chico tardó una eternidad en responder.

—Déjame pensar. Eh…

—O sea, no te preocupes si no puedes —se apresuró a decir ella.

—De hecho… hay una especie de conferencia en el colegio de Cody. Así que mis padres llegarán tarde a casa. Así que sí.

El corazón de Luna revoloteó.

—Vale. Pues iremos a algún sitio.

El día pasó más lento que cualquier otra cosa en la historia del universo. Educación Física terminó unos minutos antes de lo normal, y Luna aguardó con impaciencia a que sonara el último timbre. Hunter estaba apoyado en las gradas, con su sonrisa abierta y sincera.

Había una bellota en el suelo, arrastrada desde el exterior. Luna la chutó con más fuerza de la que pretendía y salió volando como un disco de hóckey Chocó contra el zapato de Hunter.

—¡Oye! —Movió la bellota con la punta del pie y la pateó de vuelta hacia ella.

Luna ya se estaba riendo, a la espera del impacto, pero la bellota viró lejos de ella.

—¡Ja! —exclamó. Hunter parecía perplejo—. ¿Qué pasa?

—No debería haber fallado.

Eso la hizo reír de nuevo.

—Qué chulito, ¿no?

—La verdad es que no. Ha sido raro.

Luna arqueó una ceja.

—Fallaste la primera vez que me lanzaste un balón, ¿recuerdas?

—Cierto —concedió el chico. Pero fruncía el ceño.

En el extremo más alejado del gimnasio, un estudiante de segundo le dio una patada a algo y tiró la cesta que contenía camisetas.

—Recógelas, Andrew —le ordenó la señorita Rissi.

—Necesita una historia —dijo Hunter. Por el momento, habían contado cuentos sobre las cocineras, la bibliotecaria, su profesor de Química y el subdirector.

—¿Rissi? A ver... De día, es una profesora de gimnasia estricta que entrena hordas rebeldes de estudiantes. Pero, al amparo de la noche, se adentra en los bosques de Fairbridge para ayudar a unos perros mágicos en peligro de extinción que se han perdido.

—¿Y cómo los salva?

—Los atrae con su violín. Toca una canción que solo ellos reconocen.

Hunter sonrió.

—Me parece muy guay.

Sonó el timbre. Se colgaron las mochilas y corrieron por el pasillo hacia la libertad.

HUNTER YEE

Hunter se maravilló por todo lo que había cambiado. Antes, su primer pensamiento cada mañana solía ser un recordatorio de que algún día escaparía de esa vida. Ahora que había conocido a Luna, aquello no le parecía tan apremiante. Las cosas eran soportables... y a lo mejor hasta podrían llegar a ser *buenas*. ¿Quizá hacer que lo expulsaran de Stewart había sido una de sus mejores decisiones?

—¿Tu madre se ha quedado en casa sin coche? —preguntó mientras atravesaban el aparcamiento para los estudiantes de último curso.

—¿Cómo? —Luna parpadeó—. Ah, no. Es su viejo coche. O sea, en teoría va a ser mío en mi cumpleaños.

—Qué bien. —El Volkswagen rojo parecía más nuevo que cualquier cosa que hubiera visto conducir a sus padres—. ¿Cuándo es tu cumpleaños?

Luna se puso el cinturón de seguridad.

—En marzo.

—¿Qué día? Yo nací el veintinueve.

—¡No me digas! Yo también.

—Espera. —Hunter se rio, incrédulo—. ¿En serio? ¿Nacimos el mismo día?

No dijo lo que estaba pensando: que quizá significase algo. Que quizá su destino era conocerse.

Debería dejar de tener ideas tan ridículas como esa. Era una coincidencia y nada más.

—Menuda locura. —Luna giró la llave y «Let's Talk About Sex» sonó a todo volumen en la radio. Aporreó el botón de apagado y Hunter notó el rostro caliente.

Ella se aclaró la garganta.

—¿A dónde vamos?

—¿Decido yo? —Su corazón latía al doble de velocidad, tan fuerte que daba vergüenza. ¿Era su imaginación o Luna procuraba no mirarle?

—Sí.

—Vale, pues… iremos a un lugar secreto.

Qué surrealista. Luna Chang, sentada a su lado, separados tan solo por la consola central. En teoría, en el autobús se sentaban más cerca… pero aquello era completamente distinto. Allí les rodeaba su propio espacio privado. Como si el resto del mundo se hubiera derretido.

Luna hacía disminuir el ruido de sus oídos, con lo que Hunter podía oír con claridad: la vibración del motor, los neumáticos sobre las rocas. La respiración de la chica. El movimiento del pie sobre el pedal.

Le dio instrucciones para llegar a su lugar favorito. Luna salió de la carretera principal y se detuvo junto al árbol partido. Miró por la ventanilla.

—No estamos muy lejos de donde vivo. ¿Sabías que este es el mismo bosque que atraviesa toda la ciudad?

—Sí. Yo en general voy andando. Aquí vengo a oírme pensar.

Le mostró el camino entre los árboles. Por encima de ellos, las ramas vacías se estiraban hacia sus compañeras para formar redes grises como vasos sanguíneos gigantes.

—Es precioso —comentó Luna.

El suelo susurraba y crujía bajo sus pies. Hacía frío allí fuera, pero Hunter apenas lo notaba. Estaba emocionado. Nervioso.

Siguieron el gorgoteo del riachuelo hasta que lo vieron pasar entre el lodo y las rocas y los enredos de las raíces.

Luna hizo ondas con la punta de los zapatos.

—Este riachuelo también atraviesa los árboles de detrás de mi casa. A veces, en verano, salgo a mirar los renacuajos.

A Hunter le gustaba pensar que quizá hubo un momento en el que él se arrodilló allí para recoger cosas que nadaban en la oscuridad, mientras, al mismo tiempo, ella se agachaba en otra parte de la ribera lodosa y hundía los dedos en la misma agua. A lo mejor el arroyo había transportado su aliento por la superficie hasta alcanzar a Hunter y, sin darse cuenta, lo había respirado.

Luna extendió una mano hacia el arroyo y el agua se levantó hacia ella. Una ola le golpeó el brazo. La chica gritaba y reía, se apartaba para intentar quitarse el agua de encima. Se dobló para limpiarse las manos en los pantalones y se le subió tanto el abrigo que reveló una franja de piel lechosa. Hunter no pudo apartar la mirada.

La condujo hacia su claro y, a medida que se acercaban, intentó verlo a través de los ojos de Luna: los tocones, con marcas donde las flechas habían mordido la madera. Los platos de papel en los que había dibujado círculos concéntricos y que ahora estaban manchados y deformes.

—¿Qué son? —preguntó ella.

Hunter se encogió de hombros.

—A veces vengo a practicar tiro con arco.

—Espera, ¿en serio? ¿Y tienes un arco?

Hunter la hizo rodear un grupo de árboles hasta el cobertizo, con su madera gris y astillada, y abrió la puerta.

—Aquí está.

Sostuvo el arco y se imaginó rodeando a Luna con los brazos para ajustarle la postura con los dedos sobre sus nudillos.

—Vaya. Pesa más de lo que pensaba.

Hunter sonrió.

—Lo estás agarrando al revés.

—¡Ah! —Ella pareció avergonzarse—. Pensaba que sería de madera o algo así.

—¿En plan Robin Hood?

Luna le devolvió la sonrisa.

—Sí. Bueno… ¿y se te da bien?

El chico encogió los hombros.

—Nunca fallo. —Luna acarició el cuerpo del arco con la mano y Hunter le indicó—. Eso es.

Solo entonces se dio cuenta de lo cerca que se hallaban. Podía oler su champú. Y recordó el moratón que los labios de Luna le habían quitado de la piel, la flor índigo que él le había dejado en la palma de la mano. Esa chispa de calor que surgió cuando se tocaron.

Hunter era el tímido, el que temía mirar directamente lo que quería. Fue Luna quien se inclinó hacia él hasta que sus narices casi se rozaron. Fue Luna quien ladeó la cabeza y llevó su boca hacia la del chico.

A Hunter le preocupaba que se le diera mal besar, pero ella lo hizo fácil. Hubo electricidad y la sensación de que estaban haciendo lo *correcto*. El olor de su piel resultaba embriagador y le envió una oleada de calor por todo el cuerpo.

Solo se detuvieron para respirar, con las frentes pegadas y las narices tocándose. Los ojos de Luna eran tan oscuros que Hunter apenas veía los bordes de las pupilas. Y entonces, una ola de vértigo cayó hacia ellos, rodando a toda prisa.

Hunter se habría contentado con quedarse allí para siempre, con tan solo el sonido de sus labios, donde el tiempo se detuviera y no importase que la luz empezara a desaparecer del cielo y la temperatura descendiera.

Luna se apartó para mirarlo. Su sonrisa lo rompió por dentro.

—Casi pensaba que nos íbamos a dejar moratones.

Él estudió su rostro.

—Supongo que nos cancelamos mutuamente.

No había cardenales en la boca de Luna, pero le brillaba la piel. Sus ojos se volvieron juguetones y se llevó los dedos de Hunter a los labios. Le besó el pulgar. Los nudillos. Observaron que el color aparecía en su piel, como una gota de agua que cae y se extiende despacio por un papel. Él le ofreció sus propios besos en el dorso de la mano y vio que aparecía el mismo rastro de índigo.

—¿Duele? —preguntó, solo para cerciorarse. La chica negó con la cabeza.

Cerca, una niña chilló. Hunter se estremeció.

—¿Qué ha sido eso? —dijo Luna.

El chico no tenía respuesta, pero agarró el arco. Sus pies ya se movían hacia el sonido. Otras voces empezaron a gritar.

—¿Alguien se ha caído? —dijo Luna a su espalda.

Corrían y, por delante, vieron un torrente de agua. Algo que no debería existir.

Por ahí no debía fluir el riachuelo. El mapa de Fairbridge mostraba la línea azul atravesando la sección de árboles que habían dejado atrás… No por delante.

Hunter se detuvo de repente en el borde del suelo y bajó la mirada. La tierra estaba abierta, recién rota. El agua se movía con una violencia poco habitual, con rachas que chocaban contra las paredes.

Otro grito. Detectó un color que no pertenecía al paisaje: un abrigo rosa. Unas coletas oscuras y deshechas flotaron en la superficie antes de hundirse una vez más. Las olas eran demasiado altas y rápidas.

Al otro lado del agua, los adultos corrían tras la niña. Hunter y Luna los siguieron.

La niña avanzaba más y más lejos y la luz desaparecía con rapidez. Hunter entrecerró los ojos para asegurarse de que lo estaba viendo bien: a varios metros por delante, había un árbol caído y, en cuestión de segundos, la niña pasaría a su lado. El tronco era gigante. A lo mejor bastaría.

Alzó el arco. Plantó los pies con firmeza, colocó la flecha en su sitio…

—*¿Qué estás haciendo?* —gritó alguien desde la otra orilla.

No había tiempo para considerar lo que su gesto le podría parecer a otra persona. Exhaló una larga respiración y se quedó quieto. En el interludio entre un latido y otro, soltó la flecha.

Y justo a tiempo, porque la persona al otro lado del agua le había lanzado una piedra. La sorpresa lo hizo trastabillar y aterrizó con fuerza sobre su hombro. Giró el cuello para ver si había acertado, pero ya sabía que sí.

La flecha había atravesado la capucha del abrigo. La niña estaba segura contra el tronco inmóvil. Los adultos ya trabajaban para sacarla.

—Ay, Dios mío, ¿has visto eso? —decía una persona.

—Avery —gritó una mujer. Miró al otro lado del agua, hacia Hunter, mientras abrazaba con fuerza a la niña—. Gracias. Muchas gracias. Le has salvado la vida.

Hunter le sostuvo la mirada. Menuda maravilla, la fiereza que sentía una madre hacia su hija. La absorbió como una esponja, sintiendo, durante una fracción de segundo, que quizás él podría experimentar ese tipo de amor. Se dio cuenta de que también tenía lágrimas en el rostro.

—¿Quién eres? —le preguntó la mujer—. ¿Cómo te llamas?

Se habían quedado demasiado rato. Hunter se dio la vuelta sin responder y agarró la mano de Luna. Juntos, echaron a correr.

LUNA CHANG

Sus dedos se separaron y se convirtió en una carrera. Luna rio cuando casi perdió el equilibrio y adelantó a Hunter cuando él viró para evitar tropezar con un tocón. Deliraba de felicidad. Había oscurecido ya, pero las estrellas atravesaban la cortina de la noche.

—¿Por qué hemos huido? —preguntó—. Le has salvado la vida a la niña.

Hunter sacudió la cabeza.

—Es complicado. No quiero que sepan mi nombre.

—Pero ¿por qué?

—¿Y si un periodista escribe un artículo? Alguien podría, no sé, sacarme una foto y mostrarla en el canal de noticias local.

—¿Tienes miedo de llamar la atención?

—*Miedo,* no —dijo, tan a la defensiva que Luna no quedó convencida.

—Has hecho lo correcto. Supongo que, si yo fuera esa madre, querría saber a quién debo darle las gracias.

—Es… es complicado.

Luna abrió el coche y subió a su asiento con cierta inseguridad.

—Lo siento —dijo Hunter, manteniendo la puerta abierta—.
Es una cosa de mis padres. Es difícil de explicar.

El día había sido perfecto. Luna no quería que acabase mal.

—Vale.

—¿Estás enfadada?

—No, para nada. Solo quiero entenderlo.

Hunter asintió.

—Dame tiempo para ver cómo te lo explico.

Luna llegó a casa tan tarde que la cena la esperaba fría sobre la
mesa, sin tocar. Sus padres estaban furiosos. Tenía la excusa preparada: se le había ido la hora trabajando en un proyecto después de
clase y luego giró donde no debía para intentar evitar el tráfico y
acabó desorientada de camino a casa.

A sus padres les pareció imperdonable que no hubiera usado el
teléfono del instituto para llamarles y ella aparentó vergüenza y culpa-
bilidad, aunque sentía alivio de que se hubieran creído sus mentiras.

Tirada en la cama y mirando el techo, pensó en el lugar secreto de Hunter en medio del bosque, en la timidez con la que la había llevado al claro. En cómo el viento le revolvía el cabello. En su
olor mientras se besaban.

Y, al ver a la niña agitándose en el agua helada, algo se había
apoderado de él. A Luna le desconcertó que hubiera alzado el
arco. La flecha había atravesado al aire con una precisión que parecía matemática y sobrehumana.

Luego habían golpeado a Hunter y solo entonces se percató en
qué pensaría un desconocido. Ella había confiado en el chico sin
reservas, pero esa gente (o, al menos, el hombre que había lanzado
la piedra) debió creer que Hunter estaba jugando a algo retorcido.

Su cerebro tardó mucho tiempo en procesar lo que había visto. La flecha de Hunter había atravesado con mucha precisión la capucha, enganchando a la niña al tronco. No vaciló en ningún momento: sabía que lo conseguiría.

Luna estaba perpleja por la idea. En el bosque, cuando él mencionó el tiro con arco, lo dijo con tanta…

«Humildad» no era la palabra adecuada. ¿Naturalidad? Indiferencia. Había sido una declaración sencilla: «Nunca fallo». Lo dijo como habría dicho: «Desayuno por las mañanas».

El trayecto a casa fue tranquilo. Luna reflexionaba sobre la reacción de Hunter, la paranoia que le había hecho huir unos segundos después del incidente. Notó que el chico la miraba desde el asiento del copiloto, preocupado. Necesitaba pruebas de que no se había enfadado con él.

Cuando iba a apearse, Luna le dijo:

—Tu puntería es una ridiculez.

El sonido de sus carcajadas resonaba ahora en sus oídos y la calentaba hasta la médula.

CODY YEE

Hunter estaba distinto. Cody aún no había averiguado ni cómo ni por qué.

¿Era una coincidencia que sus padres hubieran estado tan tensos últimamente? La rabia en la casa era un rugido constante, como si alguien se hubiera olvidado de cerrar el grifo.

Comprendía que se estaban escondiendo, pero nadie le explicaba el motivo. En una ocasión, su padre le había dicho que todo el mundo vivía así. «Tienes que ir con cuidado para sobrevivir».

Cody pensó que a los otros niños de su edad se les daba muy bien fingir que no tenían que ir con cuidado. Eso o a lo mejor pasaban de lo que sus padres les dijeran. No eran *xiaoshun* ni lo bastante considerados; su madre lo alababa de esa forma.

Aunque él no sabía exactamente si *era* realmente *xiasoshun*. Estaba casi seguro de que solo era miedoso. Y resultaba agotador tener que sentir un terror constante.

Lo peor era que no sabía *de qué* tenía miedo. A partir de la oscuridad que inundaba su casa, de los susurros escurridizos que oía por el pasillo cuando sus padres creían que no hacían ruido, sabía que algo acechaba justo fuera del alcance de su vista.

Algo que podía cambiar para mal sus vidas en cualquier momento, sin previo aviso.

Cody quería que Hunter se sincerase con él en vez de intentar protegerle. Había que arreglar ciertas cosas y resultaba exasperante que él no pudiera ayudar solo porque nadie le contaba nada.

En las noches en las que no podía dormir, se hundía debajo de la colcha. Allí, en la oscuridad, encendía la linterna que Hunter le había dado hacía un par de años y la usaba para leer.

Su libro especial era como un amigo. Pesaba más de lo que aparentaba y siempre lo notaba cálido como una taza de chocolate caliente. Cada vez que Cody miraba en su interior, las palabras cambiaban.

Una mañana, temprano, lo abrió por una página al azar y vio cómo la tinta formaba frases que crearon una historia sobre una chica llamada Chang'e.

Chang'e trabajaba en el palacio del emperador, en los cielos. Cada mañana, se levantaba de su cama de pétalos de rosa, se ataviaba con un vestido vaporoso y se ataba el pelo detrás de la cabeza con una cinta de seda. Así se preparaba para los encargos del día.

Su labor era muy noble: decorar las salas imperiales. Recolectar frutas como gemas para la familia del emperador, reunir flores y hierbas para el gran salón. En los cielos, el aire siempre olía a jazmín nocturno.

A un lado vivían los soles y, al otro, las estrellas: los ojos relucientes y parpadeantes de los queridos antepasados.

Era el lugar más afortunado del universo en el que podía estar una persona. Y, aun así, Chang'e tenía la impertinencia, la audacia, de desear una vida distinta. Estaba harta de los cielos inmaculados, de los melocotones perfectos, de las tareas que le asignaban. Ansiaba una vida con sus decisiones imperfectas. Ansiaba ver y oír esas tormentas que no se acercaban al palacio.

Chang'e quería saber cómo era dejar de sentir calor, vivir días en los que el mundo se volvía hielo.

Algunos dijeron que había sido un accidente; otros, que había sido a propósito:

Un día, mientras Chang'e llevaba las flores y el té a través de los jardines imperiales, su sandalia tropezó con un peldaño y la chica perdió el equilibrio. La bandeja cayó y la tetera de cristal favorita del emperador se rompió. Había sido un regalo de un ser celestial, de alguien que, según se rumoreaba, había sido su amante. Era irremplazable.

El emperador desterró a Chang'e. Y, así, la chica se marchó de palacio y fue a vivir a la Tierra, entre los ordinarios mortales.

YVONNE YEE

La madre de Hunter

A veces, cuando Yvonne veía a su hijo mayor (con el ceño fruncido mientras hacía los deberes o cuidaba con amabilidad a su hermano), sufría una oleada de mareo, como si se asomara por un precipicio y cayera a través del tiempo. Su visión se volvía turbia y veía a Hunter como el niño frágil y gris que acunaba en el hueco de su codo. Recordaba sentir la frente ardiendo contra su brazo, el gorgoteo de la mucosidad taponando una vía respiratoria. Sus toses le partían el corazón. Lo único que quería Yvonne para él era que estuviera mejor, sano.

Cuando se adentraba más en el pasado, se veía a sí misma. Una joven académica con el pelo recogido en un moño, absorta en el castaño meditativo de las teclas de una máquina de escribir. Por lo menos, conservaba ese trabajo: las preguntas que serpenteaban por la historia. Sus tentativas de examinarlas y responderlas. Aunque tuviera que hacerlo oculta, escondida.

A veces abría el archivador abollado que había en un rincón de su dormitorio y acariciaba con cariño los montones de papeles. «Autor: David Yee».

Cuánto echaba de menos su carrera. Cuánto ansiaba tener su propio despacho en el que sentarse y escribir. Una colección de publicaciones con su propio nombre en la primera página. Una vida que pudiese controlar.

Yvonne cerró los ojos y se imaginó su nombre impreso.

Las letras se emborronaron y cobraron una nueva forma, como una pesadilla: un hombre, Huang, que agarraba el ejemplar de una revista y reconocía su nombre. Que encontraba su universidad. Que buscaba a su familia y los inmovilizaba con su deuda.

Soltó un suspiro como un ancla y cerró el cajón con un golpe.

RODNEY WONG

Fairbridge estaba roto. Literalmente.

Wong nunca había visto algo así, la tierra recién partida como piel seca y dañada. Agrietada, rezumando.

Al parecer había habido un incidente en septiembre, justo con la luna llena (que coincidió con el Festival de Medio Otoño), en el que alguna gente declaró antes de tiempo que se había producido un terremoto. Pero los sismólogos no tardaron en demostrar que no era así y que se trataba, incluso ahora, de un fenómeno inexplicable. En la biblioteca, mientras examinaba los periódicos recientes, descubrió que se había producido una oleada de pánico tras la primera gran grieta. Todas las nuevas fracturas que aparecían estaban conectadas a esa. Pero no había ocurrido nada grave y la ciudad estaba trabajando en solucionarlo. Había alguna queja por aquí y por allá, pero, en general, la gente soportaba la molestia.

Bloquearon ciertas partes de las carreteras con conos de tráfico y unas plataformas de metal sirvieron como puentes temporales. Todo el mundo se había acostumbrado ya a rodear las fracturas y a buscar nuevas rutas. Wong se había detenido un día en un lugar llamado Fudge Shack para tomar sidra caliente, y cuando le preguntó a la dependienta por las grietas, ella se encogió de hombros y puso los ojos en blanco; dijo que era «un engorro» y le dio el recibo.

Wong se preguntó si alguno de los habitantes de Fairbridge podría sentir lo que salía de esas fisuras oscuras. ¿Tendría un nombre, esa cosa que olía a calderilla y que lo llenaba de miedo y le inspiraba a partes iguales?

Le emocionaba situarse en el borde y respirar aquello, mirar las raíces y las capas de rocas y el suelo roto. La tensión escalofriante que provocaba. Disfrutaba de ese malestar, le recordaba a la conmoción inicial de saltar a una piscina. El cuerpo empezaba a acostumbrarse. Sentía la vibración de la energía a medida que sus músculos se activaban.

A lo lejos, un coche entró en la calle. Wong regresó al asiento del conductor y cerró la puerta con fuerza. Acto seguido, arrancó antes de que alguien pudiera verle bien la cara. No creía que fuera a pasar nada, pero no quería que le reconocieran. Aún no.

Wong se encaminó por otra ruta y aceleró. Empezaba a conocer el terreno. Fairbridge no era demasiado grande y ahora que estaba allí había descubierto muchas cosas. Dónde vivía la familia Yee. Dónde estudiaba el hijo mayor.

Por el momento, conservaría esas cartas. Era hora de planear una estrategia. Primero, haría que le devolvieran sus pertenencias. Luego les castigaría. Se llevaría a Hunter Yee para siempre.

LUNA CHANG

El padre de Luna prácticamente saltaba de alegría. Parecía una tarde de celebración, aunque no tenía nada de especial, aparte de que la consideraban como una comida festiva antes de que sus padres se marcharan a Taiwán. Aun así, ver feliz a su padre la hacía a *ella* feliz.

El tiempo se había tornado gris y amenazador; el viento les agitaba la ropa cuando se dispusieron a salir, pero algo tan nimio no les impediría ir a Giuseppe's, el restaurante italiano local… y el único lugar al que sus padres querían ir a comer, aparte del Fortune Garden.

Su padre apartó la servilleta de tela de la cesta de panes y le indicó a Luna con un gesto que se sirviera.

—Come todos los colines que quieras. Siempre podemos pedir más.

Su chiste favorito. Los colines eran ilimitados, igual que las sopas.

El truco de su madre consistía en llenarse de sopa minestrone y hacer que le empacaran el entrante para más tarde. Siempre resultaba vergonzoso, por cómo intentaba aprovechar al máximo cada dólar. Ni que tuvieran problemas de dinero.

—Qué época más maravillosa estás viviendo, Luna —dijo su padre—. ¿Te puedes creer que dentro de poco estudiarás en la universidad?

—Si me aceptan en una —replicó ella. El tema la puso de mal humor.

—Seguro que te aceptan en tus primeras opciones —dijo su madre, como siempre.

—Irás a Stanford —añadió su padre, con una gran sonrisa—. He *soñado* que pasaba.

Luna odiaba que se pusieran a hablar así.

—¿Cuánto tiempo estaréis en Taiwán?

—Solo una semana y media —explicó su madre—. No te preocupes. Pasará muy rápido. Invita a unas amigas para que te hagan compañía.

Luna sabía que estaba pensando en Roxy, que se había marchado a la universidad para, acto seguido, desaparecer de la faz de la Tierra. No le había devuelto a Luna ninguna de sus llamadas o cartas. Roxy le había enviado una postal del campus de su universidad con las palabras «¡Te echo de menos!» escritas en la parte trasera, y ya. Ahora solo había una persona que encajara de verdad en la etiqueta «amigo». Amigo… y algo más.

Qué gracioso, pensó Luna, que a sus padres ni se les ocurriera que podría celebrar una fiesta salvaje y alcohólica en su ausencia. No entendían lo suficiente a los adolescentes estadounidenses como para que consideraran esa posibilidad.

Su padre malinterpretó su silencio como desánimo.

—La próxima vez vendrás con nosotros, Luna. Ahora tienes demasiadas cosas en la cabeza. El fin de curso se acerca.

—Y se acaba el plazo para enviar las solicitudes.

—Sí, sí —se apresuró a añadir su padre—. Eso también. Eso, claro, es lo prioritario.

—No habríamos ido este año —dijo su madre—, pero es el momento perfecto... También se celebran las elecciones nacionales. Quizá sea el punto de inflexión que estábamos esperando. Taiwán debe ser reconocida como una nación por derecho propio, con su cultura y su política.

—La próxima vez será más sencillo. En cuanto seas estudiante universitaria, tendrás periodos de vacaciones más largos. Y si tienes que faltar a clase, no será un gran problema. Podrás acompañarnos.

Luna descruzó y cruzó las piernas.

—Sí, no pasa nada. Estaré bien.

Sus padres intercambiaron una mirada y a ella le sorprendió su simetría, los hombros alineados, las manos mojando pan en cuencos poco profundos. La mejilla de su padre relucía con una mancha accidental de aceite de oliva.

Luna sintió una oleada de cariño. Otros chicos en el instituto se quejaban de sus familias: de hermanos molestos, padres autoritarios, desacuerdos y castigos... Pero su familia era prácticamente perfecta. La forma en la que sus padres se amaban y apoyaban la inspiraba. Les había costado, como a muchos inmigrantes, dejar Taiwán y construir una vida en Estados Unidos.

Había oído las historias. Al principio, cuando su madre no hablaba inglés y ni siquiera se atrevía a plantear una pregunta sencilla sobre un cupón en el supermercado. Cuando su padre había trabajado hasta altas horas de la noche para escribir un artículo tras otro y ganarse una reputación académica. Estaban muy decididos a quedarse en ese país para que su hija estadounidense pudiera disfrutar de un futuro de ensueño.

Sus padres habían atravesado la maleza, escalado un muro impenetrable y saltado al otro lado, donde el camino de Luna estaría allanado. Pan comido. Su camino estaba despejado y ella lo seguiría. Crecería para convertirse en lo que sus padres querían y necesitaban.

La sopa llegó y Luna se comió el último trozo de pan.

—Come todo el minestrone que quieras, Luna —dijo su padre con un guiño, y a ella se le trabó la respiración. Al año siguiente, todo sería distinto. Ya no viviría en casa. No podría ir a cenar con sus padres en cualquier momento. Deberían planear las visitas. Los chistes cutres de su padre le llegarían por teléfono.

¿Qué le pasaba? Mucha gente *se moría* de ganas por alejarse de sus padres. Pero, claro, esa gente no parecía tener padres tan especiales como ella. Mientras removía la sopa, se recordó lo afortunada que era.

Una lucecita se encendió encima de su padre cuando se agachó para sorber la sopa.

Luna parpadeó y la luciérnaga desapareció.

HUNTER YEE

Qué regalo tan glorioso del universo, que les dejaran salir antes el último día previo a las vacaciones de invierno. Hunter se bajó con Luna en su parada, sintiéndose tímido, como en un sueño. ¿Estaban *juntos*? ¿Saliendo? ¿Era eso? Casi tenía miedo de preguntar, como si al pronunciar las palabras pudiera romper el hechizo.

Qué surrealista que fueran a estar a solas en su casa, vacía de padres. Luna vivía en el extremo opuesto del bosque de donde vivía Hunter. Si atravesaban los árboles y saltaban por encima del arroyo, no tardarían más de diez minutos en ir de una casa a otra.

La residencia de los Chang era gigante y preciosa. Dos pisos y, *además*, un sótano. Pintada de azul cielo, con postigos blancos en las ventanas. No había moho en un lateral, ni nada roto o manchado. Todo parecía fresco y bien conservado, como una casa sacada de una película.

Hunter se quitó los zapatos y los puso junto a la puerta, con cuidado de no soltar nada de tierra sobre la alfombra. El arte en las paredes, los muebles, la moqueta lujosa bajo sus pies… todo parecía regio, caro. Todo estaba impoluto. Todo olía a Luna.

Hunter se sentía como un roedor que había entrado en un museo con techos altos. Sabía que en teoría no era una mansión, pero, comparada con la destartalada casa de alquiler de una única planta a la que su familia llamaba «hogar»…

—Me *muero* de hambre. ¿Quieres algo? —Luna ya lo dirigía hacia la cocina.

—Claro.

Sacó uno de los taburetes de debajo de la encimera.

Estaban muy solos en esa casa. Podría pasar cualquier cosa. A lo mejor se besaban de nuevo. O hacían algo más que besarse. Esa idea hervía a fuego lento en su cuerpo.

—Podemos preparar fideos instantáneos, sándwiches de queso… O puedo poner palitos de mozzarella en el horno. Hay una caja de galletas de Navidad. Ooh, y creo que hay dumplings en el congelador.

—Guau —dijo Hunter—. Lo de los fideos me parece bien.

Luna llenó la tetera con agua y sacó dos paquetes brillantes de ramen de un cajón. Hunter contempló sus movimientos, intentó memorizar su elegancia. Luna se hallaba en su hábitat natural. Los dedos largos hacían girar un botón para avivar el fuego. Los brazos se estiraban para agarrar cuencos y platos de la alacena. Unos mechones caían libres de esa coleta. El suéter se le subió y Hunter vislumbró un pedacito de su torso.

—¿Puedo hacerte una pregunta? —dijo ella al darse la vuelta.

—Claro.

—¿Por qué *tienes* mala reputación en Stewart? —Hunter se tensó—. O sea, es lo que me han contado, pero también sé cómo eres cuando estás conmigo. Y no lo entiendo.

—Es complicado. No quiero ni pensar en lo que te han dicho. —¿Cómo se lo iba a explicar?—. ¿Te acuerdas de la última vez que jugamos a baloncesto en Educación Física y lancé la pelota de espaldas?

Ella se rio.

—¿Que si recuerdo cómo presumiste enfrente de todos?

Hunter no se lo discutió... *Sí* que había estado presumiendo un poco.

—Es más que eso. Tengo como una especie de conexión con el viento. —Se encogió. Sonaba ridículo—. Me ayuda a apuntar.

—Cuando hiciste ese lanzamiento... estábamos dentro del gimnasio.

El pánico fluía por las venas del chico. No se había dado cuenta de que necesitaba con fuerza que Luna lo creyera.

—Con «viento» me refiero a cualquier movimiento del aire. Vaya adonde vaya, no se aleja demasiado de mí.

—¿Vale?

—Y me ayuda también con otras cosas. Aunque el viento, a veces... no sé. Se aburre y causa problemas.

—Problemas —repitió Luna—. ¿Como qué?

—Como volcar la mesa de un profesor. O hacer sonar la alarma antiincendios. Cosas que parecen travesuras.

Luna entornó los ojos. Hunter vio que estaba concentrada pensando.

—Así que me estás diciendo que el *viento* te expulsó del instituto.

—Ah, no. Eso lo hice yo. A propósito.

La chica parpadeó.

—¿*Por qué*?

—Ya sabes que Stewart es un colegio privado —dijo Hunter con un suspiro.

—¿Sí?

—Iba allí porque me dieron una beca. Descubrí que iban a cambiar la normativa para que cada familia solo pudiera recibir una por año. O sea, un niño por hogar.

Luna lo entendió enseguida.

—Te marchaste para que Cody pudiera quedarse.

Él asintió.

—Yo lo odiaba. Y a él le gusta Stewart.

—¿Por qué no les dijiste a tus padres que querías cambiar de instituto?

Hunter dibujó remolinos en el mármol de la encimera.

—Lo intenté y se enfadaron. Pero, encima, como estaba a punto de graduarme, supe que pensarían que era más importante que yo me quedasc y no Cody. Me pareció mejor arreglarlo antes de que recibieran un aviso sobre la beca.

Luna se apoyó sobre los codos.

—¿Y qué hiciste para que te expulsaran?

Hunter no pudo reprimir la sonrisa.

—Le pagué a una chica muy inteligente del instituto para que hackeara todos los ordenadores de la sala de informática. Escribió un programa para que, cuando la profesora encendiera los ordenadores, las pantallas solo mostraran la frase «Nadie creerá que Hunter Yee no hizo esto».

Luna se rio.

—Y no lo hiciste.

—Para nada. Quería que fuera una crítica. Tampoco hice ninguna de las cosas de las que me acusaron.

—Qué travesura más épica. Me extraña que no haya oído hablar de ella.

—Fue un alivio que no lo divulgaran. No sé cuántos alumnos se enteraron. Stewart lo tapó enseguida… Para ellos era una vergüenza. Y quizá tenían miedo de que alguien me imitara. —Hubo un parpadeo, como una bombilla minúscula encendiéndose y apagándose junto a la oreja de Luna—. ¿Eso es… una luciérnaga? —Entrecerró los ojos para verla mejor.

—¿Dónde? —preguntó Luna, girándose para buscarla.

—Estaba junto a tu cabeza. No sé a dónde ha ido.

Hunter intentó recordar la última vez que había visto una luciérnaga fuera del verano. Luna frunció el ceño.

—Si te cuento un secreto, ¿prometes que me creerás? Creo que, de todas las personas que conozco, tú lo vas a entender, pero… antes tienes que prometerlo.

—Claro.

—Hay algo sobrenatural en esas luciérnagas y no sé si las acabo de entender. No me refiero a todas las luciérnagas del planeta, sino a las que me rodean aunque sea invierno.

—Te creo —asintió Hunter.

Quería preguntarle más, pero Luna parecía tensa, indecisa. Aguardó a ver qué más decía.

En vez de eso, le pasó uno de los paquetes de fideos. La imagen mostraba un cuenco de verduras y gambas listas para desfilar.

—Estos son los mejores. —Luna rasgó el paquete—. Mis padres siempre traen la maleta medio llena de estas cosas cuando viajan a Taiwán.

—¿Van muy a menudo?

—Cada dos años o así —respondió Luna mientras metía el ladrillo seco de fideos en el cuenco—. Suelo acompañarles, pero este año no me iba bien por el instituto. No querían que interfiriera con nada que pudiera impedir mi graduación.

Cada dos años. Hunter no podía concebir tener tanto dinero como para viajar tan cómodamente. No sabía cuánto costaba un billete de avión… pero sí que su familia no se lo podía permitir. Había visitado Taiwán solo en una ocasión, con tres años, para ver a sus abuelos. Cody nunca había ido.

La tetera empezó a pitar, de un modo tan parecido al silbido del viento que le puso el corazón a mil por hora.

Luna vertió el agua en los fideos.

—Tu familia también es de Taiwán, ¿no?

—De China —aclaró Hunter.

—Ah, no sé por qué pensaba que habían nacido en Taiwán.

—Nacieron allí. —Luna parecía desconcertada, pero él se encogió de hombros—. Es lo mismo.

—No —dijo Luna despacio—, no lo es.

—¿No es como decir que un cuadrado no es un paralelogramo?

La chica guardó silencio, con el ceño arrugado.

El humor de Hunter descendía en picado por una colina. ¿Cómo habían acabado en esa conversación sobre sus familias? El silencio estéril hizo resonar sus palabras con incomodidad. Deseó poder sentir el habitual rugido del viento en sus oídos.

LUNA CHANG

Ese momento poco habitual y valioso a solas en su casa con Hunter no iba conforme ella esperaba. Y ahora estaban discutiendo. Lo odiaba.

Y, al mismo tiempo, no podía dejar el tema.

Luna apretó los labios, intentando pensar. Sus padres siempre habían tratado la identidad taiwanesa y la china como muy distintas. Un recuerdo flotó hasta la superficie: cena en el Fortune Garden, hacía unos años, sus padres hablando con Mary sobre que Taiwán iba a ser independiente y se preservaría su cultura. Fueron muy claros sobre ello y Luna nunca había conocido a nadie que discrepase.

Hunter ladeó la cabeza y Luna se dio cuenta de que llevaba demasiado tiempo callada. El chico parecía inseguro.

—Eso es lo que mi familia siempre ha dicho. Que chinos y taiwaneses son lo mismo.

—Pues se equivocan —dijo ella con aspereza. Alzó el plato que cubría el cuenco y examinó los fideos—. Eso es… borrar una identidad.

Saltaba a la vista que Hunter no sabía qué decir. Intentó cambiar de tema, aunque no de la mejor forma.

—¿Naciste aquí, en Fairbridge?

Luna decidió permitir el cambio.

—Nací aquí y aquí me he criado. ¿Y tú?

—En San Francisco. Y es muy molesto que la gente siga diciéndome que me vuelva a China y todo eso.

—A mí también me pasa. Es asqueroso.

—La gente tiene miedo de cualquiera que sea diferente. —Hunter tenía la mirada perdida—. Hace que me preocupe por Cody.

—Al menos te tiene a ti.

Luna intentaba todo lo posible limar las asperezas de la conversación, pero lo que Hunter había dicho aún la molestaba.

El chico suspiró con fuerza.

—Ya.

—¿Qué?

—Es que… quiero irme de aquí. Me quedaré el tiempo suficiente para graduarme y luego me marcharé. —Tropezó con la última palabra.

Luna intentó no obsesionarse con eso… con la idea de que *se marchara*.

—¿A qué universidad quieres ir?

—Ja. A la porra la universidad —dijo él. Luna se rio, incómoda—. Entiendo que debamos saber leer y escribir y los conocimientos básicos de matemáticas son útiles. Pero no quiero pasar más tiempo en el colegio. No *necesito* más colegio. Solo quiero marcharme de este sitio. Me ahoga.

Alzó el plato de su cuenco y pinchó con agresividad los fideos. Luna no sabía si estaban del todo cocidos, pero Hunter ya escarbaba en ellos con los palillos.

Luna nunca había pensado que una persona en su comunidad (y menos alguien que fuera asiático) pudiera plantearse no ir a la universidad. Esa idea contenía cierta rebeldía que la asustaba.

—Pero *tienes* que ir a la universidad. ¿Tus padres no quieren que curses una carrera?

—Yo no he dicho eso —resopló Hunter—. Estarán furiosos. Pero ¿qué más da si ya tienen a una decepción por hijo? Solo será una fisura más en un hueso fracturado. ¿A quién le importa? Seguramente desearían que no existiera. Si desaparezco, pueden borrarme de la historia familiar.

El resentimiento en esas palabras era insoportable. Luna no sabía cómo darle espacio.

—¿A dónde irás?

—No lo sé. A lo mejor a Canadá. Europa. A alguna ciudad grande, donde haya gente que me entienda.

—Pero ¿cómo encontrarás a esas personas?

—No lo sé. Solo es un plan general e impreciso.

—Pero ¿no es mejor empezar por la universidad?

Hunter parecía enfadado.

—Hablas como mis padres.

—Solo intento entenderlo. O sea, ¿cómo sobrevivirás? Necesitarás un trabajo y un sitio para vivir… ¿cómo vas a conseguir todo eso?

—Estás haciéndome muchas preguntas específicas. —Su voz se había tornado fría—. ¿Qué intentas decirme?

—Es que me parece… un poco cobarde.

La carcajada de Hunter fue aguda y sarcástica.

—¿Lo dices en serio?

—Planeas huir y abandonar a tu hermano pequeño para que tenga los mismos problemas que tú.

—¿Y lo llamarías «huir» si me marchara a una universidad en la otra punta del país?

Luna calló durante un segundo.

—No lo sé.

—Así que, si voy a un sitio privilegiado que tenga el sello de aprobación asiático, pero lo más lejos de casa posible... ¿no es huir? Pero, si decido marcharme por cuenta propia sin el apoyo de nadie para ganarme la vida... ¿es cobarde? *¿Eso* es huir?

—No lo sé —repitió Luna.

—Sois como borregos. Tu transformación en una oveja asiática está a punto de terminar.

En algún momento de los últimos dos minutos, la sensación que recorría las venas de Luna se había convertido en algo cercano a la rabia.

Eso no era lo que había esperado cuando invitó a Hunter a su casa. Había imaginado que se sentarían en el sofá. Para besarse otra vez, como en el bosque. Y tal vez para hacer algo más que besarse. Disponían de muy poco tiempo juntos y lo estaban malgastando con una pelea.

No sabía cómo arreglarlo.

Hunter vació el cuenco, sorbiendo los últimos fideos.

—Gracias por la comida —dijo de mal humor. Jugueteó con la pulsera y luego se bajó las mangas—. Debería irme antes de que mi familia volviera a casa. Supongo que nos vemos luego.

Luna no dijo nada. Se quedó de pie en la cocina y lo oyó recoger el abrigo, ponerse los zapatos y cerrar la puerta.

RODNEY WONG

Rodney Wong siempre había seguido las normas. Con cinco años, cuando sus compañeros chapoteaban y gritaban en el río prohibido, él se quedaba en la orilla, seco y ceñudo. Recordaba haber estudiado caligrafía con ocho o nueve años y haber visto que otro estudiante no solo dibujaba un trazo en la dirección equivocada, sino que además tuvo la audacia de repasarlo. Wong se había enfurecido, como si le hubieran contrariado a él en una ofensa personal.

Su padre solía recordarle que era afortunado. Había nacido tras el fin de la guerra y enseguida le habían dado un nombre mandarín, uno cantonés, uno japonés... y, un puñado de años después, uno inglés, con el que se quedaría. Su padre quería que lo *conocieran*.

Wong también tenía la suerte de ser el hijo de una familia que empezó a exportar telas en el momento justo y luego aprovechó la oportunidad para fundar una de las primeras fábricas textiles. A través de estos negocios, su padre trabó amistad con miembros de la Iglesia luterana que habían llegado desde Estados Unidos y que se convirtieron en los tutores de Wong. Sus padres le recordaban constantemente que tenía suerte de recibir una educación *real*. Un día, decían, iría al extranjero y empezaría una nueva vida por sí solo.

La adherencia estricta de Wong a todas las normas y su fuerte ética laboral lo convirtieron en un estudiante excelente. Cuando fue a la universidad, ya era un joven orgulloso y trabajador.

Fue el primero de su promoción y enseguida le ofrecieron un puesto en una universidad estadounidense para un posgrado, con visado y todo. El futuro era una estrella brillante que Wong había arrancado del cielo y rodeado con la mano, y planeaba llevarla en el bolsillo para alcanzar la cima. Llegó a Kai Tak, el aeropuerto internacional de Hong Kong, con una chaqueta deportiva nueva hecha a medida sobre los hombros y un maletín de cuero colgando al costado; dos regalos de despedida de parte de su madre. Pronto navegaría entre las nubes en un avión que lo transportaría a la tierra de los sueños.

Ya estaba en la puerta, haciendo fila, cuando entre un anuncio y otro oyó que gritaban su nombre desde la terminal.

—¡Huang Rongfu! *¡Huang Rongfu!*

Se giró, desconcertado. Casi todo el mundo lo llamaba Rodney o, a veces, por la versión cantonesa de su nombre. Pero la criada de su madre, una anciana que había llegado como refugiada del continente chino y nunca había aprendido inglés, era la única que lo llamaba por su nombre mandarín. Siempre Huang en vez de Wong. Fue ella quien llegó a toda prisa por el amplio vestíbulo, serpenteando entre viajeros, con la mano alzada en el aire para que pudiera verla. Wong echó un vistazo a su alrededor, avergonzado. La gente se los quedaba mirando.

—No subas al avión —dijo la anciana entre jadeos nada más alcanzarlo.

Las palabras fueron tan ridículas que Wong casi se echó a reír.

—¿Por qué no?

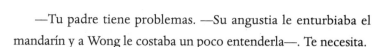

—Tu padre tiene problemas. —Su angustia le enturbiaba el mandarín y a Wong le costaba un poco entenderla—. Te necesita.

—¿Qué clase de problemas? —preguntó él, perplejo. Su padre, el hombre de negocios al que respetaban no solo en la ciudad, sino en todo el mundo. El que le había transmitido el valor de la integridad, el que le había enseñado a seguir todas las normas. No se lo imaginaba en ningún tipo de problema del que no pudiera salir, con su carisma, sus promesas y su reputación. Además, su padre era la fuente de toda la riqueza de su familia. ¿Para qué servía el dinero, sino para cambiar opiniones?

Ayi sacudió la cabeza y observó los rostros inquisitivos que los rodeaban.

—Aquí no.

Wong no tenía ni idea de que en las próximas horas los pilares que sostenían todas sus creencias, todo lo que le habían contado, se desmoronarían por completo.

De camino a su casa, la anciana le relató un poco la situación: al parecer, su padre era culpable de muchas cosas. Llevaba años codeándose con contratos clandestinos. Y malversaba desde mucho antes.

Hasta hacía tratos con una tríada: llevaba una red de apuestas ilegal, una operación de falsificaciones y cobraba por partida doble (Ayi no comprendía los detalles), y fue un paso en falso ahí lo que reveló sus estratagemas. Los miembros de la tríada habían derribado la puerta, lo habían dejado inconsciente con una pistola y se lo habían llevado.

El rescate que pedían: controlar la mitad de sus propiedades. Doblar las ganancias que recibían y que habían acordado al principio. Y su hijo.

Según sus términos, el joven Rodney Wong trabajaría para la tríada como criado durante los próximos cinco años, hasta que concluyeran las operaciones actuales. Tras ese periodo, Wong sénior volvería con su familia, sano y salvo. Quizá con menos dinero. Pero vivo.

No fue hasta que Wong entró por la puerta y vio a su madre llorando en el suelo, sin poder levantarse, cuando comprendió que todo era real.

Rodney Wong siempre había seguido las normas y, en ese momento, la devoción filial lo reclamaba con más insistencia que nunca.

Y así encontró su camino en la vida. La tríada quedó tan impresionada con su ética laboral que enseguida lo consideraron un hermano; él había descubierto que tan solo eran una organización con sus propias leyes y códigos. Dentro de esa estructura, hizo lo que mejor se le daba y se vio prosperar.

Cuando transcurrieron los cinco años, se quedó en la tríada y se convirtió en miembro de pleno derecho. Pasaron tres años más en un abrir y cerrar de ojos y entonces lo invitaron a seguir a otro miembro al otro lado del océano. Y al fin pudo pisar la tierra que siempre había ansiado reclamar como su hogar.

Allí, en un lugar llamado San Francisco, descubrió nuevas normas. Perfeccionó su habilidad para captar oportunidades y detectar mentiras. Pronto se convirtió en el amo de un *tong*, donde supervisaba su propia banda de inmigrantes astutos y fornidos... Por fin era un rey.

HUNTER YEE

Unos días más tarde, Hunter se había hartado de las preguntas que le rondaban por la cabeza, ecos de la conversación con Luna. Intentaba abordar el tema desde distintas perspectivas; era como darle la vuelta a una piedra y descubrir que se abría para revelar una llave en su interior.

Durante una pausa en la cena, preguntó:

—¿Somos chinos o taiwaneses?

Su padre le dirigió un ceño fruncido.

—Chinos, por supuesto.

—Pero nuestra familia es de Taiwán. ¿No?

—¿Taiwán no forma parte de China? —preguntó Cody.

—Sí —respondió su madre—. Así es. Aunque hay gente que no quiere que lo sea.

Cody pinchó el trozo de pizza que había llegado congelada en una caja.

—¿Por qué no?

Su madre consideró la pregunta durante un rato largo.

—No entienden que Taiwán necesita a China. No debería ser un país separado. Ese argumento es ridículo… todos somos chinos. Deberíamos estar unidos.

—«Unidos prevalecemos, divididos caemos» —citó Cody.

—Sí, exacto —dijo su padre—. Pero el Minjindang no cree eso. Qué tontos.

—Qué gente más horrible —dijo su madre con una risa burlona—. Como los Chang, ¿lo sabías? Apoyan al Minjindang. Son de la peor calaña. Se hacen llamar *taiwaneses* y fingen no ser chinos. Es ridículo.

Hunter lo entendía ya: la enemistad entre sus padres y los de Luna también era política. Y si sus padres (los más veloces a la hora de condenar a otra gente por cosas insignificantes) pensaban que los Chang eran horribles, que los taiwaneses no deberían tener su propia identidad cultural...

Se sintió culpable por lo que le había dicho a Luna.

Más tarde esa noche, Hunter aguardó con los vaqueros puestos a que sus padres se durmieran, a que la quietud descendiera sobre la casa. Oía a su madre repasar papeles, teclear en la máquina de escribir. Solía quedarse despierta hasta tarde para ayudar a su padre con los artículos.

Y, al fin, paró. Se oyó el *clic* de una luz al apagarse, el sonido de su madre al acostarse. Hunter se levantó y se puso el abrigo.

—¿Vas a escabullirte? —susurró Cody, restregándose los ojos.

—Chist. Solo voy al baño. Vuelve a dormirte.

Hunter fue a su refugio en el bosque. Las nubes tapaban la luna. Daba igual: no le hacía falta ver para apuntar. Sus músculos ansiaban la tensión y el alivio del arco. Esos sonidos lo tranquilizaban. El momento en el que liberaba una flecha, cuando contenía la respiración y aguardaba a la pausa entre dos latidos del corazón: ahí podía encontrar la claridad que necesitaba.

No tendría que haberse marchado de casa de Luna con la conversación a medias. ¿Ya habrían regresado sus padres? Ojalá lo supiera. Quería llamar a su puerta y disculparse.

La temperatura bajó: cada respiración era hielo en sus pulmones. Hunter guardó el arco y el carcaj y emprendió el camino de vuelta. Ensayó la disculpa en su cabeza, mezclando y dando forma a las palabras. Esperaba no estar llegando demasiado tarde, no haber arruinado su amistad (o lo que fuera que tuvieran) para siempre.

En el siguiente paso que dio no encontró apoyo. Se golpeó el hombro contra el tronco retorcido de un árbol... y eso fue lo único que le impidió caer.

Las nubes se separaron para que la luz de luna lo iluminara, y Hunter vio que el suelo daba paso a la oscuridad. Otra grieta en la tierra. Sopló viento y el chico se dobló para toser, resollando. Cuando se enderezó de nuevo, con un brazo alrededor del tronco, se olvidó del frío al respirar, de la punzada de dolor en el hombro.

Lo único que veía era luz. Se había equivocado: no procedía de la luna, sino de las luciérnagas, que se acumulaban en masa contra un árbol y esculpían su brillo alrededor de las raíces, el tronco y las ramas mientras emitían su luz al unísono.

CODY YEE

Cody abrió el libro y las palabras que aparecieron le hablaron del fin del mundo.

Releyó la página tres veces para intentar comprenderlo.

Apretó los dedos sobre las últimas frases.

La oscuridad se alzará del suelo y enroscará sus dedos alrededor de los corazones. Y, en ese apretón, los pensamientos más intensos serán de codicia y crueldad y egoísmo. Ese será el fin, a menos que todo se restaure.

Cody se estremeció.

La ventana del dormitorio se abrió y se alzó por sí sola para dejar entrar una ráfaga helada. No fue como el tornado en miniatura que había azotado la habitación la última vez para revelar el libro escondido en la jaula de Jadey. No, este era un viento más amable. Pero agitó las hojas y las pasó con fuerza y rapidez.

Cuando el viento amainó, Cody intentó encontrar el punto que había estado leyendo. Sin embargo, todo se había quedado en blanco de nuevo.

Las últimas palabras lo turbaban. No le gustaba lo que decían ni esa sensación de que todo iría *mal*.

¿Qué significaba todo aquello?

LUNA CHANG

Se le antojaba raro ir sola a la tienda y vagar por los pasillos para comprar comida únicamente para ella. Se suponía que así sería vivir a solas el próximo año.

Luna zigzagueó por el pasillo de los cereales, balanceando la cesta. Cuando iba a agarrar una caja de Cap'n Crunch, una voz conocida pronunció su nombre.

Era Joyce Chen, que sujetaba una botella de leche y una bolsa de patatas fritas.

—¡Eh! Estaba pensando en llamarte.

—¿A mí? —preguntó Luna, pero se sintió como una tonta.

—Sí. Para ver si querías trabajar en lo de Sociales. O solo quedar.

—Claro. Me parece genial. De hecho, ¿quieres venir a mi casa?

—¿Cuándo?

Luna se encogió de hombros.

—¿Te viene bien ahora?

En la cocina, con Joyce sentada en el mismo taburete que había usado Hunter hacía una semana, Luna puso palitos de mozzarella en una bandeja mientras el horno se calentaba.

—Bueno, ¿dónde están tus padres? —preguntó Joyce.

—En Taiwán. De hecho, vuelven mañana por la noche.

—Ooh. ¡Qué envidia! La última vez que fui, aún iba al colegio. Cada vez que hablo con mi *nainai*, me pregunta cuándo volveré.

—Oye, tengo curiosidad. —Luna intentó pensar en la mejor forma de plantear su pregunta—. ¿Te consideras taiwanesa o china?

Joyce reclinó el taburete hacia atrás.

—Las dos cosas.

—Interesante. Mis padres dicen que somos taiwaneses, pero chinos no.

—Sé de mucha gente que coincidiría con ellos. Taiwán es, sin duda, un lugar por derecho propio con una cultura específica. Pero hay gente taiwanesa que también se identifica como china. O, mejor dicho, hay diferencias culturales y también otras cosas que son iguales. —Luna arrugó el ceño. Empezaba a dolerle la cabeza. Con un encogimiento de hombros, Joyce prosiguió—: Tampoco es que sea lo más claro del mundo. La gente tiene una identidad distinta según cómo los hayan criado o cuándo sus familias se mudaron a Taiwán y qué ideología siguen, etcétera. Intento ser objetiva porque es obvio que algunos miembros de mi familia son imparciales. En plan, mis tías y mis tíos odian a algunas personas solo porque tienen una identidad distinta.

El temporizador del horno pitó y cambiaron de tema. Joyce le contó que su hermano mayor, que estaba en la universidad, había activado el detector de humo con un hornillo prohibido. Y que su compañero de cuarto siempre dejaba una goma en el pomo de la puerta para indicar que no debía molestarlo. Joyce lo llamaba «la goma del amor».

Eso también le recordó a Hunter y sus planes de huida. Que ni siquiera había solicitado *plaza* en una universidad.

—¿Qué piensas acerca de todo el concepto de ir a la universidad? —preguntó Luna.

—¿No sé? —dijo Joyce con una mueca—. ¿Parece divertido? ¿Y también mucho trabajo?

—Quiero decir… ¿Qué piensas de que la gente lo plantee como si fuera un requisito vital?

—¿Con «gente» quieres decir tus padres? —Joyce se encogió de hombros—. Supongo que tiene sentido. Quieren que seamos las mejores. Una educación superior implica mejores oportunidades laborales y bla bla bla.

—Pero ¿y si alguien no quiere ir a la universidad? —la presionó Luna—. ¿Qué pasa con esa persona? ¿Y si cree que puede vivir por sí sola y conseguir una vida mejor de la que tiene ahora?

Joyce alzó una ceja.

—¿No quieres ir a la universidad?

—Ah, no, no lo digo por mí —aclaró Luna. Aunque la pregunta hizo que se planteara otra: ¿ella quería ir *de verdad* a la universidad? Nunca había considerado la posibilidad de *no* ir—. Solo tengo curiosidad por saber qué piensas tú.

—Bueno. —Joyce masticó un palito de mozzarella y tragó—. No todo el mundo puede con ello. Económicamente, quiero decir. O incluso por temas de salud, por ejemplo.

—Ya —dijo Luna, aunque tampoco había considerado nunca esos impedimentos.

—*Yo* sí que voy a ir a la universidad. Me servirá como excusa para mudarme a un sitio donde no estén mis padres. He solicitado plaza en otras cuatro universidades por si acaso.

Luna suspiró.

—¿Te preocupa estar tomando la decisión equivocada?

—Mujer, todo el mundo toma decisiones así. Y eso no significa que me vaya a quedar de brazos cruzados.

Luna asintió. Pero a ella no le daba miedo quedarse de brazos cruzados, sino la posibilidad de que giraría tan rápido en la dirección equivocada que se saldría del mapa y se perdería.

Lo que temía era: ¿algún día se convertiría en la persona que estaba destinada a ser?

MEIHUA CHANG

La madre de Luna

Parecía que Meihua y su marido acababan de llegar a casa desde el aeropuerto, de saludar a su hija y meterse en la cama. Pero ahora estaba despierta de nuevo. A lo mejor era el jet lag o quizás algún sonido discordante la había arrastrado a través de las capas de la conciencia.

Salió al patio trasero y notó la hierba fría en los pies descalzos. El nerviosismo le tensaba el estómago, ese miedo persistente a la oscuridad que había tenido toda la vida.

—¿Luna? —gritó—. ¿Dónde estás?

La voz le llegó alta y clara.

—Aquí, mamá. ¡Mira hacia arriba!

Meihua alzó la mirada hacia el cielo, pero no vio nada. Solo había unos puntitos de luz, un puñado de nubes púrpura y la moneda brillante de la luna.

—¿Dónde, *baobei*? ¿Dónde estás?

—Aquí —respondió Luna, pero su voz se alejaba a toda prisa.

La luz y las nubes y la luna se convirtieron en nada. Meihua apartó las sábanas a patadas y salió de la cama, sudorosa y jadeante. No había estado despierta. Era el mismo sueño recurrente que tenía desde que Luna podía hablar y que la dejaba con una sensación de pánico que no conseguía entender.

A veces pensaba que el sueño era un residuo en la superficie de su cerebro que no podía eliminar, una cicatriz de los años en que la pequeña Luna no dejaba de entrar y salir del hospital, siempre con mucha fiebre, contagiándose cada virus, hinchada de infecciones. Pero había tenido ese sueño incluso antes de que Luna enfermase.

De hecho, había sido ese sueño el que le había dado a Meihua la idea de sacar al bebé fuera para que absorbiera la luz procedente del cielo nocturno.

Se calzó las zapatillas de andar por casa y fue hasta el dormitorio de su hija. Los nervios se habían apoderado de ella durante su estancia en Taiwán. Existía una vibración que nunca la abandonaba, que resonaba suave en lo más hondo de su mente: ese miedo de que algo le pasaría a su hija. Qué alivio volver a casa.

Meihua giró el pomo y llevó el ojo a la rendija. Allí estaba la silueta de Luna, dormida profundamente con el cabello extendido sobre la almohada.

Cerró la puerta y exhaló. Siempre igual: tenía el sueño, salía de la cama e iba a comprobar que Luna estuviera sana y salva. Y lo estaba. Todas las veces.

Entonces, ¿a qué le tenía tanto miedo?

HUNTER YEE

Como si lo estuviera castigando por la pelea con Luna, el viento aulló el doble de fuerte durante todas las vacaciones. Le arañaba los ojos, le tiraba de la piel y el cabello, le pinchaba con desaprobación.

Había averiguado cómo abrir la ventana del dormitorio de Hunter y Cody. El cierre se abría constantemente, el cristal subía para dejar entrar el hielo.

¿Quién habría dicho que tenía tantas ganas de volver al instituto después de las vacaciones? En la parada de Luna, se sentó lo más erguido que pudo y observó a la gente que subía al autobús. Ella fue la última. Se detuvo a su lado. Sus miradas se encontraron.

—*¡Siéntate!* —gritó la conductora.

Luna se sentó.

—Lo siento —dijo Hunter, al mismo tiempo que Luna soltaba:

—No quería…

—Tú primero.

—Yo también lo siento —se disculpó Luna, con la mirada baja—. No debería haber dicho todo eso sobre la universidad. Nunca me había parado a pensarlo mucho.

Hunter inhaló con fuerza.

—Yo siento lo que dije sobre ser chino o taiwanés y... Está claro que no lo entiendo demasiado. No quiero eliminar la identidad de nadie.

—También me di cuenta de que... puede que mi familia tampoco sea imparcial —concedió Luna—. En fin. Disculpa aceptada.

—La tuya también.

Hunter extendió la palma abierta: un ofrecimiento. Luna entrelazó los dedos con los suyos y le besó los nudillos. Observaron aparecer las flores índigo por los montes y valles del dorso de su mano.

—*¡Siéntate!* —le gritó la conductora a otro estudiante.

—¿Cuál crees que es *su* secreto? —preguntó Luna con un gesto hacia la parte delantera del vehículo.

Hunter entendió enseguida lo que quería decir.

—Ah, la conductora. Su historia no es muy conocida. Es una hechicera con mucho talento que lo ha sacrificado todo. Justo antes de que un mago malvado fuera a matar a su amante, nuestra valiente conductora conjuró un hechizo que convirtió a su pareja en un autobús escolar amarillo.

—¡Ah, ah! —intervino Luna—. Ahora se pasa los días llevando estudiantes al instituto... y, entre horas, va a su cueva para intentar averiguar el hechizo que revertirá la situación para así recuperar a su amante.

—Han pasado muchos años —prosiguió Hunter—. No sabe si la reconocerá.

—Pero, cuando se enamoraron, encontraron una profecía que decía que pasarían el resto de la eternidad juntos. Por eso tiene fe.

El autobús se detuvo frente al instituto.

—Espera un momento —dijo Hunter cuando ella se levantó. La hizo sentarse de nuevo. El chico se acercó y le alzó la cara para besarla—. Eso es. Así está mejor.

—¿Alguien quiere hablar de alguna noticia de actualidad para subir nota? —preguntó el señor Amantia en los últimos diez minutos de la clase de Historia.

Una chica con la tez marrón oscuro alzó la mano.

—Yo traigo un artículo.

—Genial. Adelante, Vanessa.

La chica carraspeó y pasó las hojas sueltas de su carpeta.

—Seguramente ya os hayáis dado cuenta de que la ruta cuatro está bloqueada, igual que el extremo norte de la calle Verona y otras más. Eh… según el *Heraldo de Fairbridge*, es porque hay grietas en esas carreteras. En Medlar Borough se han producido cortes de luz como resultado. El ayuntamiento está recogiendo árboles caídos y cosas así… Para poder usar este servicio, los residentes afectados deben llamar al departamento de obras públicas de Fairbridge.

—¿Alguna novedad sobre la causa? —preguntó el señor Amantia.

Vanessa negó con la cabeza.

—El ayuntamiento aún lo está investigando, pero…

—Está claro que fue ese terremoto que ocurrió en otoño —intervino una alumna.

—No fue un terremoto, Einstein —comentó otra persona—. Por aquí no hay terremotos.

—Mi padre nació en California y dice que fue como un terremoto.

—Vale, haya paz —dijo el señor Amantia—. Vanessa, ¿algo más que añadir?

—Sí, que un investigador de la Universidad de Fairbridge ha descubierto que las fisuras (que están conectadas a una gran grieta) son el resultado de alguna presión que llega desde abajo. Básicamente, lo opuesto a la gravedad.

Hunter pensó en la oscuridad enorme que le había devuelto la mirada. En que no dejaba de toparse con el suelo roto:

La tierra hundiendo los dientes en las ruedas de ese último autobús del día.

Sus pies volando por el borde el día de la alarma.

Un impostor haciéndose pasar por el arroyo que arrastró a esa niña.

Y, hacía unas noches, entre los árboles, el suelo del bosque había desaparecido bajo sus pies.

Parecía que, a cada momento, una grieta aguardaba su oportunidad para tragárselo.

¿Qué había en la oscuridad?

A veces soñaba con el día que cayó, con el viento azotándole y atrayéndole con esos billetes. La caída, el vuelco del estómago, la gravedad desenrollándose. No había visto nada, solo la intensa oscuridad al principio, y por eso pensó que iba a caer para siempre. Durante los segundos que pasó así, una fuerza lo había apretado, como si intentara encontrar un modo de entrar en su piel, sus músculos y sus huesos.

Más tarde, se dio cuenta: mirar esa oscuridad había sido como observarse en un espejo. Esa fuerza era la misma que notaba cuando su madre lo agarraba de los brazos y le decía que prestara atención. La misma que el enfado de su padre resonando en sus oídos.

Siempre prestaba atención. Siempre se esforzaba. Pero nunca lo creerían.

Ésos eran los pensamientos que lo atravesaban mientras recorría los pasillos, asistía a explicaciones matemáticas y conjugaciones verbales e iba a la cafetería. Se sentó en su silla, en la mesa habitual de la esquina, y vio que Luna alcanzaba la cola para la comida. Percibió un minúsculo destello en su cabello oscuro mientras buscaba la cartera. Una luciérnaga. Se acordó de aquella noche, en el bosque, cuando su pie no encontró el suelo y estampó el hombro contra un árbol. Y la luz imposible que lo iluminó desde arriba.

Luna terminó de pagar y se encaminó hacia él. En la bandeja había una botella abierta de zumo Snapple en un precario equilibrio junto a la comida.

—Estaba bebiéndome el zumo en la cola —explicó, sacudiendo la cabeza— y he perdido el tapón. Es un milagro que no haya derramado nada.

—Oye, quería hablar contigo sobre una cosa —dijo Hunter. La chica se quedó inmóvil, con la mano a medio camino de las patatas fritas, y lo miró preocupada—. No es nada malo. No me mires así. Es que, durante las vacaciones, fui al arroyo.

—¿Y?

—Primero: el suelo se ha vuelto a agrietar. O sea, *más* aún. En plan, las fisuras siguen expandiéndose. Y luego vi un montón de luciérnagas...

A Luna se le derramó zumo por la barbilla. Hunter le dio una servilleta.

—Fue raro. Cubrían un árbol *por completo*. Al principio pensé que alguien le había puesto luces de Navidad.

—¿Te acuerdas del sitio? —Luna lo miraba con intensidad—. ¿Puedes llevarme después de clase?

Hunter había unido los puntos mientras hablaba en voz alta.

—Sí —dijo—. Iremos hoy.

LUNA CHANG

—Cuidado —dijo Hunter, señalando sus pies. Luna vio que el suelo estaba fracturado, desalineado—. Se ha movido. La otra noche no estaba así.

Luna tocó el otro lado de la grieta con el pie y encontró suelo firme.

—¿Estás seguro?

—Solo había vacío. Casi caí dentro.

Luna se quedó inmóvil al recordarlo tumbado en la tierra rota ese día de mucho viento, tras la alarma antiincendios.

—Qué raro —se obligó a decir, para que él no se percatara de su momento de pánico.

—Estaba por aquí. —Hunter se hallaba entre dos troncos—. Creo que podría ser este árbol. No lo sé con certeza. De día, todo parece distinto.

Luna acarició la corteza del árbol que le había señalado. No había ni rastro de las luciérnagas.

—¿Ibas andando? ¿Recuerdas la ruta?

—Por aquí. —Señaló un sendero—. Cuidado por donde pisas… A lo mejor hay más grietas por delante.

Lo siguió por la orilla del Arroyo del Rayo. El riachuelo fluía con suavidad, no con esas olas salvajes del día en que casi se ahogó la niña. El día en que Hunter había revelado esa faceta secreta y reluciente. Ese recuerdo era una llama en su mente: agua fluyendo por un lugar que no debía, los brazos de Hunter colocando la flecha, la fiera certeza de su mirada.

—¿Lo ves? —le preguntó el chico. Luna parpadeó.

—¿El qué?

—Mírate los pies. Mira lo que hace el agua.

Con cada paso que daba, se producía un flujo y un reflujo, como si no fuera un arroyo, sino un océano; como si, en vez de una orilla de barro, fuera una orilla de arena. Una pequeña ola se deslizó hacia su tobillo y, cuando ella apartó el pie, desapareció.

Luna se agachó para acariciar la superficie con un dedo. Unos pececitos se acercaron a toda prisa, atraídos por una fuerza invisible. Apartó la mano y se quedaron justo bajo la superficie, aguardando.

—Hazlo otra vez. —La voz de Hunter estaba cargada de respeto.

Luna metió media mano en el agua. Unas siluetas más grandes llegaban desde las profundidades. Nada le hizo daño, pero notó un leve cosquilleo.

—Es como la pecera, cuando nos conocimos —dijo el chico—. ¿Te acuerdas?

Como si pudiera olvidarlo. Con menos miedo, hundió toda la mano hasta la muñeca. El agua era hielo; le parecía asombroso que todas esas criaturas se quedaran en el arroyo en esa época del año. Hundió más la mano. La rodearon, como devotos arrodillándose ante ella.

Ahí fue cuando notó que algo tiraba de ella.

Luna profirió un grito ahogado y la sacó.

—Hay algo ahí.

—¿A qué te refieres? ¿Te ha hecho daño?

Metió la mano de nuevo, bajándola despacio hasta que lo notó: una succión. El agua tiraba con la fuerza insistente de un remolino. Aunque no tiraba hacia *abajo*, sino hacia un lado, hacia donde fluía el arroyo.

—Intenta arrastrarme a algún sitio. Ven. Creo que deberíamos echar un vistazo.

Caminaron junto al agua y se detuvieron cada pocos pasos para que Luna comprobase el tirón. Peces y renacuajos y lagartijas (y otras criaturas que no esperaba ver) la siguieron, como si ella los llamara.

—Guau —exclamó Hunter, mirando hacia los árboles—. ¿Eso son… *melocotones*?

Tenía razón, Luna los olía. Los árboles se elevaban por encima de sus cabezas, tan altos como su casa, por lo menos. Las ramas no tenían hojas, pero sí rebosaban de esas frutas redondas, rosadas contra el cielo. Casi olvidó que estaban en pleno invierno. Se preguntó qué sabor tendrían.

—Mira esto. —Hunter señaló un arbusto con flores blancas que se abrían como estrellas afiladas. Olía a té floral—. Sé lo que es. Se usa en la medicina tradicional china para tratar el asma. Pero pensaba que solo florecían de noche.

A Luna le daba vueltas la cabeza.

—¿Cómo es posible? Las flores y los melocotones y lo que hay en el agua…

Hunter se agachó a su lado para examinar el arroyo.

—¿Qué crees que es?

—No lo sé.

Luna se arrodilló en el barro para ver más allá de los reflejos de los árboles.

El sol vespertino descendió. Los rayos atravesaron un hueco en las ramas, como atraídos por algo. El agua se aclaró como un panel de cristal.

Allí estaban las criaturas, algunas conocidas y otras que no había visto en su vida. El fondo del arroyo, lleno de piedras. Y ahí, en el mismo suelo, había un agujero. Una grieta oscura y profunda que rompía la tierra. Abierta, llamándola. Luna casi podía oír cómo burbujeaba su nombre. Cada vez que respiraba percibía un aroma nocivo: intenso, a metálico y podrido, de un dulzor enfermizo.

No era un olor nuevo. Llevaba meses captando vaharadas livianas. Pero allí, en el agua, era tan fuerte que apeló a su mente.

—Está conectado, como el resto de las grietas —dijo al entender lo que acababa de reconocer—. Y algo malo les pasa.

—Yo también lo noto —convino Hunter con un estremecimiento—. Es... No sé. Algo horrible.

El sol se movió de nuevo y el aire se llevó el hedor. Luna ya no veía la grieta en el fondo del agua. Había una luz distinta... destellos que ondeaban con la superficie. Un reflejo. Alzó la mirada.

—Las luciérnagas —susurró.

¿Cómo no las había visto antes? Observó que se juntaban en los huecos entre los melocotones. Solo unas pocas se iluminaron, el resto estaban ocupadas. Ocupadas... tejiendo.

—Tienen *nidos* —dijo Hunter—. ¿Eso es normal?

Las luciérnagas rodeaban unas esferas hechas de hilos tan finos como telarañas, translúcidos y relucientes. Cada orbe tejido era del tamaño de una pelota de playa y colgaban de las ramas más altas gracias a unos hilos precarios. Sopló un poco de viento y las esferas flotaron en horizontal, pero los anclajes persistieron.

Ahí donde el sol iluminaba las copas de los árboles, Luna se fijó en que las ramas brillaban, cubiertas por un polvo dorado y plateado. Qué raro. Y qué mágico.

HSUEH-TING CHANG

El padre de Luna

Hsueh-Ting sopló con suavidad sobre el chocolate caliente y observó cómo la espuma se desplazaba por la superficie. El primer sorbo le quemó toda la garganta. Carraspeó.

—¿Está bueno? —preguntó Rodney Wong.

—Delicioso. —Le cosquilleaba la lengua—. ¿Qué tal tu café?

Wong se encogió de hombros.

—Es decente.

En la parte trasera de la cafetería, la luz tenue y anaranjada cortaba sombras pronunciadas en su rostro.

Hsueh-Ting se enderezó para recuperar cierta sensación de poder.

—Te agradezco que hayas venido hasta aquí. Espero que el frío no sea demasiado insoportable.

Wong no dijo nada, solo bebió de su taza.

De poco servía empezar con formalidades, claramente.

—Hoy no he traído el objeto —dijo Hsueh-Ting—. Pensé que primero debíamos hablarlo.

—¿Qué hay que hablar?

Hsueh-Ting estudió al hombre. Llevaban años colaborando con éxito. Wong le prestaba los artefactos que obtenía de un modo extraoficial, clandestino o *como fuera*. No era asunto de Hsueh-Ting conocer el aspecto legal de la titularidad de los objetos (o de la falta de esta). Él solo analizaba los artefactos que caían en sus manos y escribía sobre ellos. Con cuidado, claro, para que nadie se parase a pensar en cómo había podido extraer esas conclusiones nuevas de la historia antigua. A medida que sus artículos se publicaban, cada uno originaba nuevas conversaciones entre historiadores y aficionados entusiastas. Y Wong devolvía los objetos al mercado negro para venderlos por más dinero.

Wong potenciaba el prestigio de Hsueh-Ting como académico y Hsueh-Ting incrementaba las ganancias potenciales de Wong. Era un acuerdo bastante seguro; después de todo, la única persona que manejaba algo de dinero era Wong. Y llevaban tanto tiempo haciéndolo con éxito… Esa era la primera vez que Hsueh-Ting pensaba cuestionar su colaboración.

—No puedo evitar preguntarme si hay otras personas con quienes tengas… ¿un acuerdo parecido? ¿Más gente en mi ámbito de estudio?

Wong sonrió por primera vez desde el inicio de la reunión y Hsueh-Ting no supo si se estaba burlando de él.

—Ya lo entiendo —dijo Wong—. No. No te preocupes por eso.

—¿Estás seguro?

—Sí. —Wong parecía entretenido, aunque pensativo—. ¿Has hecho tu descubrimiento a través de un colega?

Hsueh-Ting agarró de nuevo el chocolate caliente. Estaba tibio y el dulzor le resultó empalagoso.

—Por alguien de la competencia —especuló Wong.

—Quiero tu ayuda —dijo Hsueh-Ting al fin, visto que había perdido la ventaja—. Para eliminar la… competencia, como tú la has llamado.

Wong alzó una ceja.

—¿Eliminar…?

—Nada de matar —se apresuró a aclarar Hsueh-Ting—. Solo… que desaparezca. De mi ámbito. Que sea desacreditado. Si puedes hacerlo, entonces te daré la piedra y te diré todo lo que sé sobre ella.

Wong se inclinó hacia delante.

—Intentas negociar, pero lo único que me ofreces es conocimiento que ya tengo. No es que sea una buena baza.

Aquello sorprendió a Hsueh-Ting.

—¿Cómo lo sabes?

—Has obtenido el artefacto de Li Yubing —dijo Wong, en un mandarín con un ligero acento.

Hsueh-Ting parpadeó.

—¿Quién? —Wong no dijo nada y solo lo miró expectante—. No sé quién es esa persona.

—¿A qué clase de juego estás jugando? —preguntó el hombre. Su semblante no había cambiado, pero su voz había adquirido una calma peligrosa.

Hsueh-Ting comprendió que se había enfadado.

—Nunca había oído ese nombre.

—Es tu colega. No me mientas.

—No estoy mintiendo —replicó Hsueh-Ting. Y, como claramente había calculado mal, renunció al misterio—. Procede de un hombre llamado David Yee.

—David Yee —repitió Wong, como alguien que recuerda un verso que había olvidado hacía tiempo—. Yi Dawei. Claro.

Y se echó a reír.

RODNEY WONG

Rodney Wong siempre había creído en la magia. Incluso antes de ser adolescente, cuando su tutor hizo una referencia a la brujería que casi tiró a Wong de la silla. El hombre era un misionero de la Iglesia luterana de Estados Unidos. Había pasado unos años predicando en Sichuan antes de empezar su labor evangélica en Hong Kong. De él, Wong había recibido una educación occidental, con gran énfasis en el inglés y la teología. Fue durante una lección sobre las Escrituras cuando el tutor mencionó que la brujería estaba prohibida.

—Cualquier práctica de lo oculto, de esas artes malvadas, nos aleja de Dios para servir a los pérfidos espíritus.

—Pero ¿y si haces magia por accidente? —había preguntado uno de sus compañeros. A Wong le pareció una muy buena pregunta.

—Reza para que eso no ocurra nunca. En caso de que pase, debes arrepentirte y pedirle al Espíritu Santo que te ayude a luchar contra el ansia de pecar. En el pasado, hubo cazas de brujas y ejecutaron a las personas culpables.

La lección había asustado a los demás, pero tuvo el efecto contrario en Wong, quien acabó en un nuevo universo de preguntas. Si la brujería era castigada con la muerte, seguro que se trataba de algo muy poderoso. Y eso, para él, era una prueba más de que existía. Sus creencias nunca flaquearon.

Había oído hablar sobre todo tipo de cosas en la China antigua e imperial: brujas y cambiaformas, rituales venenosos y alquimistas. Ansiaba absorber cada palabra. Un día, prometió, tocaría magia real con sus propias manos, fuera la que fuere. Y, así, curioso, entusiasmado y preparado, encontraría su oportunidad muchos años más tarde.

Fue en el último año de Wong en Hong Kong antes de mudarse a Estados Unidos, aunque no lo sabía en ese momento, y había ido al mercado a realizar una transacción.

—Quiero comprar cuatro gallinas negras para mi tío —dijo, usando la frase acordada—. Ya estaba hablado.

El vendedor asintió al comprenderlo. Le indicó por señas a su hijo que se hiciera cargo del puesto y le dijo a Wong que lo siguiera. Serpentearon por la ciudad hasta alcanzar una tienda que vendía fruta desecada y encurtida. En la parte trasera, detrás de un ladrillo suelto, el hombre sacó cuatro montones de dinero. El pago procedente de un grupo que operaba en Fuijan por un trato que había concluido el día anterior.

El banquero del mercado negro puso un ventilador a toda potencia. Bajo el zumbido cíclico de las hojas, dijo en voz muy baja:

—Tengo noticias.

Wong se acercó.

—¿Del continente?

—Unos granjeros de un pueblo llamado Xiyang estaban excavando un pozo cuando encontraron una cosa al este de la tumba de Qinshihuang.

—¿Qué clase de cosa?

—Una figura humana hecha de terracota. Y también otros objetos. Tesoros de la dinastía Qin. Se comenta que los granjeros no sabían lo que habían encontrado, pero ahora los arqueólogos han empezado a excavar.

Wong miró por encima de su hombro para comprobar que estaban a solas.

—¿Y?

—Hay todo un ejército de soldados de barro. Los arqueólogos anunciarán sus descubrimientos al resto del mundo un día de estos. Xi'an será famosa.

—En Hong Kong no sabremos nada hasta que lleguen las transmisiones de Occidente —dijo Wong con ironía—. Y los saqueadores ya habrán ido en masa.

El banquero esbozó una sonrisa de tigre.

A esas alturas de su vida, Wong había subido un par de peldaños dentro de la tríada y tenía hombres a su cargo. No era una cuestión de recursos, sobre todo si conseguía beneficios. Los artefactos de la dinastía Qin podían alcanzar una gran suma en el mercado subterráneo. El problema era enviar a alguien al continente y luego a la provincia de Shaanxi. Su mente ya intentaba buscar formas de evitar lo imposible cuando el banquero intervino.

—Han adquirido ciertos objetos. Buscan a un comprador.

Ajá. Así que ya habían saqueado el lugar. No debería sorprenderle. Las noticias viajaban demasiado despacio para su gusto.

—¿Cuál es la tarifa del intermediario? —preguntó.

—La habitual.

—Si luego yo vendo los artefactos gracias a esta transacción, ¿tu comisión será de…?

—Me darás el treinta por ciento —dijo el banquero.

Wong sonrió con malicia.

—Diez.

—Veinticinco.

—Quince —dijo Wong, y se preparó para la contraoferta. Aceptaría un veinte por ciento, si la cosa llegaba hasta ahí.

—Hecho —aceptó el banquero con demasiadas ganas. Eso significaba que el botín era significativo o que las circunstancias del intercambio eran peligrosas. O ambas cosas.

Tardaron un mes. El movimiento era lento debido a la Revolución Cultural. Los contrabandistas debían transitar por carreteras interiores y, cada vez que cruzaban la frontera de una provincia, la mercancía cambiaba de manos.

Al fin, acordaron un encuentro. Wong acabó en la cabina de un barco pesquero masticando un cigarrillo de jengibre para combatir el mareo.

Se encontraron con el otro barco en las aguas de la isla Lamma. Intercambiaron palabras en código, invitaron a los pescadores del continente a bordo y, cuando Wong echó un vistazo a las cestas de pescado, primero vio la cabeza de terracota, con una forma muy realista, y luego el torso. La escultura estaba rota (carecía de piernas y se había partido un brazo), pero, aun así, era una auténtica maravilla. Intacta, el soldado sería tan alto como un hombre de verdad. También había puntas de flecha de bronce, otras armas pequeñas y varias piezas rotas de terracota.

Pero lo que más le interesó a Wong fue una caja rectangular del tamaño de su pie, hecha de madera suave. Le fue imposible levantar la tapa, por lo que un pescador le arrebató la caja y metió un cuchillo de destripar en la hendidura. Y de ella salieron siseando unos humos. En un par de parpadeos, el hombre ya no era un hombre, sino un cadáver.

Los otros pescadores gritaron, pero Wong sintió fascinación. Se tapó la boca y la nariz con el cuello de la túnica y usó un trapo para sujetar la caja y examinarla. Contenía un tipo de gas venenoso que no se había filtrado en todos esos años. Pudo oír a su tutor estadounidense decir con asco: «Brujería». Lástima que la caja estuviera vacía y hubiera perdido su valor.

Cuando se mudó a San Francisco, alguien le hablaría sobre «la caja de Pandora» y él pensaría: *Ah, he sostenido una de esas en mis manos.*

Vendió los objetos de esa primera importación secreta. Pero, años más tarde, tras mudarse a California y establecerse allí, se presentó otra oportunidad y la aprovechó.

HUNTER YEE

Hunter miraba el techo mientras oía a sus padres susurrar en su dormitorio. Discutían en mandarín o en taiwanés, demasiado rápido y en voz tan baja que no podía distinguir el idioma. Las conversaciones de sus padres solían ser en inglés… a menos que intentaran mantenerlas en secreto ante sus hijos.

Eran muy raros con los idiomas. Hunter recordaba que de niño hablaba sobre todo mandarín. Se negaron a enseñarle taiwanés con la excusa de que era un idioma feo. Luego se mudaron al otro lado del país, a Fairbridge, y de repente establecieron una nueva norma: en esa casa hablarían en inglés para poder adoptar una nueva identidad que les mantendría ocultos.

Era injusto por su parte que, después de aquello, pasaran muchos años regañándole porque le iba mal en la Escuela de Lengua China cuando ni siquiera podía practicar en casa. Pero, desde que tenía uso de razón, todo lo que hacían sus padres carecía de sentido.

Dejaron de hablar y solo se oyó el sonido de las respiraciones estables de Cody a su lado.

En ese silencio, el peso descendió sobre Hunter.

Cada vez le sobrevenía más a menudo: un miedo repugnante que le retorcía las entrañas. Lo envolvía, le castañeaban los dientes. Ojalá pudiera darle un nombre a esa cosa que le drenaba la energía y le hacía sentir como si se le acabara el tiempo. Le empezó a doler la cabeza como si una cuerda se apretara más y más alrededor de su cráneo.

Perdición. Así debería llamarlo. Antes, se habría reído ante esa palabra. Pero, en ese instante, parecía muy real y terrorífica. La había sentido en el autobús que se quedó atrapado en el suelo. La había sentido esa vez que cayó por el borde de la tierra rota. Y cuando Luna y él siguieron el arroyo hasta donde todo estaba partido, hasta donde había un abismo bajo el agua: allí había sentido una sacudida de miedo más fuerte y urgente. Como si esa grieta oscura fuera la fuente de ese sentimiento.

Lo notaba en el corazón. Una verdad irrefutable.

LUNA CHANG

Nevó hacia finales de enero y más tarde Luna se preguntaría si quizá debería haber entendido esos copos de nieve extrañamente grises como una señal de que todo estaba a punto de irse a la mierda. El cielo matutino empezó claro, pero a segunda hora todos los estudiantes del Instituto Fairbridge observaban por las ventanas las masas oscuras que caían rápidas y densas. Luna echó un vistazo durante la clase de Literatura y le pareció captar algún parpadeo de sus luciérnagas, como confeti dorado entre la nevada.

Al inicio de la tercera hora, se anunció que saldrían antes de clase. Los alumnos vibraban de emoción. Cuando Luna se despidió de Hunter y bajó del autobús, se había acumulado tanta nieve que se le metía en las zapatillas. Tenía los pies fríos y húmedos; qué ganas de quitarse los calcetines.

Se detuvo en la acera, donde había un pájaro rojo sobre el buzón. No parecían molestarle los copos que le caían sobre las plumas y se pegaban en su larga cola.

—Hola —dijo Luna en voz baja.

El pájaro ladeó la cabeza y parpadeó. Una lágrima negra como la tinta le cayó del ojo.

Luna dio un paso adelante y el pájaro se alejó aleteando y planeando. Pero esa gota del negro más negro se quedó, un punto derretido en la nieve gris sobre el buzón. De él emanaba un leve hedor, metálico y dulce.

—Qué raro —musitó. Le recordó al árbol que sangraba negro y a la grieta que recorría Fairbridge y se extendía por doquier. Le recordó a ese día junto al arroyo, cuando había percibido algo en la oscuridad. Algo nocivo, incluso peligroso.

Por pura costumbre, entró en la casa con su llave, aunque seguro que habría alguien.

—¿Hola? —dijo, quitándose los zapatos.

No esperaba llegar a casa en pleno día y encontrarse tanto silencio. No había ruido en la cocina. Ni canciones viejas en chino en el equipo de música. Por lo menos su madre debería estar.

No había ninguna nota en la encimera, pero tampoco esperaban que Luna llegara hasta dentro de unas horas.

Dejó caer la mochila en el suelo y se hundió en el sofá, tumbándose de lado. Miró la pantalla vacía del televisor, los mandos a distancia alineados a la perfección sobre la mesita. El del vídeo aún seguía cubierto por el plástico protector del embalaje original; las puntas del celo se enroscaban por los años de uso.

Fue un error tumbarse. Lo que quería era un vaso de agua, pero levantarse e ir a la cocina suponía demasiado esfuerzo.

Estaba en proceso de usar los dedos de los pies para quitarse los calcetines húmedos cuando lo oyó.

Una risita. Aguda, femenina. ¿Quién demonios estaba en su casa?

Luna se enderezó. Procedía del piso de arriba, estaba bastante segura. Se detuvo al pie de la escalera, escuchando con atención. Hubo un ruido. Le bastó para moverse con cuidado y evitar el pasamanos y los escalones que crujían. ¿Qué haría si encontraba a un intruso?

En el rellano, oyó otra voz. A lo mejor estaba siendo ridícula. ¿Y si sus padres estaban en casa? Si avanzaba más, ¿los encontraría en una postura comprometedora? Había oído un par de historias de chicas de su instituto que se habían topado con sus padres haciéndolo... Y definitivamente no quería vivir esa experiencia nunca.

Pero era por la tarde... ¿Los adultos follaban con el sol fuera y a plena luz del día? Y, de todos modos, parecía que solo mantenían una conversación en voz baja y tierna. Se le hinchó el corazón. Adoraba cuánto se querían sus padres.

Se rieron de nuevo, los dos, aunque ese sonido la desconcertó. Había algo raro.

No supo qué la hizo buscar el pomo y abrir la puerta sin llamar.

Al principio su cerebro no registró lo que estaba viendo. El edredón caía por un lado de la cama. Ropa en el suelo como si la hubieran descartado con descuido. Dos cuerpos desnudos sobre el colchón, uno encima del otro; una cabeza de cabello negro y corto entre dos rodillas pálidas. Luna se fijó primero en la columna, en los pequeños nudos donde destacaban los huesos por la piel curvada. Extremidades en posturas inapropiadas.

Se le revolvió el estómago. Quiso escapar antes de que la vieran, pero le salió un ruido involuntario de la garganta. La cabeza se alzó para mirarla desde las piernas de su madre.

Era un hombre que parecía tan sorprendido como Luna. Un hombre al que Luna no reconoció.

Se bajó de la cama en un segundo, buscando su ropa.

—Luna —dijo su madre, mortificada. Y desnuda. Muy desnuda. Se colocó unas almohadas delante del cuerpo—. Has llegado pronto.

El cielo se tornó del morado cardenal de la tarde. El hombre se había marchado hacía rato y el padre de Luna estaba en casa. Oía a sus padres hablar en un tono normal en la cocina. Cuando una voz llegó por la escalera para que bajara a cenar, flaqueó levemente. Luna se dio cuenta con seriedad de que su madre estaba asustada.

Arrastró los pies para bajar al comedor. Su tarea era sacar los cubiertos, pero esa noche la mesa estaba puesta con sus platos de luna preferidos y ya habían servido la comida. Tortitas de cebolleta y chao mifen y huevos revueltos con tomate: sus favoritos.

Su madre le dirigió una sonrisa vacilante y Luna tuvo el terrible impulso de volcar la mesa, dejar que todos los platos se rompieran contra las paredes y ventanas. Quería cubrir toda la habitación con los trozos de sus sentimientos.

Su padre hablaba sobre el trabajo, sobre cuánto lo presionaba el decano, sobre una nueva propuesta que había entregado en una fecha límite muy justa. ¿Cómo no notaba la tensión en la mesa del comedor, la pesadez en el aire como una tormenta en ciernes? ¿Por qué coño era tan ignorante?

Una parte de ella se preguntó cómo reaccionarían sus padres si mencionara como quien no quiere la cosa al amante de su madre. La imagen se había quedado grabada en su mente: un cuerpo sudoroso enroscado sobre otro. Sonidos de bocas atravesando piel. La expresión en el rostro de su madre. Le daban ganas de vomitar.

¿Cuánto tiempo llevaba pasando?

—¿Qué tal ha ido hoy en el instituto? —le preguntó su padre, sacándola de sus pensamientos.

Luna se dio cuenta de que fruncía el ceño e intentó relajar la frente.

—Han dejado que nos fuéramos antes.

Él pareció sorprenderse.

—¿Y has llegado pronto a casa?

—Eso es justo lo que he dicho —dijo la chica, pero se sintió mal por haberle replicado así. Su padre no sabía que estaba enfadada. No tenía ni idea.

—No sabía que había empeorado tanto —comentó su padre con un encogimiento de hombros.

Luna inhaló hondo y exhaló.

—Creo que esperaban que la nevada fuera a peor.

Había evitado mirar a su madre, pero en ese momento sus miradas se conectaron. Hubo un ruego mudo: guarda silencio, guarda el secreto.

—Menudo tiempo está haciendo —dijo su padre, sacudiendo la cabeza.

Luna tomó una tortita y la mordió con ferocidad. Le supo a polvo.

CODY YEE

A veces, bien entrada la noche, Cody se despertaba al oír los ruidos quedos de su hermano escabulléndose de la casa. Estaba bastante seguro de que Hunter iba al bosque a disparar flechas. A Cody siempre le tentaba ponerse las zapatillas para intentar seguirle, pero el miedo de perderse lo acobardaba y por eso se quedaba.

Además, él tenía secretos propios. A veces, cuando Hunter no estaba, Cody recorría la casa para intentar encontrar cosas que lo ayudasen a entender por qué sus padres siempre susurraban. Como la piedra blanca que había estado escondida en el coche de su padre.

Aquel día, en el aparcamiento del Fortune Garden, había ido a buscar la bufanda de su madre y la lana se enganchó en un trozo de metal, el gancho de una bolsa fijada al interior del maletero. La cremallera se abrió mientras Cody intentaba desenganchar la bufanda. Había sentido curiosidad, cómo no, y no pudo evitar echar un vistazo.

Sobresalía el extremo de algo, suave y brillante, aunque no tanto para distinguir qué era. Le dejó un residuo reluciente en los dedos.

214 UN FLECHAZO A LA LUNA

Más tarde, fue a abrir el maletero en plena noche para ver la cosa con más claridad, pero ya no estaba.

Esa noche, Cody se metió bajo la cama que compartía con Hunter y se arrastró hasta el punto donde había agujereado por accidente el somier. Se había convertido en el lugar ideal para esconder su colección de cosas encontradas. Como el tesoro de Ariel, la sirenita.

Metió la mano y buscó a tientas. Allí estaban los pendientes que nunca le había visto puestos a su madre. Un cuadrado de seda que había encontrado bajo el asiento del conductor de su padre. Una pelota que alguien había perdido en el colegio. Tras palpar todo eso, encontró el borde del libro.

Había temido abrirlo desde que encontró las frases sobre el fin del mundo. Pensó que quizás estuviera hecho con magia maligna, así que lo guardó e intentó olvidarse de él. Pero no había ocurrido nada malo desde entonces. Puede que solo fuera una historia.

Encendió la linterna y dejó que las páginas se abrieran.

La luna estaba incompleta. Había un hueco donde el corazón se había roto y los escombros se habían derrumbado libres en la noche. Algunos de esos fragmentos se convirtieron en estrellas. Otros cayeron hasta que acabaron en lugares adonde no pertenecían. Allá adonde fueron, dejaron polvo y luz donde no debería haber nada de eso.

El polvo de luz aprendió a existir por sí solo, aprendió a vagar y a convertirse en lo que fuera necesario.

LUNA CHANG

Luna quería hablarle a Hunter sobre la aventura de su madre. Pero cada vez que intentaba buscar las palabras, le escocían los ojos y se le cerraba la garganta.

El secreto tenía la forma de una pastilla amarga que se disolvía despacio sobre su lengua.

¿Debería contárselo a su padre? Ni siquiera sabía cómo podría reaccionar. ¿Era algo que pudiera perdonar? ¿Se divorciarían? Luna no sabía lo que quería ella; solo deseaba volver atrás en el tiempo y no haber visto aquello.

Antes de esa noche trascendental en la que conoció a Hunter, había encajado todos sus actos y sentimientos en los espacios que le abría su madre. Luna hizo todo lo que se esperaba de ella. Se esforzó en sacar buenas notas, estudió para los exámenes de acceso, pidió plaza en todas las universidades que querían sus padres.

Había cumplido su función dentro de la familia. Su madre, no.

Luna quería agarrarla y sacudirla por los hombros. Gritarle: «Que te den a ti y a todo lo que has dicho».

Esos pensamientos llegaban como fragmentos afilados y rotos que cortaban a Luna.

Llegó el Año Nuevo Lunar. Como cayó entre semana y su padre tenía una clase hasta tarde, el plan era esperar al fin de semana para celebrarlo. Tampoco era que a Luna le importase. En una escala del uno al diez de humor festivo, ella estaba en Quiero Quemarlo Todo.

Cuando se levantó el sábado por la mañana, había un nuevo suéter rojo colgando de la puerta. Una caja dorada en el escritorio. La tapa se separó con facilidad; quizá su madre supiera que Luna no la habría abierto si estaba envuelta. Le pudo la curiosidad: dentro encontró las llaves del coche de su madre colocadas encima de una nota doblada.

Feliz año nuevo. Aunque aún no es tu cumpleaños, tu padre y yo hemos decidido que este coche debería ser tuyo ahora, con la condición de que siempre nos digas a dónde irás y a qué hora volverás. Conduce con cuidado. Evita las carreteras agrietadas.

En el pasillo, sus padres habían colgado unos caracteres chinos brillantes para «primavera» y «suerte» al revés, para indicar que la primavera y la suerte habían llegado.

Durante el desayuno tardío, su madre le dejó un *hongbao* al lado. Luna ignoró el sobre rojo. No quería ese dinero. De hecho, la cabreaba más. No podía comprarla. El suéter seguía colgado de la puerta, sin tocar. Sí que se guardó, sin embargo, las llaves del coche.

Se puso los cascos y encendió el walkman sin mirar qué casete había dentro. Era una mezcla de cosas que había grabado de la radio. Una canción de Depeche Mode estalló en sus oídos.

Tomó un poco de hilo de nailon brillante y lo contempló durante un minuto entero antes de apartarlo, demasiado enfadada para hacer nada. Escuchó el casete hasta quedarse dormida y salió de nuevo solo cuando su padre la llamó para cenar. Iban a comer pronto para poder ir al evento del año nuevo en la Escuela de Lengua China.

Sobre la mesa estaban los sospechosos habituales. Brotes de bambú y cerdo en tiras. El dulce niangao. Dumplings, cómo no, porque parecían yuanbao. Un pescado al vapor por el dicho «Nian nian youyu». Una fuente de fideos. Pasteles de piña y bollos de taro y cacahuetes garrapiñados de postre.

Esa solía ser la comida favorita de Luna en todo el año. Le encantaba el ritual. Oír a sus padres describir las celebraciones en Taiwán y contar la leyenda del monstruo Nian. Llamar a los abuelos y a las tías y a los tíos para desearles *xinnian kuaile*.

Ese día fue insoportable. Su furia se había incrementado y ahora se deslizaba cuesta abajo, acelerando hacia una profunda depresión. No pudo ni saborear un pastelito de piña. Su padre sirvió otra ronda de té y ella fue al baño para que no vieran sus lágrimas.

HUNTER YEE

Ninguno quería ir a la celebración del año nuevo con la comunidad china. Su padre estaba tan estresado por el trabajo que se le caía el pelo. Cody estaba nervioso por la posibilidad de encontrarse con la señora Chang, que le había hecho la vida imposible en clase de chino. Su madre parecía molesta y paranoica por múltiples cosas.

En cuanto a Hunter: no quería ver a Luna con toda su familia. Ella era un ser humano perfecto y en su mente ni siquiera era una Chang. En plan, como si la hubieran cambiado al nacer. Al verla con sus padres… ¿se rompería algo?

¿Y qué pasaría si lo veía a él con *su* familia? ¿Qué pensaría de *ellos*?

Además, le preocupaba que, si se miraban a los ojos, el aire chisporrotearía y el volumen cambiaría y todo el mundo sabría de inmediato que los dos habían roto las normas y se habían visto a escondidas.

El miedo llenaba la casa silenciosa. Durante treinta segundos, sus padres hablaron en serio sobre saltarse el acto. Pero les esperaban.

Su madre arguyó que no ir resultaría vergonzoso y no podía soportar quedar mal.

Su padre actuaría como acomodador y su madre cantaría canciones populares chinas con el coro de la comunidad, aunque había faltado a varios de los últimos ensayos. Eran planes que se habían hecho hacía tiempo. Un compromiso era un compromiso.

Así, pues, los cuatro subieron al coche de su padre y se marcharon a la Escuela de Lengua China. Se sentaron en la última fila del auditorio. Los niños recitaron poemas sobre coches de tres ruedas y objetos de sus mochilas, cantaron sobre tigres y perros. El equipo de yoyó chino hizo una coreografía con lanzamientos. Un grupo demostró los distintos estilos de taichí. Luego salieron los chicos mayores para hacer una danza tradicional con cintas, la danza del león, de las espadas… Cody estaba maravillado. A Hunter le encantaba ver a su hermano pequeño tan embelesado.

El coro salió al escenario y allí estaba su madre, vestida con el mismo verde esmeralda que los demás, de pie en la segunda fila.

—El nombre de mamá no aparece aquí —dijo Cody, inclinado hacia Hunter.

El chico buscó la página del programa en la que salían todos los cantantes y, en efecto, no estaba por ninguna parte. Ni su nombre inglés ni el chino.

—Me parece increíble que no se haya incluido —dijo Cody—. ¿No preparó ella los programas?

Solo entonces recordó Hunter que su madre se había quejado de que hacía mucho frío en el despacho de su padre en la universidad, donde había pasado horas diseñando con cuidado el programa con un *software* que acababa de aprender. Estaba claro: no se había incluido a propósito.

Solo quería ser una voz más en el escenario, cantando.

Hunter sabía que su madre era soprano y estaba bastante seguro de que eso significaba que cantaba notas altas. Cada vez que las canciones aumentaban en volumen y tono, su rostro brillaba con una alegría inmensa. El chico comprendió que aquel era un momento para que su madre fuera libre, una criatura que había salido de su caparazón hacia la luz. Podían verla y, al mismo tiempo, desaparecería entre los cuerpos que la rodeaban.

Había dos solistas, ambos con voces temblorosas; a una le costaron las notas altas. Su madre, claramente, era mejor cantante. Hunter se dio cuenta de que se habría contenido para no presentarse al solo. No podía arriesgarse a destacar.

¿Cuándo les permitirían a los Yee *vivir* de verdad?

El espectáculo terminó con una gran ovación y el público salió al vestíbulo. Fue allí donde Hunter casi chocó con Luna y sus padres.

—Hola, David —dijo el doctor Chang con un tono animado y falso.

—Hsueh-Ting —replicó el padre de Hunter—. Meihua. Feliz Año Nuevo. ¿A que ha sido un gran espectáculo? *Zhen bang.*

Luna evitaba con resolución las miradas de los demás.

—No sabía que tu esposa cantara —dijo la señora Chang. Ignoró a Hunter y a Cody, como si fueran invisibles.

Hunter vio que su padre se tensaba.

—Sí. Canta muy bien.

La señora Chang alzó los pulgares y le dedicó una sonrisa exagerada.

Cody intentaba desaparecer detrás de Hunter, mientras este procuraba pensar en una excusa para salir del vestíbulo, pero entonces su padre carraspeó.

—Hsueh-Ting, quería preguntarte... te vi fuera de mi despacho el otro día. A lo mejor creías que estaba, pero no, y te marchaste justo cuando llegué. ¿Querías hablar conmigo?

El doctor Chang parpadeó.

—Ah, ¿cuándo fue? A lo mejor estaba buscando a alguien en tu pasillo. Ya no me acuerdo.

Su carcajada sonó forzada.

—Bueno —dijo el padre de Hunter—. Mi puerta siempre está abierta, por si necesitas hablar de algo.

—Te lo agradezco. *Xinnian kuaile.* —El doctor Chang asintió y luego guio a su esposa hacia otro sitio. Luna les siguió sin mirar siquiera a los Yee.

—¿A qué ha venido eso? —preguntó Hunter.

—Tejemanejes de la universidad —respondió su padre—. O una partida de ajedrez. Es lo mismo.

YVONNE YEE

La madre de Hunter

Yvonne salió a la gélida noche para apaciguar su rabia.

Cuánto detestaba a los Chang. Chang Hsueh-Ting, ese buitre asqueroso… Lo odió incluso desde antes de que intentara arruinar a su marido. El fuego se extendía por su rostro y sus orejas solo con pensar en él.

Odiaba a su esposa incluso más. Ver a Chu Meihua la hacía sentir pequeña, como una flor marchitándose en el frío.

Tras el concierto de Año Nuevo, no había pasado por el cambiador porque quiso salir directamente al vestíbulo con todas sus cosas. Tenía el pulso acelerado de haber subido al escenario, a un sitio tan abierto. Aunque solo actuaba de esa forma una vez al año, le preocupaba que Huang estuviera entre el público, acechando. Lo más seguro sería irse a casa. Podía pasar un rato más con el vestido puesto.

Pero, en el vestíbulo, había espiado a la familia Chang, a los tres, mientras hablaban con su marido y miraban con desprecio a sus hijos. Se había detenido detrás de una columna, tan cerca que pudo oír sus palabras. El gesto burlón de Meihua con los pulgares le revolvió el estómago. Vio que los Chang se alejaban, y su hija, la muy maleducada, no miró a nadie.

Yvonne siempre recordaría estar en el baño de la casa de Zhang Taitai, junto al despacho donde todos los invitados a la cena habían dejado los abrigos. Con las manos sobre el grifo, a punto de abrir el agua, hasta que oyó unos ruidos. Dos mujeres habían entrado en la habitación contigua buscando privacidad. Solo reconoció a una de ellas: Chu Meihua... a quien acababa de conocer un par de horas antes.

—¿Sabías que David va a postular para el mismo trabajo que Hsueh-Ting? —dijo en un mandarín que resaltaba las vocales de su acento taiwanés.

—¿En la universidad? —dijo sorprendida la otra mujer. Hablaba con la redondez de alguien del norte de China.

—¿Sabes de dónde ha salido ese David? ¿O dónde daba clases antes?

—No me acuerdo.

—Ya sabes que Hsueh-Ting ha trabajado muy duro para conseguir ese puesto —prosiguió Meihua—. Se lo merece. Coescribió cuatro artículos el año pasado... ¡*Cuatro!* Casi no duerme.

—No cabe duda de que es excepcional. Estoy segura de que Hsueh-Ting es el más cualificado para el trabajo.

—Pues *claro* que lo es. ¿Has oído a David hablar? No se expresa con la actitud de un profesor. ¿Y qué ha publicado? Hsueh-Ting nunca había oído su nombre... y conoce a todas las personas importantes de su ámbito. Y mira al chico de los Yee. ¿Cómo puede ser tan rebelde el hijo de un profesor respetable?

—Le darán el puesto a Hsueh-Ting —le aseguró la otra mujer—. ¿No dices que hace muy bien las entrevistas?

—Así es. Su inglés es excelente. ¿Sabías que fue el primero de su promoción? En Taipéi daba clases de inglés.

—Pues no te preocupes. Seguro que Hsueh-Ting lo consigue.

—En fin —prosiguió Meihua—, que creo que hay algo raro en la familia Yee.

—A mí también me lo parece —murmuró su amiga.

—Esa Yvonne… ¿has visto lo rara que es? Cuando Zhang Tai-tai le ha preguntado si trabajaba, se ha puesto colorada. Creo que tiene un secreto.

Las dos mujeres bajaron las escaleras después de eso e Yvonne contó hasta diez antes de lavarse las manos por fin. Se las frotó durante mucho tiempo, como si el agua pudiera limpiar la mancha que la voz de Chu Meihua había dejado en su piel.

Se clavó las uñas en las palmas para sentir el dolor. Chu Mei-hua nunca sabría lo capaz que era Yvonne, cuánto había conseguido en su mejor momento. Si Hunter no hubiera estado tan enfermo de niño, si no hubieran llegado a ese extremo por él, su vida habría sido muy distinta. Yvonne estaría haciendo grandes cosas: su nombre sería muy conocido en su especialidad, habría publicado en cantidad. En esa dimensión paralela, Yvonne no sería esa sombra medio desvanecida.

El hecho de que nunca lo sabrían la hizo odiar más a los Chang. Esa familia, con su *tai du*, con su creencia de que eran mejores que los demás, su privilegio, sus palabras condescendientes. Una amiga le había dicho en una ocasión que no valía la pena gastar tanta energía emocional, que era como beber veneno y esperar a que muriese otra persona.

Pues bueno. Pensaba beberse el veneno. Aún no la había matado. Desarrollaría inmunidad. David y ella se endurecerían.

Redujo el paso. Absorta en sus recuerdos, se había perdido en el presente hasta el punto de acercarse a una de las grietas del suelo.

Las farolas cercanas le daban una pátina polvorienta y amarilla a todo, pero distinguió los bordes irregulares donde la hierba se había separado y las raíces estaban arrancadas. Y varias rocas (algunas del tamaño de su puño, otras del de su cabeza) sobresalían en la tierra al fondo de la hendidura.

Una deliciosa imagen se formó en su mente: la familia Chang cayendo en ella, golpeándose la cabeza en algo duro, los cuerpos inertes. Mirar la grieta la tranquilizó... y, al mismo tiempo, intensificó el fuego con el que ardía su odio.

Ojalá llegase el día en que los Chang se arrepintiesen de haber tratado a los Yee así de mal. Cruzó los dedos, un gesto supersticioso que había aprendido de su hijo pequeño, y metió las manos en los bolsillos. Oh, cuánto ansiaba la llegada de ese día.

LUNA CHANG

Luna subió al autobús y se hundió en su asiento para intentar quitarse el estrés residual del encuentro matutino con su madre. No habían intercambiado ni una palabra, solo miradas. El contacto visual ya había sido malo de por sí.

Estaba claro que esperaban de Luna que fuese al instituto en coche (en *su coche*) cada día, lo que hizo que se contuviera. Se negaba a dar la impresión de que estaba ofreciendo una tregua o aceptando un soborno. Las decisiones que tomaba una persona tenían consecuencias, ¿no fue su madre quien se lo enseñó?

En general, Hunter sonreía cuando la saludaba, pero esa mañana parecía serio.

—Hola —dijo Luna, intentando recuperar la energía.

—Hola —respondió Hunter, mirándola—. Estás rara.

—Lo siento, la otra noche…

—No. Quiero decir… Está claro que nuestros padres lo vuelven todo raro. Pero estabas rara de antes. Solo quería preguntarte… ¿estás bien? ¿Puedo ayudar de alguna forma? O si quieres hablar de ello…

Su seriedad. Casi la hizo llorar.

Dejó que la rodeara con los brazos, se permitió derretirse. No hacía tanto que se habían besado por primera vez, pero Luna ya sabía que había una puerta en su corazón que se había abierto y, dentro de esa sala, guardaba ese valioso sentimiento.

Cuando estaba con Hunter el cielo brillaba un poco más, los vientos glaciales olían más dulces y ella sentía una energía desconocida hasta el momento.

Sus pensamientos se tornaron hacia las cosas horribles que su madre siempre decía sobre los Yee y Luna hirvió de rabia. ¿Qué derecho tenía su *madre* a juzgar a otras personas? Su madre, cubierta de sudor, con el pelo revuelto y desnuda en la cama con otro hombre. Su madre, que le había enseñado la importancia de hacer lo que la familia necesita, que había fingido durante tanto tiempo amar a su padre.

Luna se sentía enferma. ¿Alguna vez habría sido real?

—¿Qué piensas con tanta intensidad? —preguntó Hunter, sacándola del enredo de su mente. El chico le acarició suavemente las cejas tensas con el pulgar.

—Que mi madre es una hipócrita de mierda —respondió Luna. Respiró hondo para tranquilizarse y empezó a relatarle el día de la tormenta de nieve, cuando se dirigió al piso de arriba y abrió esa puerta.

Él la abrazó todo el rato. No le ofreció ninguna frase trillada, ninguna solución, y ella se alegró. No había forma de solucionar aquello.

Hunter le tocó la nariz con la suya y Luna cerró los ojos, sabiendo lo que pasaría a continuación. El chico le alzó la barbilla con el pulgar, sus labios se encontraron, el ansia la llenó como una ola.

En la burbuja de ese momento, se sentía a salvo. Se sentía bien.

Podía pasarse toda la eternidad así, inhalando el olor de Hunter, percibiendo cada roce eléctrico de su brazo, el hormigueo de su respiración sobre su piel. Quería apretar la cadera contra la suya, alinear sus cuerpos y respirar al unísono.

Llegaron al instituto. Despacio y a regañadientes, Luna se apartó de Hunter.

HUNTER YEE

En el autobús de la tarde, fue muy consciente de la distancia que separaba sus cuerpos. Entrelazó los dedos con los de Luna y le dio un apretón.

La chica se había pasado el día callada y triste. Como si estuviera de luto por la muerte de alguien. La muerte de la versión de su madre que creía conocer.

Él nunca había tenido ese tipo de relación con sus padres, pero daba igual. Comprendía esa desolación.

Hunter estudió los bordes del rostro de Luna. La inclinación de su mandíbula. El lento cierre de sus pestañas. Por la ventanilla, veía pasar la ciudad. El banco y la tienda de arte. Árboles en las aceras. Estudiantes con mochilas colgando de sus hombros, de camino a la biblioteca o a la tienda de dulces. Unas cuantas personas cruzaban el aparcamiento del centro comercial, ya que la grieta llegaba a la acera y el ayuntamiento la había acordonado.

Luna se enderezó de repente cuando el autobús redujo la velocidad.

—Bajemos aquí.

—Vale —accedió Hunter. Ella solo tenía que decirlo para que él la siguiera. Esa verdad le resultaba emocionante.

—Es que… necesito cambiar de aires.

Bajaron del autobús y vieron que estaban a una manzana del Fudge Shack. El establecimiento acababa de abrir y ya era un lugar habitual para la mitad de los estudiantes del instituto. Luna lo condujo dentro; el olor a chocolate resultaba abrumador.

Hunter examinó la carta e hizo un cálculo mental rapidísimo, sumando precios y comparándolos con los billetes en su cartera.

En un abrir y cerrar de ojos, Luna había pedido y pagado lo suyo y era el turno de Hunter. Estaba tan nervioso que pidió lo primero que sus ojos encontraron en el menú de bebidas y luego siguió a la chica hasta una mesa.

—¿No has pedido nada con chocolate? Es un poco el objetivo de este sitio —dijo Luna. Hunter sacudió la cabeza—. ¿Estás bien?

—Sí. Es que… se suponía que debía pagar lo tuyo.

—Dios santo. —Luna puso los ojos en blanco—. No tenías por qué.

—El chico paga… —empezó. No acabó la frase porque lo siguiente que iba a decir su boca era «en una cita»… Pero no sabía si aquello contaba como una.

—Menuda tontería. ¿Por qué? ¿La chica no puede pagar lo suyo? ¿Y si tiene unos ingresos estables? ¿O eso se hace para que el chico demuestre que ella es de su propiedad, como si le comprase una chuche a su perro? Eso es… sexista. ¿Y si la relación no es entre un chico y una chica? ¿Y si alguien no se *siente* chico? *Entonces*, ¿qué tipo de normas se aplican? Es todo muy ridículo.

Su voz había adquirido un tono muy autoritario y Hunter descubrió que le gustaba. Esa confianza encendía una llama y agudizaba la mirada de Luna.

—Lo siento. Tienes razón. Solo lo he dicho porque… Quería que fuera una cita oficial.

—¿Batido de fresa? Perdona, ¿has pedido un batido de fresa?

Hunter se giró para ver a la mujer con el delantal de Fudge Shack, que lo observaba por encima del mostrador con una copa alta de rosa pastel sudando en su mano.

—Ah, sí, lo siento. —Se levantó de la silla para recogerlo. Al volver, la mirada de Luna era decidida—. ¿Qué pasa?

—Esto *es* una cita oficial —dijo ella con una voz firme y clara, casi fiera.

—Vale.

—No importa quién pague. Es una cita porque los dos queremos que lo sea. Porque nos gustamos.

—Tienes razón. —Una sonrisa tonta se extendió por el semblante de Hunter.

—¿Qué?

—Que sí que me gustas. Me gustas mucho.

—Tú también me gustas. Y me *gusta* que me gustes —dijo Luna. Bajó la mirada hacia el remolino veteado de su chocolate con galletas y luego hacia la esquina que había estado aplanando y rompiendo. Por cómo apretaba los dientes y tensaba los hombros, supo que quizás estuviera nerviosa, a pesar de que era ella quien los había llevado allí y había dicho con claridad que aquello era una cita.

—Bueno, si es una cita oficial —dijo Hunter—, entonces supongo que eso significa que… ¿es oficial? En plan, ¿estamos juntos?

—¿Es eso lo que quieres?

—Sí. Definitivamente.

—Vale. Yo también. Aunque no se lo contaré a mis padres, claro.

—Yo no les cuento nada, así que lo mismo digo.

Cuánta luz e intensidad desprendía Luna. A Hunter le encantaba la forma en la que esos pelos que se le habían soltado de la coleta le enmarcaban el rostro. Le encantaba cómo bajaba la mirada cuando se sentía tímida. Sus dedos, largos y marcados, pinchando ese trozo de chocolate.

Luna alzó los ojos como si pudiera oír sus pensamientos.

—¿Por qué sonríes tanto?

Él sacudió la cabeza.

—Solo… te sonrío a ti.

—Bicho raro —dijo ella, pero le devolvió la sonrisa. La piel de Hunter chisporroteó por el calor.

Luna se echó a reír, sacudiendo los hombros en silencio, y le provocó la misma reacción al chico. Se reían como un par de tontos, con las caras ardiendo y los ojos llorando.

—Gracias —dijo Luna cuando se calmaron.

—¿Por?

—Por dejarme estar triste. Y por… esto.

Hunter asintió.

—¿Te sientes un poco mejor?

—Bastante —respondió ella, y se inclinó para besarlo.

RODNEY WONG

Los guerreros de terracota se exhibieron por todo lo alto fuera de China, en Melbourne... y desaparecieron un par de objetos. Ningún guerrero, pero entre los pequeños artefactos recogidos había una caja. Los ladrones oyeron que podría ser de interés para Wong.

Nadie la había abierto aún. El pulso le revoloteaba como una mariposa cuando la recibió. Era un cofre en miniatura, tallado en una madera resinosa que desprendía un fuerte olor. Más pequeño de lo que esperaba por la descripción que le habían dado, pero Wong sabía que no debía juzgar ni subestimar nada por su tamaño. Tomó precauciones. Llevaba una máscara, gafas y guantes protectores. Contuvo la respiración mientras levantaba la tapa.

En esa ocasión, no salió nada de veneno. Sin embargo, dentro había dos objetos envueltos con cuidado en unos trozos antiguos de seda maravillosos y cubiertos con una caligrafía descolorida. Los artefactos eran del tamaño de un *baoding*, las bolas pequeñas de metal que hacías girar en la mano para mejorar la destreza. El primer objeto que desenvolvió parecía un puñado de tierra seca con forma de pastelito duro. Distinguió diversas fibras y trozos atados como las hierbas de un apotecario tradicional chino.

Lo mejor era que un arqueólogo ya había hecho el trabajo de interpretar la caligrafía que acompañaba cada pieza; había unas tarjetitas con descripciones en inglés escritas con una letra pulcra. La que estudiaba en ese momento había sido descrita como una panacea.

Wong vibraba de pura alegría. El emperador Qin había sido paranoico y exigente; estaba obsesionado con la idea de vivir para siempre. Sus alquimistas imperiales habían trabajado sin descanso… Era muy probable que esa preciada medicina de hierbas se contara entre sus resultados.

El otro objeto estaba hecho de una piedra pálida. Al principio pensó que había caracteres tallados en ella. El corazón le retumbaba en el pecho, a punto de estallar. No, no había palabras. Un efecto de la luz. Guardó la piedra en la caja y cerró la tapa.

He ahí la magia que había estado esperando.

LUNA CHANG

Trazaron el recorrido de sus venas y se besaron hasta que se les hincharon los labios, hasta que ansiaron algo desconocido.

Hablaron más sobre las luciérnagas y Luna se maravilló en voz alta sobre su singularidad y su magia. Hablaron sobre el tiro con arco y el viento, y Hunter intentó describir su puntería. Hablaron sobre la gente que trabajaba en el mostrador de Fudge Shack e inventaron historias con ellos como personajes atrapados en un castillo que hacían dulces bajo el hechizo de un príncipe malvado.

Luna era una nube junto a un sol. Una estrella caída del cielo. Era una hoja a la deriva en una corriente alta de viento.

Le gustaba Hunter. Le gustaba de verdad. Y ella también le gustaba a él. Estaba *colado* por ella, o eso le había dicho.

Sus palabras habían sido un conjuro musitado bajo la luna que había transformado el aire entre ellos: respiraban algo distinto del oxígeno estándar que inhalaban los demás.

Tras pasar la tarde en Fudge Shack, caminaron juntos hasta la esquina que había entre sus dos casas. No hubo ni un beso de despedida; estaban demasiado al descubierto en la acera y no querían arriesgarse a destruir esa bola de nieve llena de secretos. Aun así, Luna no pudo evitar sonreír para sí misma el resto del camino; se sentía ligera y crecida y sus pulmones apenas registraban la gelidez del viento invernal.

Qué conveniente: pensar en Hunter aplastaba todo el asunto con su madre y escondía esas imágenes en un rincón oscuro.

No había nadie en casa cuando abrió la puerta; podría haber invitado a Hunter y sus padres nunca se habrían enterado. Luna se quitó los zapatos, fue al piso de arriba y cayó de espaldas sobre la cama. Podría estar hundiéndose en ese colchón con el peso de Hunter a su lado. Bocas chocando, cuerpos acercándose.

El deseo le calentaba y hormigueaba la piel. Se puso una almohada entre los muslos y apretó las rodillas, ansiando un roce y un *crescendo*, soñando con una habitación lejos del mundo, un lugar tranquilo donde pudiera esconderse con Hunter, donde pudieran *existir* sin más.

Tras complacerse, sintió que su corazón tenía espacio para henchirse, para latir alto y fuerte, para que le crecieran alas.

Unas horas más tarde, los músculos bajo el ombligo empezaron a tensarse y a doler. Fue al baño a trompicones y descubrió que le había bajado la regla.

HUNTER YEE

En la hora de la comida, se escabulleron a un aula con las luces apagadas. Acabaron en horizontal sobre el suelo de moqueta fina. Piernas enredadas, labios contra labios. Resultaba vertiginoso cómo la respiración de Luna se convertía en la de Hunter y luego la recuperaba.

La chica se puso encima de él para que el peso de su cuerpo lo inmovilizara. Hunter tampoco iba a quejarse. Su beso fue como acercar una llama a una mecha: le encendió todo el cuerpo.

Él contuvo la respiración. ¿Luna se habría dado cuenta? Intentó relajarse. *Venga, Hunter. Cálmate.*

Luna se movió y el cuerpo del chico respondió. Se ruborizó de vergüenza. Ella se apartó para dirigirle una mirada perversa.

—No planeaba dejar que me sedujeran este año —comentó Hunter. Luna se rio.

—Yo tampoco. ¿Qué crees que ha causado tanta seducción?

—A ver… —Se apoyó sobre los hombros—. Bueno. Tienes una nariz bastante práctica.

Luna resopló.

—¡Una nariz práctica!

—¿Ves? Es muy expresiva. Muy eficiente a la hora de usar tus recursos.

Ella puso los ojos en blanco.

—Vale, ¿qué más?

—¿Quieres que te eche cumplidos o qué? —Y ahora Luna le ponía ojitos. Con determinación, Hunter dijo—: Fue tu robusto cuello. Te toca. ¿Qué ha sido para ti?

—Obviamente tu rostro de porcelana y tu pelo lustroso —dijo Luna, y se inclinó para plantarle un beso en la mejilla. Él forzó una mueca—. Cuéntame una historia —le pidió la chica, acurrucándose a su lado.

Hunter se acostó y le sonrió al techo.

—Érase una vez, había dos seres humanos perdidos en el bosque. Se llamaban… Lunar y Hunt. —Luna soltó otro resoplido—. Ya estás usando la nariz otra vez.

—¿Eso forma parte de la historia?

—Sí. Esas fueron las palabras que Hunt le dijo a Lunar. Dijo: «Usa tu aguda nariz para sacarnos de este lugar».

—¿Y qué respondió Lunar?

—Lunar le dijo: «¿Por qué deberíamos irnos? Aquí todo es maravilloso». —Luna alzó las comisuras de la boca, pero la sonrisa era triste. Más serio, Hunter añadió—: Ojalá no tuviéramos que quedar en secreto. Ojalá nuestras familias…

—Chist. —Luna bajó la voz—. No hablemos de ellos.

—Vale.

—Ojalá pudiéramos… —Luna se detuvo de repente, como tragando el pensamiento.

—¿Pudiéramos qué? —preguntó Hunter. Ella inhaló despacio e hizo una mueca—. ¿Estás bien?

—Lo siento, es… la regla.

Hunter se enderezó.

—¿Necesitas algo?

—Estoy bien. No es tan malo ahora mismo. Pero gracias. Lo que *iba* a decir es que ojalá pudiéramos tener algo de intimidad. Ya sabes... un sitio donde no corriéramos el riesgo de que entrase nadie.

El cerebro de Hunter era un cohete de pensamientos; las chispas estallaron ante lo que insinuaban las palabras de Luna.

—A mí también me gustaría —dijo al fin—. No te permiten salir con nadie, ¿verdad?

Luna se rio con malicia.

—*Claro* que no. ¿*Y a ti*?

—No.

—Se supone que debo centrarme en mis *estudios* —dijo Luna con amargura—. Se supone que debo ir a la universidad que elijan para mí y graduarme en lo que ellos quieran para que pueda tener la carrera de sus sueños y la vida que hayan decidido para mí.

—¿Cuándo podrás decidir por ti misma?

Luna profirió un sonido entre un gruñido y un suspiro.

Hunter no supo qué decir, así que se decantó por mirarla a los ojos para estudiar sus cortas pestañas y el borde bajo cada ojo, donde la piel se hundía y producía una sombra.

Luna apoyó la cara en el hueco entre su barbilla y el hombro.

—Ahora mismo creo que estoy decidiendo.

Cuando Hunter sacó la basura esa noche, unas nubes oscuras manchaban el cielo y ocultaban la luna. La farola de la esquina proyectaba su brillo amarillo sobre el jardín, volviendo amenazadores los arbustos, combando más la casa. El lugar casi parecía encantado.

Antes de entrar por la puerta, oyó el teléfono. Soltó un balido agudo. ¿Cuándo había sido la última vez que oyó ese sonido?

Seguía sonando cuando se quitó los zapatos. El pitido paró para pasar la llamada al contestador, pero empezó a sonar otra vez al cabo de pocos segundos.

Encontró a sus padres en la cocina, apiñados alrededor del teléfono, observándolo. Cody estaba sentado en la encimera con un cuenco sin tocar de sopa de almejas delante.

—¿Qué pasa? —preguntó Hunter.

—¡Chist! —Su madre alzó una mano.

La llamada pasó al contestador de nuevo e, igual que antes, no habló nadie. La máquina pitó y solo se oyó el chasquido del auricular al colgar.

—Seis veces —dijo Cody—. Las he contado. Nos han llamado seis veces.

—¿Nos ha encontrado? —preguntó Hunter. No solía hablar de *él*… como si fuera un cuento cuya existencia pudiera ignorar.

No supo si sus padres eran astutos o cobardes por haberse escondido con éxito durante todos esos años. En la vida no se podía escapar, no de verdad. Uno solo podía enfrentarse a sus errores.

Su padre sacudió la cabeza.

—No lo sabemos. A lo mejor, no. No sabemos nada a ciencia cierta.

—Tenemos que irnos —intervino su madre—. Deberíamos habernos mudado el año pasado.

Su padre se quedó quieto.

—Quieren darme un puesto fijo.

Ella negó con la cabeza.

—Si nos ha encontrado, ¿acaso importa?

—Casi hemos conseguido todo el dinero. Si me dan el puesto, podemos pagar el resto antes.

—No seas ridículo —dijo la madre de Hunter, y fue como una bofetada para su padre—. ¿Y los intereses? ¿Y lo que *ya no tenemos?* Y si *no* te dan ese puesto... ¿de verdad crees que la universidad seguirá contratándote?

Su padre se enderezó y encendió la luz sobre el fregadero.

—Debes tener esperanza, Yubing.

—Esta vida siempre fue temporal. Es lo que hemos dicho siempre. Deberíamos habernos mudado a un sitio mejor.

—Yubing —dijo el padre de Hunter con un tono tranquilo y dolido—, esto *es* mejor. Por eso nos hemos quedado tanto tiempo. Cuando paguemos la deuda, la vida será distinta.

—Él siempre sabrá dónde estamos. Su gente nos encontrará. Nunca seremos libres.

El padre de Hunter agarró una taza y la llenó de la tetera. El agua que salió apenas tenía color; a saber cuántas veces habrían hervido ese té. Sin mediar palabra, salió de la cocina. Hunter observó a su madre apagar la luz sobre el fregadero, mascullando algo sobre ahorrar luz, sobre que alguien vería el brillo por los bordes de las cortinas. Y luego ella también se adentró en el pasillo oscuro.

Hunter miró a Cody, que le devolvió la mirada.

—¿Tienes hambre? —dijo el pequeño—. Puedes tomarte mi sopa.

—Yo tampoco tengo hambre, pero gracias.

RODNEY WONG

Ocurrió en San Francisco. Tenía los artefactos con él ese día, con planes para transferir la mitad a una cámara subterránea y vender el resto… Pero el hombre con el que debía reunirse para coordinar aquello se había retrasado y había enviado un mensajero con sus disculpas. Deberían posponer la cita.

A Wong le ponía nervioso sacar la caja a la calle, pero la experiencia le había enseñado que debía mantener un aire de indiferencia. Proteger el maletín llamaría más la atención. Así que lo sostuvo con holgura, como haría cualquier otro día. Era el mismo maletín que le había regalado su madre hacía tantos años; el cuero había envejecido y se había vuelto opaco, los bordes se habían raspado. Entró en la pequeña habitación que usaba a modo de despacho en la parte trasera del *tong* y colocó las cosas en el escritorio improvisado. Debía hacer cuentas y, además, Yi Dawei iría a darle una actualización.

Dudó tan solo un momento antes de abrir los cierres del maletín. Así era como solía tenerlo, abierto en un ángulo de noventa grados, con los soportes de metal en su sitio para poder localizar con facilidad los papeles en el bolsillo de acordeón y la carpeta del fondo. Movió la caja de los artefactos a un rincón y empezó a trabajar como siempre.

Yi Dawei llegó corriendo una hora tarde y tropezó en la puerta.

—¿Y bien? —preguntó Wong.

Las mismas excusas. El coste de llevar a su hijo enfermizo al médico, de comprarle medicina. Les acababan de subir el alquiler y no habían contratado de nuevo a Yi para dar clases, como él esperaba. Tardaría al menos un par de meses más en encontrar otro puesto como profesor adjunto.

Wong se quedó allí sentado, callado y paciente. Había descubierto que, si no hablaba, si no asentía, si no movía ni un ápice su rostro, ponía a la gente nerviosa. Les volvía más honestos, en general, por lo que se quedaba observando mientras arrastraban los trozos de su vergüenza uno a uno para exponerlos sobre la mesa.

Yi sugirió que subieran los intereses un poco más. Una muestra de buena fe.

—Ya acordamos los términos —replicó Wong—. Si tú no…

Lo cortó un golpe en la puerta. Era la secretaria del *tong*, que solo interrumpía conversaciones a puerta cerrada por asuntos urgentes y delicados.

—Dame un momento —dijo Wong, y salió para recibir un informe sobre un conflicto. Una conversación crucial, pues un pacto casi cerrado estaba a punto de irse al garete. Entró en el armario y agarró el teléfono mientras transferían la llamada. Su comprador no creía que tuviera una panacea auténtica y quería pruebas de sus efectos. Nada enfadaba más a Wong que cuando lo llamaban «mentiroso» incluso cuando decía la verdad. Y, en serio, ¿el hombre ese solo intentaba conseguir un precio mejor?

La llamada concluyó al fin y se dio cuenta de que se estaba quedando sin tiempo. Debía tomar un avión. De vuelta en el despacho,

Yi Dawei estaba sentado en un taburete destartalado de madera junto a la puerta, con pinta de atormentado y agotado.

Wong también estaba cansado.

—Dos semanas. —Se sentía inusualmente generoso y, de todas formas, ese era el tiempo que pasaría fuera—. Tienes dos semanas para reunir el dinero, intereses incluidos. Y ahora vete.

¿Yi llevaba una bolsa o un abrigo? Le costaba recordarlo. Si le sobresalía algo del bolsillo, Wong no se dio cuenta. Cerró el maletín y se marchó.

No fue hasta que aterrizó en la ciudad de Nueva York para una gran transacción cuando pudo determinar la última vez que había visto la caja.

No podía regresar a San Francisco enseguida; el negocio de Nueva York se desmoronaría si se marchaba y no podía correr ese riesgo. Así que empezó a hacer llamadas. Tenía una sospecha, pero seguro que Yi no se habría precipitado. Y, aun así, ninguno de sus informadores directos le ofreció una respuesta. Nadie había visto a Yi.

Cuando regresó a San Francisco, fue directo del aeropuerto a la dirección donde vivía la familia Yi. El piso estaba vacío. El casero le informó que se había levantado hacía dos semanas con un sobre de dinero bajo la puerta. Solo contenía la mitad del alquiler que le debían del mes anterior, sin ninguna nota. La familia se había marchado de verdad.

La búsqueda de los Yi (o, como acababa de descubrir, los *Yee*) se extendería varios años. Ya no solo era el préstamo sin pagar. Esos artefactos pertenecían a Wong. Y pensaba recuperarlos.

Nunca olvidaría la noche (o, mejor dicho, la mañana) en que su teléfono sonó mientras estaba en medio de un interrogatorio provechoso. La llamada había iniciado el último tramo de ese viaje.

—¿Diga? —respondió de mal humor.

—¿Rodney? —había dicho la voz conocida—. Soy Hsueh-Ting Chang. He encontrado un objeto que me recuerda a los artefactos de tu colección... Creo que te gustaría verlo por ti mismo.

Y ahora que había encontrado a los Yee, el juego del gato y del ratón llegaría a su fin. Se llevaría a su hijo mayor del mismo modo que la tríada lo había prendido a él. Aprenderían a pagar sus deudas.

LUNA CHANG

Las náuseas subieron, como siempre, y entonces llegó esa tensión horrible... como si le enroscaran un tornillo en una parte profunda y blanda del cuerpo, justo debajo del estómago. Las estrellas llenaban el firmamento y la espiral en su interior se desenrolló. Le provocó unas ondas sísmicas de dolor y la sensación terrible de romperse.

Luna apenas durmió. La mañana la encontró en el suelo, donde se había caído en plena noche mientras intentaba, con poco éxito, salir a buscar a las luciérnagas. Su cuerpo era fuego, era hielo; pasaba de uno a otro y luego volvía al principio más rápido de lo que ella podía moverse para buscar una manta o quitarse la ropa. El sudor le empapaba el cabello, la camisa, la ropa interior.

Allí fue donde su madre la encontró cuando Luna ignoró el tono agudo de la alarma. Gimió cuando la recogió del suelo para devolverla a la cama. Solo se enteró de que llamó al instituto para avisar que estaba enferma. Fue en ese momento cuando al fin consiguió dormir de verdad.

Se despertó al oír a su madre sentándose en la cama; removía un cuenco de caldo de jengibre. Luna olía las especias y el azúcar medicinal que su madre había añadido. De repente, estaba famélica.

Su madre la observó comer en silencio: primero la sopa dulce de jengibre, luego el mantou recién hecho, después los dos trozos de chocolate. Por último se tragó los analgésicos.

—Gracias —dijo Luna a regañadientes.

—¿Cómo te sientes?

—Un poco mejor —respondió, aunque su cerebro añadió: «Por ahora». A veces le parecía que su cuerpo estaba maldito.

—Me alegro.

Luna miró el reloj. Era casi la hora de comer y tenía ganas de sentarse junto a Hunter, apoyada en su hombro. Maldita regla. Roxy siempre solía decir: «¡Hurra! ¡No estás embarazada!», como si así no fuera a sentir que moría.

—Te has enfadado conmigo —dijo su madre, devolviéndola al presente.

Luna intentó con todas sus fuerzas refrenar la furia. Se esforzó por mantener un tono monótono.

—Eso es quedarse corto.

—Te sientes traicionada. Puedo explicarlo…

—¿Puedes explicar por qué estabas haciendo el sesenta y nueve con un hombre que no era papá? —dijo Luna en voz alta—. ¿Quién era, por cierto?

Se le ocurrió que quizá su madre no sabía ni qué era el sesenta y nueve… pero entonces vio que se encogía.

—Luna, ya hemos tenido malentendidos antes…

—Sé lo que vi.

Le parecía increíble que intentara escaquearse de esa mintiendo.

Su madre arrugó el rostro y se echó a llorar.

—Lo siento, *baobei*. Lo siento mucho. Cometí un error.

—¿Por qué lo hiciste? —Odiaba que su voz sonara forzada.

—Es difícil de explicar. No estoy lista para hablar de ello… Pero algún día lo haré.

Luna no supo cómo responder. Ver las lágrimas que caían por las mejillas de su madre le dio ganas de llorar también. Un nudo se le deslizó por la garganta, se le tensaron las fosas nasales. Tragó saliva, buscando algo que decir.

No quería consolar a su madre… porque el suyo *era* un error terrible. Casi se sentía dispuesta a perdonarla si pudiera volver en el tiempo antes de que todo aquello ocurriera, si pudiera borrar la infidelidad de su madre.

Pero *no podía*, se recordó. Las cosas habían cambiado para siempre. El único modo era esperar a ver cómo seguían adelante. Sería duro volver a confiar en ella, pero Luna creía que, si su madre estaba dispuesta a esforzarse, a ser sincera y fiel a partir de ese momento, podrían dejar todo aquello atrás.

—Me perdonarás, ¿verdad, Luna? —dijo su madre en medio de las lágrimas. La chica contuvo la respiración para no llorar—. ¿Se lo has dicho a alguien?

Luna negó con la cabeza. Hunter no contaba.

Su madre soltó un largo suspiro de alivio y dijo:

—Tu padre no puede saberlo nunca.

Fue como transformarse en un bloque de hielo. Las lágrimas que rondaban sus ojos se evaporaron. El nudo en la garganta desapareció y solo le quedó un sabor amargo en la boca.

—¿Qué estás diciendo?

—No puedes contárselo. Por favor. No volveré a hacerlo, pero él no puede saber lo que ha pasado.

—Quieres que mienta por ti —dijo Luna en un tono vacío.

—No, no…

—No pienso hacerlo. —Quería escupirle en la cara—. No puedo creer que me *pidas* que haga algo así.

—Luna, *baobei*, sabes que…

—Lo que sé es que eres una mentirosa y que si nos quisieras de verdad nunca habrías hecho eso. —Cerró los puños y se pellizcó la piel de la palma con las uñas—. Sal de mi habitación. No quiero verte más.

Para sorpresa de Luna, su madre se levantó, recogió la bandeja con los platos vacíos y se marchó sin añadir nada. Luna escuchó los pasos bajando las escaleras, el traqueteo de los platos en el fregadero de la cocina. En un momento dado, la puerta del garaje se abrió y se cerró. Su madre se había ido.

Cuando se quedó sola en la casa, se abrazó a la almohada y lloró.

Hacia la medianoche, el dolor había menguado y se despertó pegajosa por el sudor y peleándose con las sábanas. Respiró grandes bocanadas de aire para intentar relajar los músculos. Conocía su cuerpo. El dolor atroz no había acabado con ella.

Se oyó un *clac* en la ventana, demasiado fuerte para tratarse de un bicho, demasiado tenue para tratarse de un pájaro.

Clac.

Clac, clac.

No supo si sentía curiosidad o fastidio.

Cuando apartó la cortina, hubo otro *clac* y vio un guijarro minúsculo que rebotaba en el cristal.

Hunter estaba en el patio trasero en un pequeño charco de luz de luna. La saludó con la mano. Luna alzó un dedo para indicarle que esperase y se apartó para ponerse un jersey y un abrigo. En el piso de abajo, se calzó las botas y salió por la puerta.

Reinaba una tranquilidad en el mundo que solo se consigue con el frío y la oscuridad, con la noche oprimiendo la tierra. Había mucho viento y la luna estaba medio oculta por las nubes. Algún rayo ocasional lograba atravesarlas.

Hunter se despegó de la sombra de un árbol.

—Hola —jadeó Luna.

—Hola.

La chica oyó la sonrisa en su voz, aunque estaba tan oscuro que no la vio.

Salir al frío fue como atarse un cinturón. Empeoró mucho el dolor. Sintió el desgarro en el hueso púbico. Hizo una mueca.

—¿Estás bien? —preguntó Hunter.

—La regla.

—Me preguntaba qué sería. Según mi madre, el jengibre va bien.

—Ya, he tomado un poco. Sigue doliendo. Pero pronto se arreglará. ¿Recuerdas lo que te dije de las luciérnagas? Mira.

Señaló la primera de las luces, un parpadeo vacilante.

Las luciérnagas se extendieron como purpurina en una bola de nieve. Aterrizaron en el pelo de Luna, en los hombros de Hunter. El ambiente se iluminó con su presencia y Luna vio el asombro en el rostro del chico.

Los insectos se acumularon alrededor de su ombligo y enviaron un pulso de calor por su cuerpo. Sabían encontrar los nudos en su interior y deshacerlos, relajarle los músculos, disolver el dolor.

—¿Cuánto tiempo se quedarán? —preguntó Hunter en voz baja.

Luna abrió los ojos.

—Unos cinco o diez minutos.

—Espera, he visto algo —dijo él y le puso una mano en el codo—. Da un paso hacia aquí.

Luna dejó que la guiara y juntos se movieron bajo el árbol, donde la oscuridad los engulló. Ahogó un grito.

—¿A dónde se han ido?

Las luciérnagas se habían apagado… todas excepto unas cuantas.

—Vuelve aquí —le indicó Hunter, y salieron de debajo del árbol. Esa vez Luna vio que seguían pegadas a ella. No se habían ido—. Creo que necesitan luz. Creo que, sin ella, son… invisibles.

Luna alzó una mano y dos luciérnagas se acomodaron en las hendiduras entre los dedos. Pasó la mano bajo el árbol y observó a sus amiguitas desaparecer y reaparecer.

—No me lo puedo creer. ¿Cómo no me había fijado?

Hunter sacudió la cabeza.

—Ha sido obvio para mí porque estaba viéndolas contra ti.

—¿Qué más ves?

El chico la rodeó en un círculo lento y a Luna le ardieron las mejillas. Se estremeció con placer.

Nunca se le habría ocurrido que algún día encontraría a alguien que la hiciera tan feliz solo con contemplarla.

—Dejan una especie de residuo… Creo. Bueno. Es como un polvo.

Hunter pasó un dedo por su hombro y se lo enseñó. Era como la sustancia que brillaba sobre las ramas de los melocotoneros.

La barbilla de Hunter se hallaba muy cerca. Su boca. Luna arqueó la cara hacia arriba y él la besó. El aire crepitó. Luna quería quedarse ahí mismo, bajo ese fragmento de luna.

Las luciérnagas empezaron a alejarse. Cuando las últimas luces se apagaron, Hunter sonrió. Los dientes le brillaban como las estrellas.

HUNTER YEE

—¿Qué pasa si nos *han* encontrado? —preguntó Cody.

—No lo sé —respondió Hunter con sinceridad. Deseaba que aquella fuera una pregunta en la que no tuvieran que pensar. Ojalá pudiera dedicar todo el espacio en su mente a pensar en Luna y el brillo de esas luciérnagas.

Los hermanos estaban tumbados uno junto a otro en el fuerte de mantas, con las cabezas rozando la pared y los pies sobresaliendo por la esquina que hacía de puerta. Bueno. Los pies de Cody sobresalían; Hunter solo estaba tapado de cintura para arriba.

Su hermano pequeño se acercó más para apretar la nariz contra su brazo.

—¿Quiénes son *ellos*? ¿Quién es *él*?

Hunter cerró los ojos.

—No lo sé.

—Tú deberías saberlo —le recriminó Cody, descontento—. Eres el mayor.

Lo oyó salir del fuerte y acercarse a un rincón del dormitorio para abrir la jaula. Un momento más tarde, un pelaje suave acarició el codo de Hunter. Cuando abrió los ojos, la coneja estaba junto a su mejilla. Lo olfateó.

—Jadey está asustada.

Hunter contempló el techo del fuerte. Era una manta vieja de retazos que su madre había comprado de segunda mano por poco dinero. La había lavado, claro, y cada verano la colgaba fuera para que el sol la desinfectara, pero las manchas amarillentas que cubrían varios recuadros eran un recordatorio constante: esa manta era suya solo después de que otra persona la usara y decidiera deshacerse de ella. Solo así pudieron permitírsela. Esa vida era el resultado de las decisiones tomadas por sus padres, las mismas decisiones que les habían obligado a esconderse, a pagar solo en metálico, a apretarse el cinturón y ahorrar cada centavo con la esperanza de que, algún día, pudieran comprar de nuevo su libertad.

—¿Hunter? ¿Me has oído?

—Es un buen momento para que Jadey practique lo de ser valiente. —Le resultaba complicado no sonar tan triste como estaba.

—¿Y si Jadey no sabe cómo hacer eso?

Hunter se tumbó de lado y dobló el codo para apoyar la cabeza. Cody alzó a la coneja y llevó su nariz a la de Hunter.

—Le vendría bien algún consejo —dijo su hermano pequeño.

—Bueno, Jadey. —Hunter vio uno de sus parpadeos poco habituales y no pudo evitar sonreír—. A veces hay que contarse una historia para que te ayude a tener valor. Y a veces hay que animarse a hacer cosas que te ponen nerviosa. O quizá deberías ser impulsiva. Puedes experimentar.

—¿Qué es *impulsiva*? —preguntó Cody.

—Significa… hacer cosas sin planearlas antes. En plan, tomar una decisión un segundo antes de hacer algo.

—Ah. Me gusta cómo suena.

—Justo ahora, tú has decidido por un impulso sacar a Jadey de la caja.

—Pero eso no da miedo. —Cody le acarició el lomo con un dedo.

—Claro. No te da miedo *ahora*. Pero ¿te acuerdas de los primeros días? Estabas nervioso por si, al dejarla salir, se hacía daño o se escapaba. —Cody asintió—. Así, pues, con práctica, las cosas grandes también pueden dar menos miedo. Y puedes empezar a ser impulsivo.

Cody se llevó a la coneja al oído.

—Jadey dice que lo intentará. Yo también lo intentaré.

—Bien. Es lo mejor que puedes hacer.

CODY YEE

Cody abrió el libro y el cuento se apresuró a darse a conocer:

Los diez soles que vivían en el mar Oriental se turnaron para saltar del agua al aire; un hermano afortunado giraba con alegría mientras los otros lo observaban con envidia. Les encantaba volar alrededor del mundo para maravillarse ante la tierra, verde y repleta, el hogar de criaturas que vivían a base de sorbos de aire y los dulces del suelo.

Pero pronto esos hermanos juguetones se inquietaron e impacientaron. Desobedecieron las normas de su padre, el Dios del Cielo Oriental, y cayeron juntos al suave cielo para jugar y mirar el mundo a la vez.

Su calor y su luz en conjunto fueron insoportables. Ríos resplandecientes se convirtieron en polvo mientras los soles bailaban en las nubes. Las queridas criaturas de la tierra empezaron a morir de calor. Las cosechas que habían prosperado con cuidado se redujeron a nada. Tan distraídos estaban los hermanos soles en sus tontos juegos que no se fijaron en que habían abrasado la preciada tierra.

El emperador suplicó a los dioses que ayudasen a su gente. Houyi, el Dios de la Arquería, fue llamado para que lidiara con los soles irresponsables.

«No os podéis comportar de este modo —les dijo el arquero—. Habéis quemado la tierra y destrozado sus tesoros».

Los diez soles brillaron con más intensidad, estiraron sus rayos con insolencia y saltaron por el aire. Bajo ellos, la tierra se volvió de un negro carbón. Los gemidos de la gente y los lloriqueos de los animales debajo de árboles muertos se elevaron hacia los cielos en una cacofonía pavorosa.

Enfadado por los sonidos de tanto sufrimiento, Houyi sacó el arco, un trozo curvo de madera tan grueso como la pata de un elefante. En sus manos, parecía fino y delicado. Lo agarraba como si no pesara más que un palillo. El arquero eligió una flecha de su carcaj y la colocó en el arco, mirando con un ojo por el astil. «Escuchadme», gritó. Los soles le sonrieron; uno hasta se rio.

Houyi lanzó la flecha hacia los cielos. Siseó por el aire espeso y se clavó en el centro del sol en el extremo occidental. La esfera herida se tornó roja, luego negra; las llamas se extinguieron y cayó del cielo. Los soles restantes no le prestaron atención: se extendieron por el cielo y se alinearon en una formación ofensiva, burlándose de Houyi, pues no creían que fuera capaz de dispararles a todos.

Su imprudencia enfadó al arquero y, en una rápida sucesión, disparó ocho flechas más hacia el cielo. Su puntería era certera. Al impactar, cada flecha envió un estallido que resonó por el aire, seguido de un chisporroteo de madera convirtiéndose en ceniza.

Solo quedaba un hermano. Houyi contempló la esfera encogida. Tensó el agarre de su arco y sacó una última flecha, sintiendo la tensión de la cuerda contra sus dedos.

A punto de disparar, oyó al emperador rogándole que se detuviera. Sin ningún sol, el mundo permanecería para siempre sumido en el frío y la oscuridad. No florecería nada.

«Déjanos un sol», dijo el emperador.

«¿Te comportarás?», gritó Houyi a la esfera que temblaba en el cielo.

«¡Sí! —exclamó el sol— . Lo prometo».

«¿Aceptas tu deber de proporcionar luz, calidez y alegría?».

«Sí», respondió el sol.

«¿Juras que cesarás con todas estas travesuras?».

«¡Sí! Sí».

Houyi bajó la flecha.

El emperador y su pueblo consideraron a Houyi un héroe, pero el Dios del Cielo Oriental estaba furioso: había matado a nueve de sus hijos. Solo le habían pedido que los castigase; había llevado su tarea demasiado lejos. El dios desterró al arquero.

Y así, Houyi fue exiliado de los cielos y enviado a vivir en la Tierra. Le arrebataron su inmortalidad, le obligaron a vivir como un mortal ordinario. Y aunque el problema de los múltiples soles se había solucionado, el caos del universo siguió asolando la Tierra.

LUNA CHANG

Cuando el padre de Luna anunció que irían a cenar con un colega la noche siguiente, ella lo miró sin comprender. No le parecía un buen momento para atender visitas. ¿No se había dado cuenta de la frialdad entre Luna y su madre? La chica no sabía en qué pensaba su padre, o si su madre le había dado algún motivo inventado para explicar ese silencio.

El invitado era un viejo amigo y un colaborador que visitaba la ciudad, dijo su padre.

—¿Te acuerdas del señor Rodney?

Luna tenía el recuerdo vago de un hombre con traje que había ido de visita hacía muchos años y le había regalado un juguete de madera que ella había roto enseguida.

—Se alegrará mucho de vernos —dijo su padre.

Fueron al Fortune Garden, donde la adoración de la propietaria y el personal hacia el padre de Luna lo harían quedar bien. Por su bien y solo por eso, Luna hizo gala de sus mejores modales.

Rodney llegó justo un par de minutos después que ellos, ataviado con un elegante abrigo largo y cargando con un maletín. Hablaba inglés con un ligero acento británico y soltaba muchos chistes. Al verlo, la camarera no tardó en sacar el mejor té del restaurante.

En el salón privado, donde olía mucho a jengibre y ajo, el padre de Luna describía el trabajo de campo que sus colegas hacían en Xi'an. Parecía que su invitado apreciaba con interés ese tema de conversación.

—Luna, ¿tu padre te ha hablado de los guerreros de terracota? —preguntó Rodney, seguramente porque la chica estaba con la mirada perdida.

—Los Bingmayong —añadió su padre, como si así ayudara.

—No me acuerdo, la verdad.

—Qinshihuang los encargó para que vigilasen su mausoleo —dijo su madre. Luna la ignoró.

—Qinshihuang —repitió Rodney—. El primer emperador de China.

El padre de Luna siguió hablando sobre unos artefactos que habían desenterrado hacía unos años y alguien los había robado antes de que pudieran analizarlos bien, y especuló sobre que unas reliquias que estaban examinando unos investigadores británicos habían aparecido en el mismo momento que esos objetos perdidos. Resultaba interesante y tremendamente aburrido a la vez, y la atención de Luna decayó.

Hasta que Rodney se puso a hablar sobre la *planchette*.

—¿La *planchette* esa que viene con la ouija? —lo interrumpió Luna—. ¿Los tableros con letras?

—Ah, ¿te refieres a las tablas espirituales? —dijo Rodney—. Sí, aunque las *planchettes* se inventaron primero, antes de que hicieran tablas. Siglos y siglos antes de eso ya se usaban en China.

Luna se detuvo con el té a medio camino de la boca.

—Pero, entonces, ¿qué señalan?

—Fueron diseñadas para sostener un utensilio de escritura, como un pincel. A medida que la *planchette* se movía, producía una marca y se interpretaban esos símbolos o caracteres. ¿Te gustaría ver un ejemplo? —preguntó Rodney en el mismo tono que alguien diría «¿quieres helado?».

—¿Ahora?

—Ah, no te preocupes —dijo su padre, y ella captó el matiz nervioso en su voz. Miró a su alrededor por si alguien del restaurante se daba cuenta.

Sus padres a veces eran muy supersticiosos. Luna miró a su madre, incómoda y removiéndose al otro lado de la mesa. Luna disfrutó de aquello con malicia.

—No es molestia —decía Rodney—. Llevo una conmigo.

Del bolsillo del abrigo sacó un aparato que le cabía en la palma de la mano. Parecía una cesta volcada y hecha de fibras vegetales. Sostenía un bolígrafo de un hotel por un agujero, atado con una correa de cuero.

—¿Lo has hecho tú? —preguntó Luna.

—Así es. Me basé en un artefacto de mi colección de la dinastía Ming. —Sacó una libreta y apoyó la *planchette* en una página en blanco—. ¿Tienes una pregunta?

Luna reflexionó durante unos segundos. Quería que su pregunta fuera buena.

—¿Qué sale de las grietas del suelo? ¿Qué significan?

—¿Te refieres a las grietas del terremoto? —preguntó su padre con el ceño arrugado.

Rodney le dirigió una mirada que Luna no supo descifrar y luego concentró su atención en las manos.

La chica se quedó muy quieta para ver qué ocurría. Cuando la *planchette* empezó a moverse, su madre se sobresaltó un poco. No parecía que Rodney estuviera empujando el aparato; solo lo tocaba con las puntas de los dedos.

El bolígrafo se arrastró por el papel para crear un círculo tan perfecto que debería haber sido dibujado con un compás. Ningún ser humano podía ser tan preciso.

Rodney alzó la mirada y el brillo en sus ojos era afilado y curioso, como si estuviera viendo a Luna por primera vez.

—Bueno, qué interesante —rio su padre con nerviosismo.

—Sí —dijo Rodney—. Sí que lo es.

DAVID YEE

El padre de Hunter

¿Cuándo se habría perdido la piedra? La bolsa donde la guardaba estaba abierta y casi ni se había dado cuenta. David Yee se masajeó las sienes, intentando pensar. Cuando escondió la piedra en el maletero, tras unos meses pasando de un cajón a otro, se había sentido paranoico. Al principio había ido a verla a diario. Luego cada semana. Al cabo de un tiempo, más confiado, comprobaba que estuviera ahí cada mes o así. Cuando limpiaba el coche o inspeccionaba los neumáticos, se agachaba para mirar o tocar la parte baja en la abertura del maletero para asegurarse de que la bolsa siguiera ahí, donde la había atornillado a la tapa y luego pegado con todo un bote de pegamento por si acaso.

Se había sentido orgulloso de sí mismo por ese montaje. El estuche que había usado era rígido y negro, por lo que conservaba bien la forma y se camuflaba en las sombras. Había que saber dónde estaba la cremallera para abrirla.

Y el coche era el lugar más lógico para ocultar la piedra. Sobre todo porque iba con la familia. Si estaban en casa, el coche y la piedra también estaban allí. Si tenían que huir, ya llevarían encima el artefacto. El coche estaba muy destartalado, por lo que no creía que ningún ladrón intentase robarlo. Y si Huang descubría dónde vivían los Yee y enviaba a alguien a por la piedra, seguramente buscaría en la casa, no en el coche.

Pero David se había relajado demasiado. ¿Cuándo había visto la piedra por última vez? ¿Hacía dos meses? ¿Tres?

Miró el calendario para intentar recordar los sitios a los que había ido, las cosas que había hecho. Sus ojos se detuvieron en un cuadrado a finales de septiembre.

Ese día se había salido de lo normal... ¿Cuándo fue la última vez que llevó a su familia a comer en un restaurante? Habían pasado un par de años, por lo menos. Encontró el cupón en el tablón de anuncios y lo recogió una tarde cuando salía de trabajar, pensando que su esposa se merecía una muestra de aprecio por todo lo que hacía.

Pero entonces habían pasado muchas cosas malas. El cupón estaba caducado, el bufé costaba demasiado incluso con el descuento, su hijo lo avergonzó pagando, el choque con el coche de los Chang.

¿Y de dónde había sacado Hunter el dinero? David no podía creer en qué se había convertido su hijo mayor. Todo lo que Yvonne y él habían sacrificado... y habían criado a una especie de criminal.

Pasó todo ese día de mal humor mientras iba a fotocopiar unos papeles a su despacho, a casa de un amigo a que le arreglaran el cierre del maletero. En medio de tanta rabia y humillación se había olvidado de la piedra. ¿Cómo no había ido a ver si seguía allí? ¿Por dónde podía empezar a mirar?

David se maldijo a sí mismo. Qué tonto era.

HUNTER YEE

Hunter y Luna se dirigieron al bosque, siguiendo el arroyo burbujeante de vuelta hacia las luciérnagas y sus nidos. De vuelta a los melocotoneros y a esas flores blancas y a esa grieta inquietante desde donde la oscuridad les observaba.

Oyó el silbido revelador, el murmullo cerca de los tobillos. Hunter bajó la mirada y allí estaban: billetes de cada denominación. El viento los envió en su dirección y él se agachó de forma automática.

—Nunca me acostumbraré a eso —dijo Luna—. No se te han caído, ¿verdad?

—No.

La chica frunció el ceño.

—¿Recuerdas lo que pasó la otra vez? ¿No te preocupa que, no sé, estén malditos? O, bueno, mi madre siempre habla de *qian xian*.

Hunter se encogió de hombros.

—La última vez fue un caso aparte. He recogido mucho dinero de esta forma y siempre ha ido bien.

—¿Cuánto?

Hunter alisó los billetes con un gesto practicado hasta que parecieron recién sacados de la cartera.

—La verdad es que no lo sé. Nunca lo he contado.

—¿Lo dices en serio?

El chico se puso a la defensiva mientras se enderezaba.

—Mira, si no sé la cantidad total, no puedo gastar energía imaginándome cómo lo gastaría. Prefiero imaginar que no existe, ¿sabes? Así lo tendré si lo necesito. Es mi dinero para emergencias.

Luna alzó las manos.

—Vale. Lo siento.

Hunter soltó un suspiro y se tomó su tiempo para alcanzarla.

—¿Por qué es tan importante?

—Es que… —Parecía que a Luna le costaba encontrar las palabras adecuadas—. Y si, al aceptar ese dinero, ¿estás acumulando una especie de deuda con el universo?

¿Con todos los problemas que tenía el mundo? Hunter intentó no echarse a reír.

—El que se lo encuentra se lo queda. ¿Qué clase de deuda podría ser esa?

—No sé. Solo… me parece raro —dijo la chica. A Hunter le alivió cuando el parpadeo de una luciérnaga llamó la atención de Luna—. Ay, no, el nido…

Se arrodilló en el fango. Hunter se acuclilló para verlo mejor.

—¿Qué hace aquí?

La esfera tejida debía haber salido volando con el viento. Se desinchaba y los filamentos, como telarañas, caían hacia dentro. Unas cuantas luciérnagas se aferraban a esos hilos. Luna intentó agarrar el nido, pero cada roce rompía más el tejido.

Hunter la tomó de las manos para intentar apaciguar su miedo. La pregunta que se reflejaba en el rostro de la chica era la misma que resonaba en su pecho: «¿Qué significa esto?». Las luciérnagas con habilidades sobrenaturales, que desafiaban tantas reglas del mundo natural... ¿Cómo podía haberse caído uno de sus nidos?

Aquello le recordó a la sensación de fatalidad que emanaba de la grieta. La sensación de que todo iba a salir *mal*.

—Espera un momento. Mira.

Hunter recogió un hilo de un extremo, la línea que uniría el nido al árbol. Esperaba que fuera pegajosa como una telaraña, pero la notó fría y resbaladiza entre el dedo índice y el pulgar.

—No la rompas —dijo Luna con voz áspera.

—Parece bastante resistente. Dios, ¿cuán larga es? Quédate aquí, ¿vale?

Era casi invisible; Hunter solo la veía bajo el brillo del sol. Siguió la línea, moviendo la palma para no soltarla. Se había distanciado varios metros de Luna cuando confirmó que el hilo no se había roto y seguía conectado a los melocotoneros, a los otros nidos que se mecían en lo alto.

—¿Y bien? —gritó Luna, aún arrodillada.

—Tengo una idea. Enseguida vuelvo.

Enganchó el filamento bajo una piedra y fue corriendo al cobertizo a por el arco. Solo necesitaría una flecha.

—Confías en mí, ¿no? —dijo cuando vio la incertidumbre en la mirada de Luna. Ella asintió—. A ti se te da bien esto. ¿Puedes atar esta parte del hilo a la flecha? Debe de ser un nudo fuerte.

Luna lo hizo con rapidez; sus dedos doblaron el hilo sobre sí mismo y luego hizo unos bucles antes de cerrar el nudo.

—He combinado un nudo chino con uno marinero. Seguramente debe ser demasiado...

—Es perfecto. —Hunter alzó un pulgar para suavizar la arruga que aún le tensaba la frente—. Todo irá bien.

Preparó la flecha. En el suelo, la esfera tejida rodó un poco.

—¿Deberíamos acercarnos? —preguntó Luna.

—Puedo disparar desde aquí.

—Pero ni siquiera se ven los melocotoneros —protestó la chica.

Hunter ya cerraba los ojos y ralentizaba la respiración. No necesitaba verlo. Sabía dónde estaban y cómo el viento guiaría la flecha. El arco estaba tenso; los dedos, en sintonía con cada vibración que recorría la cuerda, con cada susurro del viento. Visualizó la flecha en un arco amplio, volando sobre un montón de melocotones para encajar en el nudo grueso de una rama alta. La soltó.

—Se ha ido —dijo Luna en voz baja. Hunter abrió los ojos.

—Ha ido donde debía ir. Vamos.

Lideró la marcha, siguiendo el arroyo hasta que vio el arbusto de estrellas blancas retorcidas, florido en la época equivocada. Alzó la mirada hacia los melocotoneros. Tardó un momento en localizarla, pero allí estaba: la flecha se había clavado con firmeza en la rama más alta, el nudo brillaba alrededor del astil. Casi no distinguía el filamento ni cómo caía sobre las ramas vecinas para acabar en el péndulo del nido.

Se alzó una brisa que movió la esfera. Redonda y llena una vez más, captó un rayo de sol. Unas luces parpadearon: las luciérnagas volvían a casa.

Luna le apretó la mano con un suspiro de alivio. Dio un paso adelante y se oyó un chapoteo.

Hunter bajó la mirada hacia el agua y vio que intentaba escalar hacia Luna, que se estiraba más allá de la orilla para arañarle los pies.

Se estremeció.

Bajo las olas, sentía la grieta, la oscuridad que emanaba de allí, que lo buscaba. Cuando la miró directamente, se sintió débil y el aire en su garganta se tornó hielo.

Se tambaleó.

Luna lo estabilizó; con la mano libre le agarró el codo.

—¿Estás bien? —La chica parecía pálida—. Yo también lo siento.

Hunter se apoyó en un árbol para recuperar el equilibrio.

—¿Qué crees que es?

Luna se arrodilló en el borde del agua y acercó la mano a la superficie. Sin tocarla, solo por encima. A Hunter le sobrevino la imagen de Luna cayendo, de la oscuridad engulléndola.

—Ve con cuidado.

—Tuve un sueño sobre el fin del mundo. Sentí lo mismo que esto. Este... mal. —Luna se levantó—. ¿Te has fijado en que se expande? Lo sentí en la linde del bosque. Antes no llegaba tan lejos.

—Sí. Y cada vez hace más frío.

Le castañeaban los dientes. Soplaban nuevos vientos y la luz menguaba.

Luna se acercó y lo rodeó con los brazos. Apoyó la frente en la de él y le ofreció su aliento. La calidez le recorrió todo el cuerpo. La tensión del pecho se derritió.

La chica descansó la cara en su hombro.

—Todo es una mierda. Odio a mi madre. No quiero ir a casa.

—Pues no vayas. Iremos a otro lugar.

—¿A dónde?

La audacia se apoderó de Hunter. Agarró a Luna de la mano y la condujo hacia el interior del bosque y luego al cobertizo.

En un rincón había una caja de cartón con una colcha y una linterna que Hunter había desenterrado hacía mucho tiempo de su armario. Encendió la luz, dando gracias porque aún tuviera pilas. Al extender la colcha en el suelo, sintió una calidez por el cuello. Luna se arrodilló para sentarse.

Las paredes parecieron encogerse y expandirse a la vez. Hunter miró a Luna y ella le devolvió la mirada; sus ojos eran como los guijarros que relucían en el arroyo.

LUNA CHANG

Luna enrolló la rabia hacia su madre en un nudo prieto e hizo todo lo posible para mantenerlo oculto. Se centró en Hunter. No se oía nada, solo el silbido del viento y algún crujido de la madera vieja.

El chico se bajó la capucha de la sudadera y se alborotó el cabello hasta que se le quedó de punta en un ángulo gracioso. Luna no podría haberlo explicado: la forma en la que se le levantaba el pelo negro era increíblemente sexy.

Hunter estaba casi al otro lado del cobertizo. ¿Por qué había puesto tanta distancia entre los dos? En el autobús, nunca dudaba a la hora de sentarse a su lado, con las rodillas entrechocando, las caderas tocándose, un hombro contra el otro.

—Estás muy lejos —se quejó Luna—. ¿Por qué te has ido hasta allá?

Él se encogió de hombros.

—Pues venir aquí, si quieres.

Luna profirió un sonido exasperado.

—No, porque yo estoy en el medio y es una posición mucho más estratégica.

—¿Estratégica? ¿A qué te refieres?

Luna puso los ojos en blanco.

—Para descubrirlo tendrás que venir aquí.

Hunter se acercó centímetro a centímetro, hasta que quedaron uno junto a la otra y Luna acabó apartándose un poquito para que su codo tuviera más espacio.

—Hola —dijo Hunter, moviendo las cejas.

La sonrisa en su rostro fue demasiado. Luna llevó las manos a las mejillas de él y lo acercó hacia ella hasta que sus labios se encontraron. Lo besó con tanta fuerza que los dientes entrechocaron; pararon para reírse de ello, pero luego volvieron a besarse y las manos de Luna buscaron los bordes de la camiseta de Hunter. Sus dedos encontraron piel; el chico ardía bajo su roce.

Lo envolvió con los brazos y tiró. En las películas, la gente se movía sin esfuerzo, con elegancia. Pero en la vida real era un poco incómodo. Hunter apoyó todo su peso en Luna cuando ella tiró y cayeron juntos en horizontal. En un revoltijo de extremidades, las piernas toparon contra la pared y Luna no pudo moverse por miedo a darle un rodillazo por accidente. Se reían de nuevo.

—¿Eso era la posición estratégica? —preguntó Hunter. La chica se rio con más ganas.

—Calla.

Cambiaron de postura en el suelo y apretaron los cuerpos, con las narices y las frentes tocándose.

—Hola. —Luna casi bizqueaba mientras intentaba mirar a Hunter. Cerró un ojo. Así era mejor.

—Hola —respondió él. Su aliento era terciopelo sobre la piel de Luna.

La chica deslizó la nariz por su mejilla para alcanzar su boca con los labios.

Cuando soñaba despierta, aquello siempre ocurría en una cama y en una habitación con poca luz. No había pensado para nada que podría suceder en un viejo cobertizo en medio del bosque o que se iba a sentir tan nerviosa.

Pero cuanto más besaba a Hunter, más seguros se sentían los dos, y ella fue muy consciente de las partes del cuerpo del chico que se presionaban contra ella.

El instinto tomó los mandos. Luna ansiaba tocar más. Dejó que Hunter le quitase el suéter y luego lo rescató cuando peleó durante demasiado tiempo con el cierre de su sujetador. Solo les quedaban los pantalones.

Un pensamiento le cruzó la mente: ¿ya se le había acabado la regla del todo? Estaba bastante segura de que sí, pero a veces manchaba un poco durante un par de días.

En cualquier otro momento, aquello habría bastado para que se sintiera cohibida. Pero en ese instante sintió la misma audacia que se había apoderado de ella cuando conoció a Hunter.

Se apartó del beso.

—¿Has traído un condón?

—Yo… eh… —Parecía que lo habían sorprendido con las manos en la masa—. Encima, no. Lo siento.

—No pasa nada. ¿Puedes levantarte? —dijo Luna. Y fue como si le hubiera regañado. Hunter tensó el rostro por la vergüenza—. No lo decía por… —Pero se interrumpió porque era más sencillo enseñárselo. Se estiró hacia la mochila y abrió el bolsillo exterior. Estaba sacando una caja justo cuando Hunter se levantó—. ¿Qué haces?

—Iba a… eh… —Se sentó de nuevo—. ¿De dónde los has sacado?

Luna sonrió con malicia.

—Se los he robado a mi madre.

Luna había escarbado entre las cosas de su madre; no sabía qué estaba buscando, pero estaba decidida a encontrar *algo*. Necesitaba pruebas, si iba a contarle lo de la aventura a su padre. Aún no había decidido si hacerlo o no.

Encontró la caja en el fondo del cajón de ropa interior de su madre, ladeada y con una esquina aplastada. Dentro había cinco condones conectados por un borde perforado, como los billetes de una feria.

Se la *enseñaría* a su padre. Le llevaría esa caja, le diría lo que había visto. Arruinaría su familia perfecta. Pero lo cierto era que nunca había sido perfecta. Todo era una mentira.

Esa era la rabia que le ardía en las entrañas mientras se quitaba los pantalones. Hunter era la escapatoria que necesitaba; ansiaba ahogarse en sus caricias. En su sabor, el chisporroteo de su piel al deslizarse sobre la suya, las piernas enroscadas bajo sus rodillas… Permitió que todas esas cosas ocultaran el dolor.

Dejó que el fuego en sus entrañas ardiera hacia arriba y tomara el control. Dejó que la rabia y el deseo la tragaran entera.

YVONNE YEE

La madre de Hunter

Por si la piedra había regresado a la casa, Yvonne y David rebuscaron por todas partes. En el vestidor. En todos los cajones. En las alacenas de la cocina. Incluso en el cesto de la ropa sucia. ¿Cómo la había podido perder David?

Su marido le dijo que buscaría de nuevo en el coche. Condujo hasta el Fortune Garden y regresó. Yvonne examinó el perímetro de la casa, por si la piedra se había caído por ahí.

Había desaparecido así como así. ¿Sería su perdición? ¿Por eso habían recibido tantas llamadas misteriosas? No había creído en ese ridículo hexágono… hasta que tuvo que hacerlo.

Yvonne estaba muy cansada. Agotada y marchita, como un trozo de hierba desnutrida y doblada por el viento. Y David igual. Se había matado a trabajar para intentar conseguir un trabajo estable y que su familia tuviera cosas mejores. Yvonne no sabía si alguno de los dos tendría la energía suficiente para huir. Para empezar de nuevo.

Estaban más que cansados. Estaban aterrorizados.

Recordó los rumores que había oído, las consecuencias que había presenciado con sus propios ojos. Cómo Guo Xiansheng había desaparecido una noche. Connie Ng, esa mujer tan amable y no mucho más joven que Yvonne, con el rostro marcado para siempre. Ese hombre, Cai, que había perdido dos dientes y un pulgar en cuanto Huang terminó con él.

—Debemos prepararnos —dijo David.

—¿Para qué? —preguntó Yvonne, aunque ya sabía lo que iba a decir.

Él cerró los ojos.

—Para el desastre.

HUNTER YEE

Cuando terminaron, la felicidad irradiaba de Hunter como luz solar. Allí estaba todo lo que necesitaba en ese mundo. La tensión entre las costillas había desaparecido. El bloque de hielo y dolor se había disuelto. Qué maravilla era Luna, tumbada con las pestañas revoloteando sobre sus mejillas.

Hunter se rio por lo bajo.

—¿Qué? —Luna abrió los ojos.

—No me puedo creer que le hayas robado los condones a tu madre. Es bastante guay.

La chica tensó el rostro y él se arrepintió de haber sacado el tema.

—Es una gilipollas mentirosa. La odio.

—Lo siento. No debería haber dicho nada.

Luna se relajó de nuevo.

—Tranquilo, no pasa nada. No quiero quejarme de ella todo el rato. Hablemos de otra cosa.

—¿Como qué?

—Érase una vez —empezó a narrar la chica—, Hunt y Lunar encontraron una casita de madera en medio del bosque. Parecía vieja y olvidada y resultó estar hecha de magia.

—Pensaba que no te gustaba Disney —se buró él.

—No es Disney porque hicieron cosas indecentes ahí dentro.

—Ah, vale… Cómo he podido olvidarme. —Hunter hundió la cara en su cuello—. ¿Crees que esto es lo que se siente al estar enamorado? —dijo casi sin querer.

Cuando se apartó para mirarla, Luna estaba sonriendo.

Por la quietud del viento y el silencio en la calle, Hunter supo que era muy tarde. Seguramente se habría saltado la cena y estaba a punto de meterse en un buen lío.

Daba igual. Había valido la pena.

Estaba tan distraído por el recuerdo de Luna (la cuenca de su ombligo, el borde de su clavícula) que hasta que no estuvo subiendo ya por el sendero de su casa no se dio cuenta de que su padre estaba de pie en la oscura entrada, esperándole.

—¿Te la has llevado tú?

—¿El qué? —preguntó Hunter, receloso de repente.

Su padre lo agarró por el cartílago de la oreja, lo arrastró dentro de la casa, tiró de él por el salón y lo hizo entrar en la cocina.

En ese momento empezaron los gritos.

—¡Siempre tramando algo malo! *Sé* que me la has robado.

Hunter se sentía atrapado en un océano rabioso, como en un sueño, donde era un trozo de madera a la deriva que el agua bamboleaba de un lado a otro. Le costaba creer que hacía tan solo dos horas Luna y él habían estado entrelazados en el suelo del cobertizo.

—¿De qué estás hablando?

El golpe llegó inesperado. Hunter cayó contra el frigorífico y solo registró que su madre le gritaba a su padre que parase. Le había dado un puñetazo en la oreja. La cabeza de Hunter era un mar de truenos.

—Idiota… ¿Sabías que nos mantenía *a salvo*? ¿Qué has hecho con ella? Primero no haces nada para que nos sintamos orgullosos y ahora nos pones en peligro.

Fue el grito de Cody lo que impidió el regreso del puño. Cody, que se echó a llorar justo cuando Jadey saltó de sus brazos y se escondió debajo de la encimera.

La madre se llevó al padre a rastras por el pasillo. Al final, cuando Cody terminó de llorar, Hunter lo siguió al dormitorio, donde cerraron la puerta por si acaso y devolvieron a la coneja a su jaula.

Hunter acostó a su hermano y él se hundió en el suelo, donde se quedó mirando el techo sin poder dormir.

LUNA CHANG

Luna había esperado sentirse cambiada después del sexo, pero en general no sintió nada. *Sí* que notaba una sensación entre las piernas, como si hubiera descubierto una nueva parte de su ser. *Dolorida* no era lo más adecuado para describir la sensación, porque implicaba sufrimiento… Era más como haber hecho ejercicio y sufrir ahora las agujetas.

Hubo cierta torpeza tierna e incierta. Su cuerpo y el de Hunter tuvieron que averiguar cómo iba aquello. Se quitó la camisa y vio las flores púrpuras donde los labios del chico se habían encontrado con su piel. Las marcas ya estaban desapareciendo. No eran chupetones… Qué palabra más fea y qué feos quedarían sobre su piel, como un tipo de heridas. No, aquella era esa misma magia que habían descubierto en el autobús. Una conversación entre sus cuerpos.

Luna quería estar de nuevo con él. Aprender todas las formas en las que sus cuerpos podían hablar entre sí.

Se preguntó si ese sería el mismo sentimiento que impelía a su madre a ponerle los cuernos a su padre… y enseguida aplastó esa idea.

Nunca sería como su madre.

Luna se enderezó. Su madre saldría a hacer los recados del sábado y aprovecharía ese momento para contarle a su padre lo que sabía. Seguramente seguiría enfadado con ella por haber llegado tan tarde a casa la noche anterior. Pero dejaría de estarlo pronto. Nunca le duraba mucho el enfado.

Y cuando oyera lo que Luna tenía que decirle...

Bueno. Se pondría de su parte. Su madre, su esposa, les había traicionado de la peor forma posible. Juntos decidirían qué hacer a continuación.

Oía a sus padres charlando en el desayuno. Sonaba asquerosamente normal.

Otra cosa que le molestaba a Luna: el día anterior había perdido el control. Su rabia hacia su madre y su ansia de estar con Hunter se habían mezclado, hasta que solo conoció el estallido de deseo de su cuerpo. ¿Por qué se habían juntado esas dos cosas? Si era sincera, una parte de ella *quería* hacerlo por despecho hacia su madre.

Se puso una sudadera y bajó. El momento perfecto: vio por la ventana que el coche de su madre se alejaba.

Su padre estaba sentado en la mesa del comedor, bebiendo té mientras leía los deberes de sus alumnos. Luna se sentó delante de él y sacó un plátano del manojo.

—No deberías comer plátano con el estómago vacío —le dijo su padre sin alzar la mirada.

Luna lo dejó con un suspiro y fue a buscar la caja de cereales. Vio los copos caer en el cuenco, la leche llenar los huecos. Se sentó de nuevo, cuchara en mano, e intentó obligarse a comer.

No tenía hambre.

—Tampoco deberías tomar leche fría. Ya sabes lo que dicta la medicina china tradicional.

Luna no respondió.

Su padre se fijó en su semblante. Se quitó las gafas y apartó los papeles.

—Tengo que contarte una cosa —dijo Luna. Su padre hundió los hombros y asintió.

—¿Vale?

—Descubrí a mamá poniéndote los cuernos. —Su padre no parpadeó. No dijo nada—. ¿Recuerdas ese día que nevó tanto, cuando dejaron que nos fuéramos a casa antes? Ella no sabía que llegaría pronto. Subí y la vi con otro hombre. —La voz se le rompió con la palabra *otro*. Un nudo le hinchaba la garganta—. Me dijo que no te lo contara. —La mirada de su padre se tornó vidriosa, lejana. Luna se preguntó si la creía—. Encontré esto.

Sacó la caja de condones aplastada del bolsillo de la sudadera.

Él tragó saliva y ese fue el único sonido que se oyó.

—Papá, di algo.

Al fin, la miró.

—Siento que te hayas enterado de esa forma, Luna.

Sus palabras le detuvieron el corazón.

—¿Qué? ¿Lo *sabías*?

—Sí.

Bajó la mirada hacia la mesa.

—¿Desde cuándo?

Su padre suspiró con pesadez.

—Desde hace un año, más o menos. Tuve sospechas mucho antes de confirmarlo.

—¿Lo sabes desde hace un puto *año*?

Él entrecerró los ojos.

—No hables así.

Luna se levantó porque no soportaba seguir sentada más tiempo.

—¿Lo sabes desde hace un año y no has hecho nada?

—No hay nada que hacer.

Luna estaba a punto de perder los estribos.

—No me lo puedo creer. ¿Cómo puedes permitir que nuestra familia se desmorone así?

—No, Luna —dijo él con suavidad—. La estoy manteniendo unida.

—Bueno, pues perdona que te diga que no está funcionando, hostia.

Se contuvo para no lanzar el cuenco de cereales contra la ventana y subió a su cuarto dando pisotones. Cerró la puerta con tanta fuerza que el retrato de familia enmarcado cayó de la estantería y se rompió.

—Hasta nunca —le dijo al retrato y se tiró sobre la cama.

Se pasó la noche dando vueltas. Cuando al fin quedó inconsciente de madrugada, durmió mal. Soñó con una tarde ventosa en una playa blanca. Un día de la vida real, del pasado, cuando su madre y ella habían caminado descalzas sobre arena caliente en busca de caracolas. Estaban compartiendo una broma y Luna se reía, pero la voz de su madre empezó a distorsionarse. Se volvió ininteligible y sonó alta y monstruosa.

Cuando Luna despertó, tenía la cara húmeda.

HUNTER YEE

Hunter no fue a clase el lunes. Ni el martes. Cody, sí, porque no tenía un moratón horrible en un lado de la cara que suscitaría preguntas.

Las dos tardes, Cody se subió a la cama y acarició con cuidado la sien de Hunter hasta el lóbulo de la oreja.

—¿Duele? —le preguntó. Hunter negó con la cabeza, aunque la respuesta real era que sí—. ¿Cómo vamos a ser valientes ahora?

—Hay que practicar. A lo mejor, cuando necesites un poco más de valor, abraza a Jadey. Ella te dará lo que necesitas.

Observó mientras su hermano pequeño iba hacia la jaula de la coneja y la sacaba con cuidado. Cody apretó la mejilla contra el suave pelaje blanco.

—¿Mejor? —preguntó Hunter.

—Un poco.

Mientras Cody dormía, Hunter miró el cielo nocturno por el hueco entre las cortinas. Intentó no pensar en los nudillos de su padre estampándose en el lado de su cara, procuró olvidar el aguijón de sus palabras.

Luna. Mejor pensar en ella. Su respiración en el oído. La suavidad de sus muslos. Su rostro en su cuello.

El miércoles, el moratón seguía ahí, una tormenta en su sien. Por el semblante de su madre, Hunter supo que seguramente tendría peor pinta. Pues vale. Tenía examen de mates. No le dejarían saltárselo.

Se alegró de ir al instituto. Había echado tanto de menos a Luna que dolía, como si alguien le hubiera arrancado una parte de su ser.

No la vio en el autobús, pero lo esperaba en la taquilla. Le quitó juguetona el gorro que se había bajado hasta las orejas y ahogó un grito.

—Chist. —Se llevó los dedos a los labios—. Estoy bien.

—¿Quién...?

Hunter negó con la cabeza.

—Luego.

Lo último que necesitaba era que un profesor o alguien oyera que su padre le había pegado y que llamaran a servicios sociales. Él ya casi era mayor de edad... pero Cody no.

—¿Nos vemos después de clase? —preguntó Luna.

Hunter dudó. Era arriesgado. Su madre esperaba que volviera enseguida a casa, pero sabía que no habría nadie hasta un par de horas más tarde.

—Hace siglos que no te veo —le rogó la chica—. Y por fin he empezado a venir en coche. Puedo llevarte.

Lo único que Hunter quería era desaparecer con ella en algún sitio, abrazarla y sentir que todo volvía a estar bien.

—Sí. Vale.

Sonó el timbre. Se giró hacia el pasillo, pero Luna le agarró la muñeca.

—Antes déjame que te quite ese moratón.

Después de clase fueron directamente al cobertizo. Sobre la colcha, Luna se acurrucó a su lado. Estuvo un rato acariciando los nudos de su pulsera y luego entrelazó los dedos con los suyos.

—¿Me cuentas lo que ha pasado?

Lo que ha pasado. Era una buena pregunta y él ni siquiera lo sabía todo. Pero contaba con los retazos de conversación que había oído por las rejillas de ventilación cuando sus padres creían que estaba durmiendo. Tenía recuerdos borrosos, sacados a la superficie como una red que arrastra cosas a la orilla del mar.

Dio vueltas a todas las piezas en su cabeza hasta que formaron un hilo que pudo comprender. Respiró hondo y empezó a contárselo. No era un cuento. Solo lo que sabía de la triste verdad, empezando desde antes de su nacimiento.

YVONNE YEE

La madre de Hunter

Yvonne recordaba a menudo cómo había comenzado todo. Había conocido al joven Dawei, tan alegre, tan guapo. Los amigos que los habían presentado le explicaron (presumiendo por él para que pudiera ser modesto y vergonzoso) que había acumulado unos buenos ahorros y soñaba con un futuro muy concreto. Se había comprado un billete de ida a los Estados Unidos para ese máster al que querían asistir los dos. Y ella había pensado: *Este es un hombre que sabe cómo conseguir la vida que quiere.*

Un mes después de graduarse, los dos viajaron a Taiwán para casarse. Al año siguiente, estaban estudiando el doctorado y ella se había quedado embarazada. Encontró el nombre de Hunter en una guía de bebés en un estante con libros rebajados y lo apuntó en un recibo arrugado que sacó del bolso. *Hunter* parecía un nombre que transmitía fuerza y supervivencia. E ingenio.

En la residencia de estudiantes, Yvonne y David vieron cómo sus ahorros desaparecían poco a poco; cada céntimo se convertía en libros de texto y pañales y botes de comida. Cuando David estaba dando los toques finales a su disertación, Hunter ya tenía cinco años y no quedaba dinero. Yvonne finalizaría el doctorado más tarde. Lo juró.

Alquilar una casa fuera de la universidad salía tan caro que acabaron escarbando en cada agujero en busca de monedas perdidas que pudieran ayudarles a llegar a fin de mes. Además, Hunter tenía una enfermedad crónica. Se quejaba de un dolor en el pecho. A menudo le costaba respirar. No soportaba el frío.

Yvonne lo llevó de amigo en amigo, hasta una médica en San Francisco que practicaba medicina china tradicional en una oficina lúgubre de Chinatown. Sin sonreír mucho pero con amabilidad, la mujer examinó a Hunter como favor. Pero, cuando llegó el momento de prescribir hierbas, Yvonne tuvo que decirle muerta de vergüenza que no podían permitirse comprar ninguna medicina. ¿La acupuntura bastaría para ayudarle?

La médica negó con la cabeza y, años más tarde, Yvonne se preguntaría cuán bien recordaba Hunter lo que iba a pasar. La puerta estaba entreabierta porque no encajaba bien en el marco y, en ese instante, un hombre joven asomó la cabeza. Explicó que había oído sin querer su situación y que le gustaría pagar la primera ronda del tratamiento. Era terrible que un niño estuviera tan enfermo… Y quería ayudar. Insistió mucho.

La médica envolvió las hierbas y apuntó las instrucciones y las dosis. Yvonne estaba avergonzada pero agradecida. Preguntó cómo se llamaba ese hombre tan generoso.

«Huang Rongfu», respondió él con una sonrisa.

Las hierbas sabían amargas e Yvonne vio que su hijo sufría una arcada por el gusto. Se sentó a su lado para asegurarse de que tragara hasta la última cucharada.

No sirvieron para nada.

En la siguiente visita, la médica cerró los ojos para tomarle el pulso a Hunter y negó con la cabeza. Lo raro, le dijo a Yvonne, era que sus meridianos no dejaban de cambiar. El aire que entraba y salía de sus pulmones no sonaba a nada que ella hubiera oído antes. Quería probar otros tratamientos... pero no podía seguir viendo a Hunter de forma gratuita. Agachó la cabeza con pesar.

A veces Yvonne se preguntaba si habría un universo paralelo en el que nunca se hubiera quedado embarazada. En el que nunca se hubieran escondido. Habría terminado el doctorado y tendría mucho más éxito que su marido. Todas esas noches dedicadas a repasar notas, a dejarse el corazón escribiendo artículos... Pero ahora permitía que el nombre de él reclamase la autoría en la parte superior de todas esas publicaciones. Ese crédito debería ser suyo. *Escrito por Yubing Li.* Su nombre, sin ningún disfraz.

HUNTER YEE

Hunter no sabía cómo habían encontrado de nuevo a ese tal Huang. O cómo habían pedido el primer préstamo. Solo sabía que hubo una época en la que dormía junto a sus padres en la moqueta manchada de su piso, bajo sábanas andrajosas. Hubo una época en la que, con cada comida, dejaba impoluto el cuenco y se quedaba con hambre.

Luego los tres habían ido a conocer a Huang, que les llevó a un restaurante de dim sum, donde Hunter comió hasta sentirse mal. Ese día supuso una línea divisoria: después de aquello, los padres de Hunter compraron los primeros muebles de segunda mano. Qué lujo tener un sofá.

Llevaron a Hunter a ver a un médico blanco, en un edificio que resplandecía con luces fluorescentes y olía a limpio y a sustancias químicas, donde le dieron la primera receta para un inhalador. Luego lo llevaron de vuelta a la médica china. Ni la medicina occidental ni la oriental funcionaron, pero al menos podían permitirse comprar jarabes que eliminaban algunas de sus toses y sábanas más gruesas para mantenerlo caliente.

Dejó de pasar tanta hambre a todas horas. De vez en cuando, sus padres compraban un paquete de barritas Tokke, si estaban de oferta, y Hunter las rompía en trocitos pequeños para que se le derritieran en la boca y durasen lo máximo posible.

Tenía siete años cuando Huang fue a visitarles la primera vez a su piso para que le devolvieran el dinero. Le dieron la bienvenida como si fuera un viejo amigo. Pero cuando el padre de Hunter se puso a explicar que necesitaba más tiempo para encontrar un trabajo que le pagase lo suficiente, el semblante de Huang cambió. Adquirió la astucia de un animal salvaje, de un depredador observando a su presa.

La familia de Hunter le aseguró a Huang que sí, que le devolverían el dinero. Habían hecho una promesa y firmado un contrato. Se lo devolverían con intereses. Cómo no.

Huang citaba al padre de Hunter en su oficina una vez al mes para informarle que los intereses habían aumentado otro tanto por ciento; así se aseguraba de que los Yee sintieran la presión de su poder. Tras una de estas visitas, el padre llegó corriendo a casa con ojos desorbitados y anunció que debían mudarse.

Así que atravesaron el país, llevándose muy pocas posesiones terrenales. Cambiaron la forma de escribir su apellido, de Yi a Yee, con la esperanza de ganar más tiempo antes de que les siguieran. Mientras ocurría todo eso, Cody era del tamaño de un mango, suspendido en el útero de su madre, ajeno, por suerte, al mundo y a sus rincones oscuros.

Al cabo de unas semanas de la mudanza y apretados en un piso minúsculo, recibieron la noticia de que la abuela de Hunter estaba mal de salud y sufría mucho. Le enviaron dinero para cubrir los gastos médicos. Un desperdicio, dirían sus padres años más tarde. Murió unos días después de que le hubiera llegado la transferencia.

Y entonces nació Cody. Con otra boca que alimentar, el dinero escaseaba más que nunca. Hunter revivió con claridad los días en los que vivía con hambre y frío. No había barritas de chocolate. Las mantas nunca eran lo bastante gruesas para alejar el frío que serpenteaba entre sus costillas.

LUNA CHANG

—Pero nos las apañamos —le contó Hunter—. A duras penas. Mi padre aceptaba cualquier trabajo ocasional, cualquier posición de adjunto que le ofrecían. A los dos años de habernos mudado aquí, al fin consiguió un puesto a tiempo completo en la Universidad de Fairbridge, y eso nos dio un poco de estabilidad. Recuerdo que dijeron que en seis meses llamarían a Huang y le explicarían la situación, le enviarían el dinero que tenían. Pero estoy bastante seguro de que nunca lo hicieron. Era mucho más fácil esconderse. Durante una temporada fue como… como si estuviéramos bien.

—¿Y ahora? —preguntó Luna.

—Ahora no lo estamos, claro. O quizá todo fue una ilusión. Supongo que mis padres pensaron que podríamos vivir de esta forma un poco más.

—Por eso huiste después de haber salvado a esa niña —dijo Luna, tras encajar las piezas del enigma—. Por eso tenías miedo.

—Sí —asintió Hunter.

—Huang Rongfu. ¿De qué me suena ese nombre? A lo mejor se lo está imaginando mi cerebro.

—Eso espero. No es alguien a quien quieras conocer.

—Así que ¿el objetivo es esconderse para siempre?

—No sé qué pretendían, solo que esperaban devolver todo el dinero que debían y supongo que los intereses también. Y apaciguarlo de alguna forma. —Hunter se rio con amargura—. Ilusos. Nunca seremos libres.

Se quedó en silencio y Luna lo oyó respirar. Le recordó al mar, a las olas y las crestas. Absorbió la tristeza del chico, se adentró en sus sentimientos como si estuvieran juntos en ese océano y pudiera mantenerlo a flote.

—¿Estás mejor ahora? —preguntó Luna.

—¿Mejor?

—No estás tan enfermo como cuando eras pequeño, ¿verdad?

—Supongo que no. Cuando nos mudamos aquí, mis padres me hicieron comer unas hierbas muy raras. Según mi madre, eran una especie de panacea y se enfadó bastante cuando le dije que eran asquerosas.

—¿Y no funcionaron?

—Un poco sí y un poco no. La fiebre desapareció, pero aún tenía problemas para respirar. El frío sigue siendo un problema. Y, como has visto... ha empeorado bastante. Aunque... esto te va a parecer una estupidez.

Luna cambió de postura para observarle mejor.

—¿El qué?

—Creo que esas hierbas me dieron la puntería, porque noté el viento distinto después de eso. ¿Ves? Una estupidez.

—Casi tan estúpido como tener una puntería perfecta, para empezar —dijo Luna con una sonrisa.

Hunter se rio y esa vez la alegría le llegó a los ojos.

—Yo también estaba muy enferma de niña. Casi lo había olvidado. Para mí fue igual... Los médicos no sabían qué me pasaba.

—Qué raro. A lo mejor somos superhumanos. A lo mejor el día que nacimos fue especial.

—Pues no me parece justo. Si tú conseguiste la puntería... ¿cuál es mi poder?

Hunter le plantó un beso en la nariz.

—Tu poder es ser tú, con tu preciosa nariz y tu robusto cuello. Eso es mucho mejor.

Empezó a llover y se concentraron en el repiqueteo del agua para escapar del mundo durante un ratito más.

RODNEY WONG

Rodney Wong había conseguido desenterrar muchas cosas durante el tiempo que pasó en Fairbridge. La casa donde vivían los Yee y
la cantidad que pagaban por el alquiler. La universidad responsable
de todos los ingresos de la familia. La ruta en autobús que llevaba
a su hijo mayor hasta el Instituto Fairbridge y de vuelta a su casa.
La escuela privada donde habían apuntado al más joven. Confirmó
que no tenían más hijos. Aún no había conseguido ver a Hunter…
Nunca coincidían.

Pero luego se había reunido con la familia Chang para cenar y
descubrió que la hija de Chang Hsueh-Ting era de lo más interesa-
sante. Una chica que iba al mismo instituto y al mismo curso que
Hunter Yee.

Desde entonces, había empezado a plantearse cambiar de plan.
A lo mejor debía ajustarlo. Expandirlo. En aquella mesa, con la
planchette entre las manos, Luna Chang había dibujado un círculo
perfecto.

Un círculo podía representar muchas cosas. Una infinidad de
posibilidades.

Pero la idea a la que Wong le daba vueltas sin cesar era la imagen de una diana, con sus círculos concéntricos y el blanco en el centro.

Así que empezó a investigar a Luna Chang.

Sí que era una chica fascinante.

HUNTER YEE

Hunter se dio cuenta de que su hermano pequeño guardaba un secreto. Qué raro… En general, Cody quería compartirlo todo con él y ansiaba llamar la atención de Hunter. Pero ahora actuaba con cautela. A veces se escondía bajo el fuerte de mantas y, si Hunter entraba en el dormitorio sin avisar, había un revuelo frenético antes de que Cody saliera.

Una tarde, la puerta de su cuarto estaba abierta un resquicio y, desde el pasillo, Hunter acercó un ojo para echar un vistazo. Cody estaba sentado con las piernas cruzadas en el fuerte, leyendo un libro, pasando las páginas como si fueran frágiles. Juntaba las cejas como si intentara resolver un enigma.

¿Qué estaría tramando?

Hunter dio un paso y, por accidente, aterrizó justo en el tablón que más chirriaba del suelo.

Cody cerró el libro de golpe y lo escondió. Hunter esperaba que no fuera porno. Era *demasiado* joven para eso.

—¿Qué quieres? —preguntó Cody con brusquedad, alzando la punta de la manta que hacía de puerta para el fuerte.

Hunter parpadeó. Eso tampoco era típico de él. El dulce y sensible Cody nunca había usado ese tono.

—Nada —respondió—. ¿No puedo entrar en mi propio cuarto? De todas formas, quería ver si te apetecía jugar con la pelota.

—No. No me apetece ahora mismo.

En ese momento apareció Jadey, la coneja, moviendo la nariz.

—¿Estás bien?

—Sí. —La voz de Cody sonó con una alegría falsa—. Es que tengo muchos deberes.

—Vale.

Hunter se dio la vuelta, dolido.

Supuso que su hermano pequeño debía empezar a crecer en algún momento.

LUNA CHANG

El sueño se negaba a llegar. En la noche, una luz parpadeó cerca del borde de su ventana. Su brillo se intensificó más y más, hasta que Luna se levantó y apartó la cortina.

Había todo un grupo de luciérnagas apretadas contra otra ventana, la del despacho de su padre. ¿Qué estarían haciendo?

Su dormitorio estaba junto al despacho, así que fue fácil colarse en él. Pero, al acercarse, las luciérnagas se alejaron revoloteando.

—¡*Volved!* —susurró mientras se apresuraba a abrir la ventana. No fue lo bastante rápida: ya se habían marchado. Luna se quedó a solas con la luna baja y la brisa nocturna. Al cerrar de nuevo la ventana, tumbó la papelera con el talón. Unos papeles cayeron al suelo. Se quedó quieta, prestando atención por si sus padres se habían despertado. Oyó sábanas moviéndose, alguien dándose la vuelta. Y luego, silencio.

Recogió la basura con cuidado de que nada golpease con fuerza la papelera. Casi había terminado cuando vio su nombre en la luz de la luna. Era un gran sobre para ella y estaba abierto.

Procedía de una universidad en la que había solicitado plaza. Por el tamaño del sobre, seguramente sería una carta de aceptación. ¿Qué hacía en la basura? ¿Por qué no la había visto?

Luna había estado distraída por todo (Hunter, las luciérnagas, la infidelidad de su madre, la grieta) y no había pensado demasiado en cuándo debía empezar a recibir respuestas. No estaba muy interesada en ello, pero aún sentía curiosidad por saber qué universidades la aceptarían y cuáles la rechazarían. Su mente rebobinó hasta el momento en que había enviado las solicitudes y la lista de fechas en las que debería saber algo de las instituciones. Ahora que lo pensaba, era raro que no hubiera recibido ni una sola respuesta. Las dos universidades que su tutor había llamado «de seguridad» tenían admisiones continuas y tendría que haber recibido una contestación hacía mucho tiempo.

Repasó el resto del montón y, en efecto, había más. Le parecía increíble no haberlas visto. ¿Por qué su padre había tirado a la basura esas cartas de admisión sin enseñárselas?

Luna no supo qué le hizo abrir el archivador, pero captó un olor familiar. Rebuscó en las carpetas de la parte trasera por instinto.

Casi se rio cuando sus nudillos rozaron los bordes de la piedra fría, en equilibrio sobre las carpetas. Era el hexágono blanco que, según su padre, había soñado. Lo había escondido todo ese tiempo.

Y detrás de él: un paquete de admisión de la Universidad de Stanford.

La fecha no tenía sentido. ¿Cómo demonios la habían aceptado en pleno diciembre si aún no había enviado la solicitud? A menos que…

Repasó los papeles hasta que encontró la carta. Sus ojos escanearon la frase que empezaba por «ha sido seleccionada» y leyó en diagonal hasta llegar a «en nuestro programa de admisión temprana».

El día que le había enseñado a su padre las reacciones (que luego había escrito con lentitud y angustia en el ordenador, buscando y presionando cada letra una por una), él había insistido en pasarlas a un disquete para llevarlas a su despacho e imprimirlas. Así era mucho más fácil editarlas, le había dicho. Pero ahora Luna sabía la verdad. Lo había hecho para conseguir las redacciones.

Recordaba la cena en Giuseppe's. Oyó a su padre decir: «Irás a Stanford», recordaba su semblante alegre durante toda esa noche.

Pasaban de las cinco de la madrugada. Luna aporreó la puerta del dormitorio de sus padres y la abrió sin esperar respuesta.

Los dos dormían cada uno en su esquina, con un amplio océano de cama entre ellos. Que tuvieran dos edredones separados cabreó más a Luna.

—¿Qué *cojones* es esto? —dijo, agitando la carta.

Su padre se sentó y buscó las gafas, furioso.

—¿Qué has dicho?

—¿Has solicitado la admisión temprana en Stanford por mí? ¿Qué *demonios* te pasa? Eso es… ¿eso es *legal*?

Su padre parpadeó.

—Deberías estar contenta. Te han aceptado. Era tu primera opción.

Su madre también se estaba sentando. Parecía impactada.

—Era *tu* primera opción —espetó Luna—. A mí me la suda todo esto. No quiero lo mismo que tú. Pero qué más da, ¿no? ¡Os da igual lo que yo piense!

Su padre iba a decir algo, pero ella no quiso escucharlo. Salió hecha una furia del dormitorio para cambiarse de ropa y agarrar las cosas del instituto. De camino hacia la calle, dio una patada a la pulcra hilera de zapatos y se aseguró de cerrar la puerta principal con mucha fuerza.

HSUEH-TING CHANG

El padre de Luna

No eran ni las seis de la mañana cuando Hsueh-Ting se detuvo en el aparcamiento vacío delante del edificio de su despacho. No lo esperaban en ninguna parte hasta dentro de cuatro horas, pero prefería estar allí que en casa, donde todo le recordaba a la rabia de Luna y a la frialdad de Meihua.

¿Cómo había acabado así? Se acordaba del nacimiento de Luna, cuando la enfermera se la entregó. No pesaba ni tres kilos; un cabello extrañamente plateado le cubría la cabeza y tardaría semanas en volverse negro. Sus deditos suaves se enroscaban como flores, y Hsueh-Ting pensó que haría lo que fuera por esa niña.

Nunca olvidaría lo enferma que estuvo Luna durante esos primeros años, cómo él lloraba en la ducha donde Meihua no podía verle y se preguntaba qué había hecho para traer tan mala suerte a su familia. Le contaron que, en algunas religiones, ponían agua bajo el cielo nocturno para absorber las energías lunares, así que se le ocurrió probarlo. Durante la niñez de su hija, sacaba una botella cada vez que la luna era visible y la temperatura tan baja que la leche no se agriaba. No se lo contó a su esposa, porque no sabía cómo reaccionaría. Pero notó que, cuando Luna bebía de la botella cargada de luna, recuperaba la energía y el color de sus mejillas.

La querían mucho y con ganas. Fue un amor que se convirtió en hábito, que se convirtió en una vida y en un instinto: que Luna fuera feliz. Eso era lo único que importaba. Por ese motivo, cuando descubrió que Meihua estaba ocupada con otros asuntos, hizo todo lo posible para ocultárselo a su hija. Por eso envió la solicitud a Stanford, convencido de que, si la admitían, sería una garantía de felicidad. Si la rechazaban, al menos él tendría más tiempo para buscar otra solución.

Luna triunfaría en la vida, y Hsueh-Ting pensaba asegurarse de ello. Estudiaría la mejor carrera y tendría dinero y estabilidad. No sufriría como Meihua y como él, inmigrantes que debieron aprender a volar en un lugar donde el resto del mundo parecía decidido a negarles las alas.

Sí, Hsueh-Ting había hecho lo mejor para Luna. Y, cuando llegó la aceptación de Stanford, empezó a soñar con una nueva vida. Si Meihua quería librarse de él, pues podrían arreglarlo. Luna se graduaría y él se mudaría a California para estar cerca de su hija. A lo mejor hasta podía dar clases en Palo Alto; había muchas universidades en la zona. Deseaba empezar de nuevo, de cero, y ganarse otra vez el puesto fijo.

Ese diciembre, cuando las llevó a cenar a Giuseppe's, ansiaba compartir sus noticias. Le había costado cada gramo de energía callárselas, recordar que debía ser una sorpresa. Se lo diría a Luna… ¿cuándo? ¿En marzo? Ya decidiría más tarde cuándo era el mejor momento. No podía contárselo ahí mismo, mientras aún trabajaba en sus solicitudes. No se lo creería. O pensaría que se había vuelto loco.

En Giuseppe's, había visto a su astuta y hermosa hija sorber la sopa minestrone. No sabía lo maravillosa que era. Hsueh-Ting hervía de orgullo al verla tan joven, tan llena de potencial. Una futura universitaria que pronto consideraría a Stanford su hogar.

Incluso ahora, con la rabia de Luna y su incapacidad para comprender, Hsueh-Ting aún sentía lo mismo. La quería como alguien querría a una diosa: sería un honor arrodillarse a sus pies para adorarla. Ese sentimiento era, a la vez, embriagador y denso, un peso que le colgaba sobre los hombros. Cargaría feliz con él durante el resto de sus días.

HUNTER YEE

Algo iba mal. Luna tenía los ojos inyectados en sangre cuando lo recogió para ir al instituto.

Se acercó por encima de la consola central y Luna se dejó abrazar. Escucharon el *clic-clic clic-clic* del intermitente.

—¿Qué pasa? —le dijo en su cabello—. ¿Quieres hablar de ello?

Un escalofrío recorrió el cuerpo de la chica. Hunter estaba bastante seguro de que estaba intentando no llorar.

Ella negó con la cabeza.

—Vale —respondió Hunter.

Luna inspiró con fuerza.

—Tenemos que irnos o alguien nos va a ver.

Hunter ladeó la cabeza para mirar por la ventanilla. Habían tomado la precaución de quedar a dos manzanas de su parada de autobús, pero Luna tenía razón. En esa esquina estaban expuestos y él no sabía cuándo saldría su padre de casa.

Se sentó en su asiento y se abrochó el cinturón.

—¿Estás bien para conducir?

—Sí.

Luna estuvo callada todo el día y Hunter pasó todas las clases tratando de pensar en una forma de animarla o, al menos, de distraerla.

Cuando la jornada escolar terminó, se le ocurrió una idea mientras se encaminaban hacia el aparcamiento.

—¿Y si vamos a mi casa?

Eso llamó la atención de Luna.

—¿Ahora?

Hunter asintió.

—No habrá nadie durante un par de horas. Cody tiene actividades extraescolares y acabo de recordar que hoy mis padres están en el despacho de mi padre.

Luna entrelazó los dedos con los suyos.

—Vale.

Luna aparcó cerca de su casa; así levantaría menos sospechas. No hacía tanto frío, pero, mientras atravesaban los árboles, Hunter le agarró la mano y se la metió en el bolsillo. Tenía a Luna tan cerca que podía oler su champú.

Cuando la parte trasera de la casa apareció ante ellos, Hunter empezó a sentir vergüenza. La casa de su familia era un tercio del tamaño de la vivienda de Luna. La chica vería el salón desordenado, la cocina con todas sus manchas. Hunter abrió la puerta y se dio cuenta de que el corazón le iba a mil por hora.

—Siento que esté tan... —Agitó la mano hacia el estado general de la casa.

—Es donde vives tú —respondió Luna, como si ese hecho tan simple desestimara todo lo demás.

Hunter la condujo a su cuarto, aliviado de que Cody y él lo hubieran ordenado hacía unos días. Luna quiso entrar en el fuerte de mantas, así que se metieron de cabeza y se arrastraron bocabajo mientras sonreían por lo estrecho que era. Luna le dio un golpecito con el pie para empezar su tonto juego. Se rieron y besaron, y de repente los dedos de la chica le desabrochaban los pantalones y sus manos se deslizaban por debajo de la sudadera.

Hunter estaba famélico. Esa vez tenía un condón listo.

—Espera —dijo Luna en cuanto estuvieron en plena faena—. ¿Este es el ángulo correcto? ¿Debería… reposicionarme?

Hunter sonrió en su cabello.

—Haces que suene como si fueran matemáticas. El *ángulo correcto* es el que te haga sentir bien.

—No te rías de mí —dijo Luna con una sonrisa.

—Podemos buscarte un libro de texto si quieres.

Hunter intentó memorizar la melodía de sus carcajadas.

Esa vez fueron despacio y con ternura. Experimentaron con labios a través de la piel, con roces que dibujaron pequeños pétalos violeta. Él bebió su aroma dulce como la miel. Ese era el lugar más seguro en el que había estado nunca.

Su parte favorita fue después, cuando se acurrucaron como dos valvas perfectas, cuando pudo apretar la nariz en la nuca de Luna y sentir las cosquillas que le hacía su pelo al respirar.

Por la ventana empezaba a oscurecer. Dentro de una hora llegarían sus padres a casa. Ojalá pudieran detener el tiempo, alargar ese momento hasta la eternidad.

Luna se envaró.

—¿Qué ha sido ese ruido?

Hunter se quedó quieto para prestar atención.

Se oyó un crujido y un pequeño golpe… Al principio, Hunter creyó que era el viento. Luego se rio de alivio.

—Es la coneja de mi hermano. —Señaló la jaula, donde Jadey se estaba limpiando—. Se habrá despertado.

—Me ha asustado. Hay tanto silencio aquí. En toda la casa, quiero decir.

Hunter estaba adormilado y satisfecho.

—Es una casa llena de secretos.

Luna apoyó la cabeza en la mano.

—No son tan secretos si los conoces.

—*Sé* que existen. —No pudo reprimir la amargura de su tono—. Eso no significa que tenga respuestas. Debería escarbar para encontrarlas.

—¿Y qué te lo impide?

—Mis padres siempre están por aquí. —Hunter se encogió de hombros—. No hay un momento perfecto.

Recordó la acusación de su padre: «Sé que me lo has robado».

—¿Y qué me dices de ahora?

Luna se enderezó y se pasó los dedos por el pelo para rehacerse la coleta.

Una parte de él siempre había tenido miedo de mirar. Sabía que encontraría cosas en el vestidor del dormitorio de sus padres. Había oído sus susurros durante muchos años.

Luna tiró de él para que se levantara.

—Vale —accedió.

Había más trastos metidos en ese espacio de lo que pensaba. Montones sobre montones, cajas detrás de otras cajas y cajones llenos de chismes. El armario era una cápsula del tiempo de los ocho años que los Yee habían pasado allí, encogiéndose todo lo que podían.

No existía un sistema claro de organización. Encontraron papeles, algunos en inglés, otros en chino. Los títulos de sus padres. Fotografías, que Luna se detuvo a mirar mientras Hunter seguía rebuscando.

Había botellitas de polvos y pastas; reconoció una como el frasco tintado de Yunnan Baiyao Gao que su madre le había puesto sobre un arañazo infectado en la rodilla. Había cosas que había comprado en mercadillos por veinticinco centavos, o cincuenta o setenta y cinco. Nunca gastaba más. Joyas de disfraces, perlas falsas, un alfiler para el sombrero.

Pero ¿qué estaban buscando? Hunter estaba a punto de tirar la toalla cuando Luna se puso de puntillas para sacar una caja de zapatos de las profundidades del vestidor. La caja se escapó de entre sus dedos, pero un trozo amarillento de pergamino aleteó hasta el suelo.

—Hunter…

Olía a viejo y a polvo, como si lo acabaran de sacar de la tierra. Le dieron ganas de estornudar. En una letra clara y manuscrita, rezaba:

SIN IDENTIFICAR, IMPOSIBLE DE FECHAR, ENCONTRADO ENTRE OBJETOS DEL 218 A.C.

Había unos pliegues de cuando el papel había envuelto un objeto geométrico.

—Sé lo que es —dijo Luna, acariciando los pliegues. Dibujaban la huella de un hexágono.

Hunter oyó el sonido familiar del motor de un coche al apagarse. En cuestión de minutos, sus padres abrirían la puerta principal.

—Tienes que salir por la ventana. —Luna le ofreció el papel con los ojos abiertos de par en par y la piel fantasmal—. Llévatelo.

—¿Estás seguro?

—¡Venga, deprisa!

Cerró la puerta del vestidor.

Luna plegó el papel, se lo guardó en el bolsillo y corrieron hasta el dormitorio. Hunter oyó la llave girando en la cerradura.

—Nos vemos mañana —susurró mientras Luna pasaba una pierna por el alféizar y saltaba al suelo.

Alzó los pulgares para indicarle que todo iba bien y él le entregó la mochila. Luego Luna echó a correr por la penumbra y Hunter cerró la ventana.

Cuando su madre abrió la puerta y Cody entró en el cuarto, Hunter estaba en el escritorio, fingiendo que se concentraba en los deberes y agradecido por que nadie pudiera ver con qué rapidez le fluía la sangre por las venas.

RODNEY WONG

Wong se hallaba entre los árboles detrás del número 7 de Belladonna Court. Observó cómo Luna Chang caía por la ventana. El sol había desaparecido y la única fuente de luz era un flexo en el dormitorio del que la chica había salido, pero Wong tenía una vista excelente gracias a sus buenos genes. Nadie en su familia se ponía gafas hasta una edad avanzada.

Por eso le generó curiosidad ver que la mochila pasaba por la abertura por voluntad propia. Vio que la ventana se cerraba mientras la chica corría y oyó el pestillo, pero no vio ninguna mano. Hubo un borrón de movimiento y nada más.

Qué raro.

Wong ya había conseguido vislumbrarles: Li Yubing durante sus paseos solitarios por la noche. Yi Dawei al entrar y salir de la universidad que lo había contratado bajo un nombre falso y que, con toda probabilidad, había recibido documentos de identificación falsos. Y el hijo pequeño, Cody Yee, que era bastante patético, por lo que había observado.

Pero no había ni rastro del mayor. Ni en el campus del Instituto Fairbridge. Ni en casa. Ni en ninguna parte.

¿Dónde estaba Hunter Yee? ¿Cómo se las apañaba para mantenerse oculto?

MEIHUA CHANG

La madre de Luna

Meihua puso la tetera a hervir y se sentó en la encimera de la cocina con un suspiro. Qué difícil era que te odiase tu propia hija.

Oyó a Luna en su habitación, cerrando cajones, tirando libros de texto. Oyó a Luna bajar hecha una furia un tramo de las escaleras y luego otro, hasta el sótano. Meihua nunca había exhibido tanta rabia en su época de adolescente. Al igual que otros padres de esa generación, los suyos le habrían dado una paliza. No, había aprendido a tragarse los sentimientos, a dejar que viajasen hasta las entrañas y a que el cuerpo los digiriera como si fueran comida.

Pero recordaba esa edad. Claro que la recordaba. Todo se sentía con mucha nitidez. Con mucho peso. El miedo cuando su abuelo enfermó. El dolor cuando el hijo pequeño de los vecinos se ahogó en la corriente crecida de un arroyo.

Y el amor… El primer amor que hizo volar a su corazón.

¿Cómo se lo explicaría a Luna? ¿Empezaría por el principio? ¿Que un chico en su mismo curso de la universidad había empezado a acompañarla después de clase de inglés?

A menudo le traía flores silvestres o la guayaba perfecta. Se llamaba Lin Guangming. A ella le maravillaba lo bien que le quedaba el nombre. Guangming. Luz brillante.

El inglés de Meihua era mucho mejor que el del chico, así que empezaron a estudiar juntos. No tardaron en acabar las frases del otro. Guangming entendía lo que quería y necesitaba antes de que ella pensara en expresarlo. Un día, abrió la mano en un gesto interrogativo y ella dejó que la tomara. Se convirtió en un nuevo hábito, y por la noche Meihua pensaba en sus dedos entrelazados, en la caricia del pulgar de él contra el suyo.

Él se marchó de repente. Los rumores volarían después, pero nadie sabía a ciencia cierta por qué Lin Guangming había hecho las maletas y desaparecido en la noche. Algunos dijeron que tenía problemas de salud secretos, otros que la fortuna de su familia se había esfumado por el golpe cruel de un evento imprevisto.

Lo único que Meihua supo fue que un día estaba allí, apretándole los dedos, y al siguiente el viento lo había reemplazado. Aguardó su regreso, a que apareciera por una esquina. Comprobaba el buzón obsesivamente por si había una carta, una señal, lo que fuera. ¿Cómo se había podido ir sin despedirse?

Pasó un año, luego dos, y entonces Meihua se estaba preparando para terminar su licenciatura. Se había centrado en estudiar, pero era agotador y triste. Cuando no había ningún examen para el que empollar, dormía durante interminables horas.

Los padres de Meihua se habían conocido por una casamentera y su matrimonio funcionaba como una máquina bien engrasada. Eran compañeros, se apoyaban. Más como buenos amigos que como amantes. Eso era lo ideal. Meihua se obligó a olvidar a

Guangming y su pasión pasajera. Sus padres siempre resaltaban que una buena pareja debería ofrecer estabilidad.

Querían que se reuniera con la misma casamentera que los había unido a ellos; la mujer era vieja y encorvada y caminaba con un bastón, pero seguía trabajando. Fue en la casa de esa señora, mientras bebía su mejor té, donde Meihua conoció a Chang Hsueh-Ting por primera vez. Era un hombre tierno, gracioso y atractivo. Tenía integridad y parecía una persona en la que se podía confiar.

Quedaron varias veces más. Sus conversaciones siempre acababan en debates filosóficos. Aquello calmó un poco el dolor provocado por la partida de Lin Guangming. No existía esa misma chispa, pero Meihua se dio cuenta de que Hsueh-Ting la adoraba. Era atento, más considerado que cualquier otra persona. Recordaba todos los detalles que ella le contaba. Decidió que era un hombre con el que podría envejecer.

Chang Hsueh-Ting quería casarse con ella. Lo consultó con los padres de Meihua y luego ella aceptó. Poco después, se mudaron a Estados Unidos y, no mucho más tarde, Meihua descubrió que estaba embarazada. Eso sí que era vida, había creído. El tipo de futuro que siempre había querido.

Con el paso de los años, pensaría de vez en cuando en Lin Guangming con un poco de añoranza. Aquella había sido una época interesante, se diría. Ah, quién fuera joven.

Dos décadas después de ese desamor, lo último que habría esperado hubiera sido oír que llamaban a la puerta y descubrir a Lin Guangming en su umbral, con el mismo aspecto que recordaba, aunque más guapo. Lo había invitado a un té.

La había encontrado por un artículo sobre el Día de la Madre en el periódico chino-estadounidense, en el que habían incluido una fotografía de Meihua con su hija.

Hablaron durante horas sobre los años en los que no se habían visto. Él le explicó que hubo un desacuerdo en la familia y lo obligaron a ir al sur para encargarse del negocio de su abuelo. Se arrepentía de no haberse despedido de Meihua. Nunca se había casado.

Ese día fue transformador. Guangming se marchó antes de que Luna terminase el instituto, antes de que Hsueh-Ting llegase a casa. Meihua quería hablarles de él durante la cena... pero le parecía algo demasiado valioso como para compartirlo. Quería quedárselo para sí, solo un poco más. Un secreto, como una joya. Y guardó el secreto... y siguió guardándolo. Guangming se quedaría en Nueva York por trabajo durante una temporada; esa proximidad ponía nerviosa a Meihua. Le había dejado un trozo de papel con un número. Unas semanas más tarde, agarró el teléfono y lo marcó con timidez.

Guangming tomó el tren y después un coche para visitarla de nuevo. Se convirtió en algo habitual y recuperaron la vieja amistad. Un día, mientras ella sacaba un bote con hojas de té de la alacena, él la besó.

Eso había sido hacía casi dos años. Y cada día desde entonces, a Meihua la atormentaba una culpa abrumadora. Aún quería a Hsueh-Ting... De verdad que lo quería. Pero era un afecto diferente. Si se sinceraba consigo misma, nunca había dejado de amar a Guangming. Él había esperado muchos años hasta encontrarla. ¿Por qué ella no había hecho lo mismo?

Sentía como si se estuviera rompiendo en ambas direcciones. Dejaría de ver a Lin Guangming. Se despediría de él y lo apartaría de su lado.

Y, sin embargo, no podía hacerlo.

LUNA CHANG

El mundo era diáfano con esa luz. Lo volvía todo plateado. Lo notaba en la piel, en el pelo. Era un sueño, pero sin serlo. Era real.

Sus pies la llevaron por la casa y no sintió nada en los músculos, ni siquiera su impacto contra el suelo.

Ya no era suelo, sino hierba. Tierra. La nada. Planeó por las nubes y entre las estrellas. ¿Se dirigiría al arroyo?

En cuanto lo pensó, allí estaba, de pie en el bosque, al borde de ese lugar donde notaba el mal que vibraba desde la grieta. El agua lo ocultaba, pero llamaba a Luna. Era una marioneta y la cosa bajo la superficie sujetaba las cuerdas, atadas alrededor de su corazón, de su garganta.

Luna clavó los talones en el lodo, se aferró a un árbol con fuerza. No se dejaría arrastrar a esas profundidades.

Mientras miraba el arroyo, se fijó en que el mundo a su alrededor cambiaba. El viento era hielo y lo desgarraba todo. Allí estaban las flores blancas, el doble y el triple que antes, serpenteando hacia arriba. Los melocotones empezaron a caer, *pum, pum*; algunos rodaron hacia el agua y otros se abrieron.

Los árboles se doblegaron, las ramas se rompieron y cayeron, las raíces se liberaron del suelo. Aún era de noche pero el cielo era marrón, la luna no se veía por ninguna parte y la tierra bajo Luna desprendía un brillo tóxico. Todo estaba mal. El olor de las flores quedó oculto por otros aromas... El dulzor aceitoso de la podredumbre y algo cobrizo e intenso.

Todo estaba mal, mal, mal.

El agua se secó y apareció esa grieta enorme. Se extendía hasta donde alcanzaba la vista. Unas figuras pálidas y etéreas hechas de humo salían de ella, con dedos largos y codiciosos. Lo agarraban todo. Las raíces, las flores. Y monedas que habían caído en la hierba. Muchas monedas que brillaban como tesoros antiguos.

Todo lo que tocaban esas manos se convertía en cenizas y apestaba a azufre. Dos figuras se levantaron y Luna vio que eran sus padres. Lo destruían todo.

Haced que pare, pensó, con los ojos apretados. *Arregladlo.*

Ahora se hallaba en una pradera. El hedor había desaparecido, igual que la grieta en el suelo. El aire olía a hierba y a tierra removida. A su alrededor percibió las sombras de hombres cavando y rascando. El suelo se abría como un regalo desenvuelto. Sacaron trozos de arcilla; unas manos manchadas reunían los fragmentos rotos.

El momento se ralentizó y Luna captó una luz plateada. Primero como una semilla que se revolvía en la tierra como una crisálida a punto de despertar. Contuvo la respiración mientras emergía.

El punto brillante se expandió, se alzó. Salió disparado hacia el cielo y allí floreció. Una estrella que ardía con fuerza. Luna la veía con mucha claridad: los brazos y las piernas desplegándose, el pelo liberándose, la boca abierta en busca de aire.

Era una chica. Y recorría el universo.

La imagen debería haberla sorprendido. Pero, mientras la contemplaba, Luna solo sintió que aquello estaba *bien*.

Luna se despertó en la cama, temblando sobre el montón retorcido de mantas. Un rayo del sol matutino le mostró que sus pies habían coleccionado cortes y arañazos y estaban cubiertos de tierra. En la mano: el hexágono blanco. No recordaba haber agarrado la piedra. Dejaba un olor delicioso en su piel.

Casi se había olvidado del trozo de papel que había hallado en la casa de Hunter. Los vaqueros estaban en la cesta de la ropa sucia y ese pergamino viejo seguía en el bolsillo, doblado y arrugado. Con el corazón a mil por hora, lo desplegó. La piedra y todos sus bordes encajaban a la perfección en los pliegues amarillentos.

Del 218 antes de Cristo. Le costaba contener ese periodo de tiempo en su cabeza, comprender la edad de ese objeto hexagonal.

Rebuscando en sus cajones, Luna encontró una bolsita roja bordada con hilo dorado. Antes contenía un mala de meditación que le habían regalado sus abuelos cuando los visitó en Taiwán. Esas cuentas vivían ahora en su joyero y esa bolsa vacía era del tamaño ideal. Metió la piedra y el papel y cerró la cuerda.

Guardó la bolsa en el nivel inferior de su estuche, solo por si acaso.

Ya no confiaba en nadie.

HUNTER YEE

«La piedra», se sisearon los padres de Hunter al otro lado de la pared. Esa era su obsesión. Había deducido hacía mucho tiempo que era un objeto que mantenían bien oculto en su casa, aunque no tenía ni idea de por qué. Había intentado dar con ella un par de veces, sin éxito.

Sus voces se elevaron y bajaron. Era como si fueran repartiendo la culpa por ahí, o tramasen algo, o se quejaran sobre su hijo mayor. A lo mejor hablaban de todo eso. Por las finas cortinas, Hunter veía la pálida luna acariciando las copas de los árboles.

Al fin se hizo el silencio. Apartó la colcha (despacio, para no despertar a su hermano pequeño) y se acercó al armario. Buscó por el fondo, en la esquina oscura bajo todas las chaquetas y abrigos que colgaban de perchas. La bolsa de deporte estaba vieja y gastada y, al descorrer la cremallera, parecía llena de basura. Bolígrafos rotos y deberes antiguos, material escolar a medio usar, un juego de herramientas sin el destornillador. Pero todo eso estaba encima del montón que había envuelto en una camiseta y que escondía las cosas importantes. Sus esperanzas y su futuro. Su escapatoria.

Gruesos fajos de billetes que mantenía bien ordenados y atados con gomas. La mayoría eran pequeños. Y, debajo de esos, había una pesada colección de monedas, guardada en un envoltorio de plástico que antes había contenido caramelos de Halloween.

Allí estaba todo el dinero que había encontrado en el suelo gracias a su suerte, atraído por ese viento tan travieso. Se acordó de la inquietud ojiplática de Luna. *¿No estás preocupado?*

Para Hunter, la mala suerte ya se aferraba a él y llevaba años ocupando esa diminuta casa. Hunter la conocía bien y ya no le daba miedo.

Tardó mucho tiempo en contar el dinero.

Veintinueve mil ochenta y tres dólares.

Siempre había sabido que algún día huiría de esa casa. Ese era el dinero con el que pensaba sobrevivir hasta que consiguiera un trabajo, hasta que obtuviera estabilidad. Se cambiaría el nombre para ser independiente, libre de la red que sus padres habían enrollado alrededor de toda la familia.

Pero lo que le impedía huir era Cody. Su querido hermano, tan decidido a no enfadarse nunca. Si Hunter se marchaba, ¿Cody lo perdonaría alguna vez?

¿Sus padres serían más felices sin él? Su decepción había dejado una muesca profunda. Hunter no sabía si podrían repararla ni aunque lo intentasen.

Se había dado cuenta en los últimos meses: los sentimientos sobre él eran un hábito familiar. Echaban mano de ellos del mismo modo que un fumador enciende un cigarrillo en busca de consuelo.

Sacó los ochenta y tres dólares. Los usaría para llevar a cenar a Luna en una cita *de verdad*. Irían a un lugar donde sirvieran comida deliciosa. Fingirían, durante una noche, que eran dos personas despreocupadas cuyas vidas no se estaban derrumbando.

Eso lo dejaba con veintinueve mil dólares.

Hunter se había pasado años escuchando por los conductos de ventilación a sus padres haciendo cálculos, recortando gastos de todas las formas posibles. Veintinueve mil dólares extra les irían muy bien. No cubrirían toda la deuda, pero los acercaría *mucho* más a la línea de meta.

Devolvió la bolsa al rincón oscuro del armario y apagó la linterna; luego aguardó a que sus ojos se acostumbraran a la oscuridad.

Si fuera un buen hijo, les daría ese dinero a sus padres. Haría todo lo posible para liberarles de la deuda.

Pero ¿habían sido ellos buenos padres? ¿Se merecían a un buen hijo?

Incluso después de haber vuelto a la cama y de haberse tapado con la manta hasta la barbilla, no pudo dormir.

Hunter se quedó despierto hasta el alba.

LUNA CHANG

En cuanto Hunter se abrochó el cinturón, Luna se despegó de la acera.

—¿Hay prisa? —le preguntó el chico.

—Tengo que hablar contigo. —Salió de la carretera principal hasta llegar al borde del bosque. Aparcó junto al árbol partido—. Tuve un sueño. Pero… dicho así parece una tontería. Fue mucho más que eso.

—¿Vale?

Se lo describió mientras frotaba con los dedos una mancha obstinada en el volante. Seguía allí cuando terminó. Buscó el estuche en la mochila y luego le entregó a Hunter la bolsa roja; lo miró mientras desplegaba el pergamino, mientras sopesaba la piedra en la palma.

Luna no estaba preparada para el modo en que se le disparó el pulso al ver el hexágono en otra persona. Ni para el impulso de recuperarlo. Ni para esa extraña hambre que llevaba meses royéndola por dentro.

Tuvo que recordarse que solo era Hunter.

—Así que esto es lo que perdieron mis padres —dijo él en voz muy baja—. Les he oído hablar en susurros sobre esta piedra.

Durante un momento, a Luna le preocupó que no se la devolviera. Pero luego Hunter lo guardó todo y le entregó la bolsa.

En cuanto la sostuvo de nuevo, su cuerpo se relajó. Qué ridiculez haberse preocupado tanto.

—Pues era mi padre quien la tenía. ¿Sabes lo que hace?

Hunter negó con la cabeza.

—Al parecer nos protegía de alguna forma. Nos ayudaba a mantenernos ocultos.

—Todo parece estar mal —dijo Luna, llevándose las manos a las sienes—. Todo *está* mal.

—Ya —respondió Hunter con un suspiro.

—¿Y si nos marchamos de este sitio? Dijiste que te imaginabas huyendo de aquí. ¿Y si nos marchamos juntos?

El chico tardó una eternidad en responder.

—Ojalá pudiera. Pero creo que tenemos que hacer algo. Tenemos que quedarnos y averiguar lo que es —respondió. Se apoyó en el reposacabezas y cerró los ojos.

—¿En qué estás pensando? —preguntó Luna con suavidad. Él sonrió con tristeza.

—Pues en que me gustaría ser un adolescente normal aunque fuera por un día. *Un día.* ¿Es mucho pedir?

—Describe *normal.*

—Normal, en plan, solo tengo que estresarme por si suspendo el examen de mates. O sorprenderte por tu cumpleaños… *Nuestro* cumpleaños. O… no sé. Pedirte que vengas al baile conmigo.

Luna ladeó la cabeza.

—No me pareces el tipo de chico al que le guste ir al baile.

—La verdad es que tenía cero interés en eso hasta ahora. Hasta que pasó esto —dijo, señalándolos a los dos. Luna le agarró la mano y él le dio un apretón—. ¿Podemos tener una noche así? Quiero llevarte a una cita de verdad. Y pagar por ella. ¿Por favor?

—Ya hemos hablado de eso. No quiero que me pagues nada. Podemos dividirlo.

—Mira, he ahorrado. Déjame hacerlo una vez. A la próxima lo dividimos. Además, así estamos en paz porque necesitamos tu coche. Tú conduces. Y pagas la gasolina.

Parecía tan serio y desesperado... Había fuego en sus ojos, y Luna entendió lo que quería decir. No era por la formalidad de la cita ni por nada de eso.

Era porque quería que ambos controlasen sus propias vidas.

Y por eso ella accedió. Una noche como adolescentes enamorados normales y corrientes.

Luego ya averiguarían lo que debían hacer.

CODY YEE

Dentro del fuerte de mantas, el mundo era más pequeño y tranquilo. Seguro. Cody se acurrucó allí con Jadey en el hueco de su codo. Pasó el dedo índice por el punto entre sus orejas y por el lomo y vio cómo movía la nariz. En una ocasión había oído a gente de la tele hablar sobre meditación; no sabía exactamente qué era, pero cerró los ojos y fingió que acariciar a Jadey era una forma de meditar.

Las cosas estaban cambiando. Lo notaba en el aire. Lo sentía en el comportamiento de Hunter, en la tensión en los hombros de su padre.

Ojalá alguien le explicase qué estaba ocurriendo y qué debían hacer.

Abrió los ojos. Jadey tenía la mirada fija en él; lo observaba con intención, como si estuviera de acuerdo.

—A veces pienso que eres la única que me entiende —dijo Cody, y le tocó la nariz con la suya—. Ojalá supieras hablar.

Jadey dio saltitos; alzó las patas al aire contra el pelo de Cody y le hizo reír. Se oyó un golpe suave. Había tirado el libro.

—¿Qué, quieres ver lo que dice hoy?

Cody agarró el libro y Jadey lo siguió con ganas. Cuando lo abrió en una página en blanco, la coneja puso las patas delanteras en la esquina. Y aparecieron las siguientes palabras:

Este es mi libro.

Cody se las quedó mirando.

—*Tu* libro —dijo, bajando la voz en un susurro porque no quería que le oyeran. Aquello parecía más secreto que nunca—. ¿Quién… quién eres *tú*?

Más palabras aparecieron de la nada:

Soy la guardiana de estas historias. Son registros del universo y de su pasado. Son la verdad de lo que va a ocurrir. Tú me diste un nombre: Jadey.

Cody parpadeó hacia la coneja.

—¿Jadey? —Miró la página de nuevo.

¿No lo sabías? Tú me elegiste.

Las palabras anteriores desaparecieron y unas nuevas empezaron a formarse.

Tu destino era encontrarme. Tu destino era encontrar este libro.

DAVID YEE

El padre de Hunter

David se arrepentía de haber robado la caja. Todo por unas hierbas estúpidas que creyó que eran una panacea. ¿Y qué pasó? Nada. La enfermedad de Hunter persistió. Lo observaron con atención durante un año, pensando que quizá necesitaba tiempo para funcionar. Al final, se dieron cuenta de lo tontos que eran.

Y ahora vivían esa vida de deudas y escondites y ¿por qué? Por una estafa.

En medio de su rabia y vergüenza, había tirado la caja al suelo. Fue un milagro que no se rompiera. Pero algo más salió rodando. Una piedra blanca hexagonal envuelta en papel. Casi se había olvidado de que había otro artefacto.

Le recordó a un objeto sobre el que había leído, un disco redondo hecho de una piedra pálida, con tres caracteres en el centro (遁地符), acotados por un diseño hexagonal.

Un disco para mantener a salvo y oculto a su propietario. La idea era absurda, sí, y aun así… David no dejó de plantearse si aquel hexágono tendría un propósito similar. ¿Qué tenía de malo conservarlo con él, solo por si acaso?

Y por eso el robo aún le atormentaba.

Algunos días pensaba que debía llevar la piedra al laboratorio, para que la vieran ojos nuevos, y compartirla con sus compañeros investigadores. Otros, pensaba en lanzarla al océano.

El miedo o el instinto (o ambos) siempre detenían su mano.

¿Era demasiado bueno para ser verdad que hubiera pasado tanto tiempo y Huang no los hubiese encontrado? ¿Ese hombre con contactos en cada rincón del mundo, con ojos en todas partes? Quizá la piedra blanca estuviera haciendo su trabajo.

O quizá fuera una coincidencia. Y nada más.

Los primeros días, cuando adquirió la piedra, verla le calmaba los nervios. Al fin y al cabo, era un precioso objeto antiguo. No sabría decir cuándo empezó a creer en ella exactamente.

David se dijo que tenía otros motivos para conservarla. ¿Y si algún día les resultaba útil? ¿Y si la vendía? Seguro que sacaría bastante dinero para pagar las deudas de su familia.

(Pero eso lo inquietaba. *Si* la vendía, el dinero recibido estaría sucio, maldito. No sería mejor que Huang Rongfu).

Se dijo que lo pensaría más. Ya se le ocurriría otro plan de acción. Mientras tanto, estudiaría la pieza. La fotografiaría y la examinaría. A saber lo que podría descubrir.

Al final, meses después de haberla trasladado al maletero del coche, se dio cuenta de que había decidido protegerla… y, a cambio, la piedra los protegería a ellos.

Pero ahora que había desaparecido, habían perdido su protección.

Toda sensación de seguridad se había desvanecido. No solo por los factores externos. Hacía unos días, cuando regresó a casa, había descubierto la luz del vestidor encendida. Su esposa nunca habría hecho algo así, y eso significaba que había sido uno de sus hijos. ¿Acaso le cabía alguna duda?

Cuanto más lo pensaba, más seguro estaba: Hunter habría ido a mirar en el maletero. Y se habría llevado la piedra. ¿Aún la tendría?

La rabia le ardía detrás de los ojos. Empezó a observar a su hijo mayor con más atención. Y se fijó en que era discreto. Astuto. A veces, cuando David fingía dormir, su hijo salía de la cama para encaminarse al bosque.

Se convirtió en una cuestión de deber: David decidió seguir a Hunter para ver a qué lugares iba y las cosas que hacía.

HUNTER YEE

Hunter se metería en un lío después por haberse escabullido, pero ¿qué iban a hacer sus padres? ¿Desheredarlo?

Su madre había ido a hacer un recado, su padre estaba en el dormitorio corrigiendo redacciones. Cody estaba en el fuerte de mantas, seguramente leyendo su libro secreto.

Hunter salió por la puerta principal, se estiró la chaqueta y se alisó el cabello. El viento lo atizó y él inhaló su brusquedad. *Adelante*, pensó. *Sé todo lo salvaje que quieras*. Esa noche no se dejaría dominar por el miedo.

No tardó en llegar a casa de Luna. La chica salió ataviada con la parka favorita de Hunter. Llevaba el cabello suelto y no en una coleta, para variar, y le caía por los hombros, lleno de luz de luna. Hunter quiso acariciarlo con los dedos. Quería sentirlo en su piel.

Luna le lanzó las llaves del coche; él había pedido conducir para que fuera una sorpresa de verdad. Cuando se inclinó para besarla, ella le apoyó los dedos en la boca.

—Salgamos antes de aquí —dijo entre risas—. Para que no nos vean.

—Vale, vale.

Intentó no revelar lo nervioso que estaba al ponerse tras el volante.

En el aparcamiento se dieron la mano y caminaron hacia unas luces animadas que decoraban la entrada. El cartel rezaba GIUSEPPE's en una letra cursiva de color rojo brillante. Una luciérnaga parpadeó cerca.

—Siempre vengo aquí con mis padres —dijo Luna en voz baja.

—Ah. —Hunter se detuvo—. No lo sabía. Lo elegí porque… ¿Quieres que vayamos a otra parte?

Luna lo acercó y sacudió la cabeza, sonriendo.

—No. No pasa nada. Me gusta. Es uno de mis lugares favoritos.

El camarero los sentó en una mesa en la parte trasera y Hunter lo agradeció. Era un lugar más íntimo. Pidieron gnocchi y uno de los especiales del día.

—¿Queréis la sopa sin fondo? —preguntó el hombre—. El minestrone es la más popular.

Luna negó con la cabeza antes de que Hunter pudiera responder.

—No, gracias.

—Pues pidamos otro entrante —sugirió—. ¿Te apetece calabacín frito?

—Claro. Nunca lo he probado.

—Marchando el calabacín frito —dijo el camarero, llevándose los menús. Regresó en un abrir y cerrar de ojos con una cesta de pan caliente.

Cuando Hunter la miró, Luna se mordisqueaba la piel del pulgar. Parecía nerviosa.

—¿En qué estás pensando? —le preguntó el chico.

Ella bajó la mano.

—En esa piedra, la verdad.

—¿Sí? ¿Qué le pasa?

—Seguro que es valiosa. La etiqueta decía que era un artefacto arqueológico.

Hunter tuvo una idea. ¿Sus padres estarían más en deuda de lo que creía? ¿También por la piedra hexagonal?

—Hunter —dijo Luna—. Podrías venderla. Tal vez podrías conseguir mucho dinero. Y entonces tu familia sería libre. ¿No?

Su semblante era tan serio, tan tierno. Cuando Luna iluminaba a Hunter, se sentía a salvo y protegido. Amado.

—Es posible.

—Además —añadió la chica con un titubeo—, creo que la piedra es la que me hace soñar. He tenido otro sueño.

Hunter se tensó al oír esas palabras. Bebió agua y masticó un trozo de hielo entre los dientes hasta que le dolieron las encías.

Luna siguió hablando.

—¿Recuerdas la noche que nos conocimos? ¿Todo eso de «siete minutos en el cielo»? En mi sueño, vi unas siluetas y estoy bastante segura de que éramos nosotros. Y cuando se tocaban… estallaba un rayo de luz enorme. Eso causaba las grietas.

—¿Un rayo de luz de dónde? ¿De una tormenta?

—No. Salía de nosotros —respondió Luna. A Hunter le daba vueltas la cabeza y le pareció oír el silbido del viento—. Eso significa algo.

Hunter le agarró los dedos y los intercaló con los suyos.

—No quiero pensar en ello ahora. Solo quiero que sea una cita normal.

Dobló los nudillos de Luna y se los llevó a los labios.

LUNA CHANG

Era distinto estar en Giuseppe's con Hunter en vez de con sus padres. Sintió un revoloteo de pánico al principio y consideró no contárselo. Pero se habían prometido ser sinceros y, en cuanto le dijo que sus padres siempre la llevaban allí, el peso sobre sus hombros desapareció.

Eso era lo bonito de estar con Hunter. Luna vivía su vida como un hilo enroscado con fuerza, y él la ayudaba a soltarse y a ser ella misma.

Usaron los trozos de pan más puntiagudos para dibujar formas en el aceite y el vinagre. Compartieron los gnocchi, tan suaves que se derretían sobre la lengua. Se metieron bocados de espagueti en la boca al mismo tiempo, para ver si acababan por casualidad conectados por un hilo largo, como en una película vieja de dibujos animados sobre dos perros que se enamoraban.

—Pensaba que no nos iba eso de Disney —dijo Luna.

—Calla. No lo estropees.

Cuando pidieron tiramisú y tarta de queso, Luna oyó una carcajada. Una carcajada que resonaba desde el estómago, de esas en las que se echa la cabeza hacia atrás. La conocía bien.

—¿Qué haces? —le preguntó Hunter.

Luna ya se había levantado y se estaba girando para mirar.

Al otro lado de la sala estaba su padre. La vela en su mesa danzaba. Delante de él había una mujer de cabello claro; una mujer que, obviamente, no era su madre.

Su padre estaba en una cita. Se suponía que debía estar en la universidad. ¿En qué estaría pensando?

—Luna —dijo Hunter, pero ella ya había recorrido la mitad de la distancia que la separaba de su padre.

Había una botella de vino en la mesa. Luna no recordaba la última vez que lo había visto beber.

—Come todo el minestrone que quieras —le dijo a la mujer, sonriendo.

Las palabras fueron como una puñalada.

Llegó hasta su padre y el tiempo se detuvo. Él la vio y torció el semblante por la sorpresa. La rabia de Luna había tomado el control de su cuerpo. Su padre hablaba, pero ella no lo oía; en su cabeza solo sonaba una estática ensordecedora. Le pesaban y le chisporroteaban las extremidades.

El ritmo del tiempo cambió y no supo si aceleró o se ralentizó.

Sus dedos envolvieron una copa y le lanzó el vino a su padre. La mujer gritó y Luna se dio cuenta de que solo era una compañera de la universidad, una de las colegas de él.

Otro vistazo y vio que la mesa estaba dispuesta para tres personas. Era una reunión de trabajo.

Luego Hunter apareció junto a ella y su padre lo reconoció…

—¿Qué pasa? —dijo una voz familiar. Cuando alzó los ojos, allí estaba Rodney Wong, acercándose a la mesa, apoyando la mano en la tercera silla. Luna debería haberse fijado en el abrigo elegante doblado sobre el respaldo.

Hunter soltó una exclamación aguda y a Luna le pareció que susurraba *Huang*. Algo se removió en su pecho.

—Bueno —dijo Wong—. El joven señor Yee.

Sonrió con todos los dientes y se abalanzó a por Hunter.

Pero falló o algo se interpuso en su camino y le hizo tropezar. Nadie supo bien qué paso. En un segundo, estaba en el suelo, con la nariz ensangrentada.

Luna se hallaba en medio de una neblina, procesando lo que había ocurrido. Hunter la sacó por la puerta hacia el coche y buscó las llaves en el bolsillo del abrigo.

Salió a toda prisa del aparcamiento. Luna lo veía todo borroso debido a las lágrimas.

HUNTER YEE

Hunter detuvo el coche de Luna en la esquina de su parada de autobús. La chica bajó del asiento del copiloto y en el medio de la carretera él la abrazó y le limpió las lágrimas de la cara.

—Ya pensaremos qué podemos hacer —dijo.

Luna asintió y subió al asiento del conductor.

Hunter se giró para recorrer el resto del camino a pie, su estrategia habitual para que nadie viera que ella lo había dejado. Pero solo había dado unos pasos cuando otro coche se detuvo con un chirrido a su lado y la ventanilla bajó.

—Sube. —La voz de su padre resonó como una hoja contra el bloque de afilar.

Hunter obedeció.

Solo se oyó silencio durante el par de minutos que tardaron en llegar y aparcar en su lugar. La puerta de la casa se abrió.

—¿Dónde estabais? —preguntó su madre, tensa. Solo era una sombra en la entrada—. ¿Sabéis lo preocupada que estaba?

Dentro, su padre cerró la puerta y comprobó todas las ventanas. En la cocina, agarró a Hunter por el brazo.

—¿Cómo *te atreves*?

Hunter intentó apartarse, pero los dedos de su padre eran como garras.

La rabia en el semblante del hombre. El asco.

—No volverás a hablar con Luna Chang, o te arrepentirás.

Su madre ahogó un grito.

—¿Luna Chang?

—Es peor que eso, Yubing. Huang Rongfu estaba allí. Ha reconocido a Hunter.

Su madre se tambaleó y, por primera vez en años, Hunter sintió una culpa auténtica.

—Papá —dijo—. Tengo una pregunta.

Su padre se lo quedó mirando.

—¿Qué?

—Si tuviéramos el dinero… —Se acordó de la bolsa de deporte, con los fajos de billetes—. ¿Todos nuestros problemas se solucionarían? ¿Se solucionarían *de verdad*?

Su padre le propinó un revés en el hombro.

—¿Cómo te atreves a hablarme con esa actitud?

La mirada en su cara. Como si Hunter fuera un montón de mierda.

Luego su padre salió al pasillo y entró hecho una furia en el dormitorio que compartían los dos hermanos.

—¿Qué pasa? —preguntó Cody desde el fuerte de mantas.

Su padre no respondió; estaba ocupado abriendo cajones, arremetiendo contra cualquier bolsillo o bolsa o compartimento. Abrió con un golpe la puerta del armario y Hunter se quedó de piedra. Su padre encontró la bolsa del rincón y abrió la cremallera. Todos los trastos se desperdigaron y, con asco, la apartó a un lado.

Agarró a Hunter por los hombros.

—¿Dónde está?

—¿El qué? —preguntó el chico. Sus palabras sonaban robóticas. Estaba agotado. Nada de lo que dijera o hiciera bastaría.

—*La piedra*. Sé que la has robado tú —gruñó su padre.

Hunter recordó el hexágono blanco que Luna le había enseñado, el peso en sus manos.

—Yo no tengo ninguna piedra.

Su padre dio un paso adelante con los puños apretados. Le habría propinado un puñetazo de no haber sido porque Cody intervino.

—*Papá*.

Esas dos sílabas bastaron para romper el hechizo.

—Agarrad solo lo esencial —les dijo—. Nos marchamos esta noche. Nuestras vidas dependen de ello.

LUNA CHANG

—¿Es cierto? —preguntó su madre.

El padre había llegado a toda prisa desde Giuseppe's para informar a su esposa. De todo lo que había ocurrido (tirar el vino, humillarlo, mentir sobre dónde había estado), el peor crimen era, al parecer, haber estado con Hunter Yee.

Sus padres estaban uno junto a la otra, mirándola como si hubiera matado a alguien. Qué irónico que aquello los hubiera unido de nuevo.

—¿Y qué? —replicó Luna—. ¿*Vosotros* me vais a sermonear por lo que he hecho mal? Venga, adelante. Tengo *tanto* que aprender.

—Ojito con esa boca —le advirtió su padre con tono gélido. Su madre sacudía la cabeza.

—¿Cuándo aprendiste a contar tantas mentiras?

—Hunter es mi novio. —Nunca había dicho la palabra en voz alta antes y su forma se le antojaba extraña. Era mucho más que eso. Era un hogar y un refugio—. ¿Es eso lo que queréis oír? Porque es la verdad. Ahora mismo, es la mejor persona que hay en mi vida.

Su madre parecía enferma.

—Mantente alejada de esa familia o te arrepentirás.

Luna no sabía si reírse o vomitar. ¿Qué podrían hacer sus padres que fuera mucho peor de lo que ya habían hecho?

—No volverás a hablar con Hunter Yee *nunca más* —le ordenó su padre. La chica alzó las cejas. Como si ellos pudieran controlar todos sus movimientos—. Voy a pedir una orden de alejamiento. Así será ilegal que se produzcan otras interacciones.

Fue como si Luna se hubiera tragado una piedra.

—No puedes hacer eso.

—¿Ah, no? Llevo meses reuniendo pruebas contra esa familia. Un pequeño proyecto paralelo.

Nunca había oído una risa tan cruel en boca de su padre.

—Es una amenaza vacía —dijo Luna, pero no sabía si lo era. Tenía la garganta seca.

Él siguió hablando como si no la hubiera oído.

—Cuando te gradúes, nos mudaremos a Palo Alto. Venderemos esta casa. No volverás nunca aquí y te olvidarás de que ese chico existe.

Poco después de las cuatro de la madrugada, Luna salió por la puerta principal. Hacía demasiado frío para caminar entre los árboles, así que fue en coche y aparcó a una manzana de distancia de la entrada a Belladonna Court.

La casa de los Yee estaba completamente a oscuras. Fue a la parte trasera, a la ventana por la que había salido hacía pocos días.

Golpeó el cristal con un dedo. Cuando no consiguió nada con aquello, llamó con los nudillos y luego con los puños. Para cuando se puso a gritar el nombre de Hunter, ya lo había deducido. No le respondería nadie, porque no había nadie.

¿A dónde se habrían ido?

CODY YEE

El libro le había avisado para que se preparase. O, mejor dicho, *Jadey*, con sus palabras imposibles, le había avisado.

No estaba preparado. Había un millón de palabras que describían con más precisión cómo se sentía: enfadado, asustado, incrédulo, cansado, triste.

Y encima tenía mucho calor. Su madre le había obligado a ponerse capas de ropa para ahorrar espacio en las maletas, así que allí estaba Cody, hecho un malvavisco en la parte trasera del coche.

Jadey se retorció en el bolsillo de su sudadera. Había escondido un trozo de zanahoria ahí dentro y lo habría encontrado. Notó que mordisqueaba. Al menos *alguien* era feliz.

Era de noche. No había ni una ventana iluminada en las casas que iban dejando atrás.

—¿A dónde vamos? —había preguntado. Nadie le respondió.

Su padre aparcó en la primera gasolinera que vieron.

—Tengo que ir al baño —anunció Hunter, abriendo la puerta antes de que alguien objetara. Desapareció en las sombras al otro lado de la farola.

Cody oyó que su madre profería un suspiro de frustración. Se aferraba a un hilo de pequeñas esferas de madera y las repasaba con el pulgar una a una. Cody las oía entrechocar, *clac, clac, clac*, como si contaran el tiempo.

Le pareció ver una luciérnaga cerca del reposacabezas de su padre, pero eso no tenía ningún sentido. ¿Las luciérnagas salían en invierno? Luego algo le llamó la atención: Hunter había dejado un trozo de papel doblado en el asiento trasero. Decía «Para Cody», escrito con un rotulador de trazo grueso.

Lo abrió. La pulsera roja de su hermano, cortada limpiamente, cayó de entre los pliegues. Tembló al verla. ¿Por qué se la había quitado? Se suponía que debía llevarla siempre. Un mal presentimiento le resonó en los oídos. Y escrito en el papel:

Cody:
Siento no poder quedarme y no llevarte conmigo.
Nos encontraremos de nuevo algún día.
Te quiero.
Hunter

Cody torció el cuello para mirar por la ventanilla. No vio a su hermano por ninguna parte.

Se acordó de Hunter diciéndole que fuera valiente. Que respirase hondo si se sentía nervioso. Se acordó del momento en que le había explicado el significado de la palabra *impulsivo*.

—Yo también tengo que ir al baño —dijo, abriendo la puerta.

—Yo te llevo —se ofreció su madre, a punto de desabrocharse el cinturón.

—No hace falta. Hunter está ahí mismo.

Salió del coche con un salto y echó a correr.

HUNTER YEE

El aire era hielo en su garganta y cada respiración le clavaba más las esquirlas. Llevaba muchas capas de ropa, las suficientes para mantenerlo caliente. Estaba claro que el viento quería que sufriera.

Sabía el camino de vuelta, pero el cielo nocturno se presionaba contra él y le castañeaban los dientes; eso hizo que el trayecto le pareciera mucho más largo. Cuando sus respiraciones se convirtieron en jadeos, redujo el ritmo. Llegaría. Lo haría. Paso tras paso. Se apretó las correas de la mochila para retener un poco más de calor.

Pensó en la nota que les había dejado a sus padres en el maletero, atada a los montones de cosas colocados con cuidado.

Aquí tenéis los 28.000 dólares que he ahorrado.
Usadlos para pagar la deuda.
(No, no he robado este dinero).
Hunter

¿Se lo agradecerían? Quién sabe. Seguramente no. Pero al menos se sentía mejor sabiendo que estaban mucho más cerca de la libertad.

Y la nota para Cody... Le escocieron los ojos por el recuerdo. No pensaría en eso. No en ese momento. Más tarde, cuando fuera seguro detenerse y sufrir, se permitiría acurrucarse en un agujero oscuro y llorar. Más tarde.

El sol empezaba a salir. Por puro hábito, fue primero al número 7 de Belladonna Court. A su hogar. Aunque no quisiera, eso era lo que era.

La puerta principal estaba abierta. Las ventanas proyectaban un brillo cálido amarillento hacia el mundo. Veía con claridad el interior del salón.

Un hombre pasó por delante del televisor. Huang.

Hunter se agachó. Debería haberse fijado en el coche desconocido que ocupaba dos espacios de aparcamiento. Sus padres habían hecho bien en marcharse.

Hunter pasó a escondidas por el lateral de la casa, mirando por encima del hombro por si alguien le seguía. Echó a correr hacia el bosque.

RODNEY WONG

Los Yee se habían marchado; lo supo por el olor. El hijo mayor los habría avisado.

Wong estaba en la casa, maravillándose por lo patética que era. Durante todos esos años se había imaginado que Yi o al menos su esposa, ella siempre había sido la más inteligente, habrían tenido la sensatez de vender los artefactos, amasar una pequeña fortuna, trasladar a su familia a un lugar cómodo. Eran más tontos de lo que creía posible.

Sentado en el sofá con un cigarrillo encendido en la comisura de los labios, Wong sacó la *planchette* y el bolígrafo. Se inclinó sobre la mesa del centro y cerró los ojos, tarareando una melodía desafinada.

La *planchette* dibujó una tosca flecha que señalaba hacia la parte trasera de la casa.

La siguió y eligió una habitación al azar. Por su aspecto, era donde dormían los dos hermanos. Qué desastre. El padre de Wong le habría dado una paliza por haberla dejado tan desordenada.

Pasó por encima de un montón de ropa y apartó las cortinas.

Allí, corriendo hacia los árboles, estaba Hunter Yee.

LUNA CHANG

Había una nota bajo la ventana. Si hubiera ido más rápido, no la habría visto. Una piedra la sujetaba contra el suelo.

Reúnete conmigo en el cobertizo.

Luna tenía que pensar. La familia de Hunter se había ido. Su propia familia había tallado la forma de una vida que no quería y ahora se habían enfadado porque ella no encajaba en su molde.

Le sobrevino un recuerdo de su padre hablándole sobre los pies de su bisabuela. Eran cónicos, como una mezcla entre zongzi y las pezuñas de un animal. Había descrito el proceso: cortar las uñas al máximo, poner los pies a remojo en sangre caliente de cerdo y hierbas para reblandecer el tejido. Enroscar cada dedo, excepto el gordo, y apretar hasta romper los nudillos en los puntos adecuados para poder plegarlos. Encorvar los arcos de cada pie hasta que estos también se rompieran. Y, por último, envolverlos con largos vendajes una y otra vez para que los dedos se quedaran doblados hacia abajo; con cada vuelta se apretaba más, hasta que las puntas de los pies tocaban el talón.

—Eso es horroroso —había dicho Luna.

—Sí —coincidió su padre—. Luego obligaban a tu bisabuela a caminar para aplastar los huesos y que se curasen en esa posición.

Luna recordó haber llorado.

—¿Por qué? No lo entiendo.

La respuesta de su padre fue muy prosaica.

—En esa época, pensaban que era lo mejor. Tuvo que soportar el dolor durante el resto de su vida.

Junto a la ventana de Hunter, con su nota en la mano, Luna pensó que lo que le hacían sus padres también era un tipo de atadura. Podía elegir caminar con ella para siempre. O podía liberarse.

La elección estaba clara.

Regresó al coche, a su casa. Nadie se había dado cuenta de que había salido. En silencio, reunió mudas de ropa y latas de comida y las guardó en una mochila.

Cuando empezó a ir al instituto, su padre le había dado la combinación de la caja fuerte. «Solo por si acaso», le había dicho. El sobre lleno de dinero para emergencias estaba al frente. Lo envolvió con un abrigo y lo metió al fondo de la mochila.

En la puerta principal, mientras se ponía las botas, dudó tan solo un momento. Allí había un retrato de los tres, entre las ventanas. Su padre sentado en una silla de respaldo alto. Su madre de pie a su izquierda. Luna a su derecha, abrazando un león de peluche bajo la barbilla. Tendría cuatro o cinco años. Parecía muy feliz.

He ahí el problema del tiempo: que cambiaba a la gente.

A lo mejor regresaba algún día. Cuando se hubiera convertido en una persona independiente. Entonces estaría lista para perdonarles y quizás ellos pudieran perdonarla también.

Algún día.

Luna salió al mundo y cerró la puerta.

HUNTER YEE

Hunter no se dio cuenta de que estaba conteniendo el aliento hasta que vio a Luna bajo los árboles. La mochila de la chica cayó al suelo; debía pesar una tonelada. Lo rodeó con los brazos y enterró la cara en su cuello.

Él respiró hondo para intentar olvidar el miedo de no volverla a ver. El corazón había martilleado *adiós adiós adiós* mientras el coche se alejaba. Pero ahora había vuelto y allí estaba Luna. Con su aliento cálido y su naricita fría. Con el aroma de su cabello y la piel sedosa.

—Lo he recogido todo —dijo ella—. Estoy lista para irme.

Hunter tenía mil dólares en los bolsillos del abrigo y acababa de guardar el arco y las flechas. El resto de sus cosas estaba en el maletero del coche de sus padres. Pero daba igual. Lo único que necesitaba era a Luna. Lo importante era que estuvieran juntos.

—Puedo llevarte la mochila.

Luna resopló y se la puso sobre los hombros.

—No seas tonto. A ti te cuesta respirar.

Hunter sabía que no debía discutir. La condujo por los árboles hasta que llegaron a los nidos. Las luciérnagas bajaron para envolverles.

—Supongo que esta es la última vez que visito este sitio —dijo Luna con una tristeza que igualaba la de Hunter.

Él había pasado muchos años aguardando a que llegara el día en que pudiera marcharse de Fairbridge y, ahora que había llegado, una pena inesperada lo inundaba. Allí había descubierto su puntería y conocido el viento extraño, allí se había convertido en hermano. Había pasado muchas horas en ese bosque enseñándole a Cody los renacuajos, a sacar flechas de los árboles. Nunca se le había ocurrido que pudiera apreciar los recuerdos de ese lugar.

Respiró hondo.

—Érase una vez, Hunt y Lunar abandonaron la tierra hermosa donde se habían encontrado y caminaron de la mano a un nuevo lugar donde pudieran convertirse en quienes estaban destinados a ser.

Luna se ciñó las correas de la mochila. Estaban listos. Se embarcarían en ese viaje juntos. La idea reconfortaba a Hunter. Entrelazó los dedos con los de la chica y miró el sol para orientarse.

«Oeste», sugirió ladeando la cabeza, y Luna asintió. Pero, cuando dieron los primeros pasos, las luciérnagas bajaron de los árboles y se juntaron en la parte baja del abrigo de la chica.

—¿Qué…? —empezó a decir, y Hunter vio los cordones de la bolsa roja que colgaban del bolsillo.

Luna la sacó y las luciérnagas empezaron a guiñar sus luces, más rápido de lo que Hunter creía posible.

—A lo mejor quieren verla —sugirió.

Luna abrió la bolsa y sacó la piedra. Hunter retrocedió para que las luciérnagas pudieran acercarse más. Cuando echaron a volar otra vez, el hexágono brillaba. La mano de Luna relucía de polvo.

—¿Hueles eso? Procede de la piedra.

Hunter dio un paso adelante y la tierra se hundió. Cayó de rodillas delante de una nueva sección de la grieta. Le provocó una náusea que le contrajo las entrañas, un miedo que lo dejó clavado en el sitio. Sentía que la oscuridad lo estaba contemplando desde las profundidades.

LUNA CHANG

Otra vez ese olor. A podrido y metal. Rezumaba de la grieta con más intensidad que nunca. La temperatura bajó, el frío le cubrió la piel. Luna sintió que se endurecía con el hielo.

Pero su mano, la que sujetaba el hexágono, no. Esa permanecía cálida y brillaba. El estómago le rugió.

Debía hacer algo. Las luciérnagas lo habían dejado claro. Pero ¿el qué?

Hunter había empezado a resollar. El arco y el carcaj se le deslizaron del hombro, las flechas cayeron al suelo. Estaba a gatas, luchando por respirar.

—¿Estás bien? —le preguntó Luna.

Algo le sujetaba el tobillo y le impedía moverse.

Miró la grieta y vio unos dedos hechos de sombras. Arañaban la tierra, se alzaban junto a las raíces expuestas de los árboles. Lucían los rostros de gente que conocía. Compañeros de clase, profesores. Sus padres. Los padres de Hunter. Todos se movían como monstruos y escalaban rápido. Los ojos lechosos rebosaban de avaricia. Era justo como en el sueño que había tenido… pero ahora sabía que estaba muy despierta y que esos seres eran reales.

—Ya me lo quedo yo, gracias.

La voz rompió el hechizo. Alguien le arrebató la piedra de la mano y su ausencia fue como un aguijonazo en el estómago.

Rodney Wong alzó el hexágono hacia el cielo y lo observó con los ojos entrecerrados. Escupió el cigarrillo a un lado.

—Qué cosa tan curiosa. Nadie diría que es un elixir de la inmortalidad. ¿Cómo has hecho que brillase así?

—Es mío. Devuélvamelo. —No quería que su voz sonara tan pequeña, pero se fijó en el destello de acero en la mano del hombre.

—De hecho —respondió él con un tono cordial—, pertenece a un emperador que murió hace unos dos mil años. Pero luego pasó a ser de *mi* propiedad y me lo robaron.

Hunter se echó a toser, un sonido acuoso que le salía a arañazos de la parte baja del pecho. Luna se inclinó hacia él.

—No te muevas —le ordenó Wong con brusquedad—. No intentes hacer nada.

—Necesita mi ayuda —dijo, aunque odió que sonase como una súplica.

Wong se rio y rodeó a Luna. Durante un instante, pensó que iba a ayudar, pero Wong apoyó el pie en los nudillos de Hunter.

—¿Qué has cambiado? —preguntó. Hunter juntó las cejas. Luna no sabía si era una mueca de dolor o intentaba responder—. Antes no podía verte —añadió Wong, hablando más para sí mismo—. No podía centrar la vista en ti. Te vi en el restaurante durante un segundo y luego desapareciste. Pero ahora te veo con mucha nitidez. ¿Qué has hecho?

Al caer, las mangas de Hunter se alzaron para revelar los brazos y Luna se percató de que ya no llevaba la pulsera. Esos nudos rojos que había lucido desde que lo conocía. ¿La habría perdido?

—Responde cuando te pregunto. —Wong descansó su peso en los dedos—. O tus padres no volverán a verte nunca más.

Hunter se echó a reír. Se rio con tantas ganas que apoyó la frente en la tierra.

—A mis padres —dijo entre toses— les importo una mierda.

El suelo tembló. Una ráfaga de viento trajo un olor a humo, resinoso y amargo. Luna buscó el origen y observó que la hierba muerta y las ramas del suelo cobraban vida con un fulgor naranja. Cuando parpadeó de nuevo, vio llamas.

HUNTER YEE

En una ocasión, Hunter había intentado encender un fuego durante un viaje por la naturaleza con el colegio. Solo recordaba que le había resultado difícil, incluso con cerillas. La llama tardó una eternidad en prender, y la leña en arder de la forma adecuada.

En ese momento no ocurrió lo mismo. Oyó el aviso de Luna y de repente las llamas corrían hacia los árboles. Uno de los nidos de luciérnagas se encendió, se convirtió en una cometa. Con el viento chillón y fuerte, el fuego empezó a alzarse. El suelo tembló y todo traqueteó. Huang se apartó justo a tiempo. Hunter rodó cuando cayó un árbol.

—¡Luna! —gritó. No podía verla. Ya no había un árbol, sino un muro de fuego. ¿Huang estaría con ella? Hunter parecía solo en ese lado del fuego. Un calor insoportable lo oprimía.

—Estoy bien —gritó la chica desde el otro lado, con la voz tensa—. Los nidos… ¡derríbalos con flechas! ¡Tenemos que evitar que ardan!

Hunter quería acudir a su lado, pero los nidos estaban encendidos y Luna tenía razón. Sabían que las luciérnagas eran importantes, igual que sabían que la grieta estaba mal. Pero le daba miedo no poder ver a Luna ni a Huang.

Le daba miedo no entender lo que estaba ocurriendo.

Quizá no sobrevivieran.

—Estoy bien —repitió la chica, como si supiera que Hunter necesitaba esa garantía.

Él recogió el arco del suelo. Unas cuantas luciérnagas habían echado el vuelo, pero la mayoría estaban atrapadas. Alzó el arco, sacó una flecha. Le dolían los ojos solo con mirar las esferas; ardían con más intensidad que cualquier cosa que hubiera visto en toda su vida. Eran diez soles que colgaban en la parte baja del cielo.

Intentó respirar despacio, pero le costaba. Necesitaba quietud y precisión.

Y la tenía, se recordó. *Tenía* precisión.

Deja de pensar. Concéntrate en sentir.

Cerró los ojos y permitió que el instinto tomara el control.

El viento obedeció y se separó. Oyó que el primer nido caía al arroyo, que las llamas siseaban en el agua. Sacó otra flecha del carcaj y apuntó hacia la segunda esfera.

Era como meditar. Todos los sonidos del mundo se acallaron. Su preocupación y su rabia, incluso su esperanza, quedaron suspendidas en el medio segundo antes de disparar. Solo existían Hunter y su respiración y su puntería. Disparó a todos los nidos hasta que solo quedó uno. El último sol, quemándolo todo.

Buscó una nueva flecha, pero una mano le tocó el hombro y lo detuvo.

—¡Cody! —exclamó en una oleada de sorpresa y miedo.

—Ese no está ardiendo —dijo su hermano pequeño.

Hunter miró de nuevo. La última esfera no brillaba por el fuego, sino por la luz de las luciérnagas. Refulgían. Deslumbraban.

—¿Cómo has llegado hasta aquí? —preguntó, pero Cody ya se había ido.

CODY YEE

Jadey saltó de su bolsillo. El niño gritó alarmado y se agachó tras ella, a través de nubes de humo y enredos de arbustos. Luego se dio cuenta de que le estaba enseñando el camino alrededor del árbol caído.

Al otro lado, vio dos cuerpos peleando en el suelo e intentó pensar en cómo ayudar.

Un hombre a quien no reconoció gruñó de dolor cuando Luna le propinó un rodillazo en un lugar sensible. Él la sujetaba por el cuello mientras la chica intentaba agarrar un objeto en su otro puño. Cody la vio pelear para llevar los dientes a los nudillos del hombre y morder con fuerza. El hombre protestó, abrió los dedos y la cosa salió volando.

Era una piedra que brillaba con intensidad. Le resultaba muy familiar, pero Cody no tuvo tiempo de pararse a pensar. La recogió del suelo y la ocultó en sus manos para mantenerla a salvo. Captó un destello blanco como la nieve por el rabillo del ojo. Jadey, que saltó por el aire y aterrizó en la cara del hombre. Eso le ofreció a Luna la oportunidad que necesitaba para apartarse.

El hombre se quitó a la coneja de la cabeza y la lanzó a un lado. Luego se abalanzó a por Cody, a por esa piedra cálida y brillante.

LUNA CHANG

La coneja se estampó contra su pecho y cayó al suelo, inerte. No había tiempo para comprobar si estaba bien. Cody lanzó el hexágono por el aire y Luna lo atrapó con las puntas de los dedos.

Jadeó con un alivio inmediato. La ausencia de la piedra la reconcomía por dentro y su retorno le proporcionó una nueva oleada de energía. Aquello era lo correcto. Irresistible. Tenía un aroma: dulce y mantecoso, floral y terrestre. Como pasteles a punto de salir del horno. Como fruta madura en el huerto. Como todas esas cosas.

—¿Dónde está? —rugió Wong, derribando a Cody.

—Aquí —gritó Luna antes de que el hombre pudiera propinarle otro golpe al niño—. La tengo yo.

Poseía una claridad perfecta, como el sol atravesando las nubes: sabía lo que debía hacer.

Luna se metió la piedra entre los labios, dejó que el peso se asentara sobre su lengua. Cuando cerró la boca, la textura cambió. Se derritió como miel, como nata. Sabía igual de dulce.

Masticó deprisa. Tragó.

La piedra desapareció.

HUNTER YEE

El mundo se inclinó. Rocas y ramas y otros escombros se deslizaron con rapidez cuando el suelo retumbó. En algún punto debajo de él se estaba abriendo una nueva grieta. Hunter oía los chasquidos de cosas rompiéndose bajo tierra. Se echó hacia atrás cuando un agujero se abrió en el suelo; se tragó el árbol caído, el fuego y todo.

El humo y el polvo empezaron a disiparse y Hunter vio a Huang dar dos pasos en la dirección equivocada. Todo se sacudió con fiereza.

—¡Espera! —le advirtió Hunter—. ¡Para!

Huang se tambaleaba en el borde. No dijo nada al caer hacia atrás; la expresión en su rostro era de sorpresa absoluta. Pareció sonreír con incertidumbre, con más curiosidad que miedo. Estiró la mano como si una persona invisible pudiera agarrarla. Y luego cayó hasta desaparecer.

Hunter se inclinó todo lo que pudo para echar un vistazo, por si era como aquella vez en la que él había caído en una grieta, y podía ver al hombre encogido en el fondo. Pero esa ocasión era distinta. Solo había oscuridad. Huang no estaba.

No sabía qué sentir. Alivio, cansancio, pesar... todo eso se juntó en su interior. Se preguntó si debería haber hecho algo para salvar al hombre, pero, al mismo tiempo, sentía una satisfacción vacía. La sombra que había atormentado a su familia ya no existía.

Agitó las manos para apartar el humo más rápido. Veía la silueta de Luna, la de su hermano.

—¿Estáis bien? —les gritó. Cody asintió, pero Luna se agarraba la garganta—. ¿Pasa algo?

La chica estaba ojiplática.

—Me la he tragado.

—¿El qué?

Tardó en comprender sus palabras y tardó más en procesar lo que estaba viendo.

Era como si un globo aerostático se hubiera apoderado de ella: sus pies abandonaron el suelo. Se elevó hacia el cielo, ganó velocidad.

—¿Qué está pasando? —preguntó Cody.

Las luciérnagas abandonaron el nido restante. Sus luces no parpadearon; eran como bombillas, incandescentes y firmes. Se reunieron alrededor de Luna, la ayudaron a darse la vuelta en el aire como una hoja al viento.

—Hunter.

Se estiró hacia él, pero ya estaba muy lejos.

—Vuelve —dijo él. El pánico le revolvía las entrañas.

—Creo que no puedo.

Su voz sonaba muy distante. Jadey saltó; sus patas traseras golpearon la nada, pero la impulsaron igualmente hacia arriba. Luna atrapó a la coneja y siguió flotando hacia arriba.

Hunter miró a su alrededor, intentó pensar a toda prisa. Una rama llamó su atención: pertenecía a un melocotonero de los que se habían elevado por encima del bosque. Había una flecha clavada. Un delgado filamento atado al astil brilló al captar la luz del sol. Recordaba a Luna atando ese nudo.

—¿Confías en mí? —dijo, liberando la flecha de la rama. ¿Podía oírlo acaso?

—Sí, claro.

Hunter vio que la ropa de la chica ondeaba a su alrededor como alas. Ignoró el latido de la sangre en sus oídos, la tirantez de su pecho. Aquello funcionaría. Apuntaría hacia la tela. La flecha la atraparía y podría tirar de ella hacia la tierra.

Se enroscó el otro extremo del filamento alrededor de la cintura y luego en la mano. Se lo enrolló varias veces sobre los nudillos para asegurarse.

Puso la flecha en el arco. Solo era cuestión de hacerla atravesar el borde del abrigo. La tela de esa prenda era resistente, lo sabía.

Hunter exhaló y apuntó.

La flecha salió volando por el aire. La vio arrastrar el filamento detrás de ella. Las ataduras se tensaron en su mano, en su cintura. La gravedad lo liberó de su dominio, y Hunter se sintió ingrávido. Sus pies abandonaron la tierra. Oyó la voz de Cody desde abajo, pero no entendió ninguna de sus palabras.

Hunter se elevó hacia el cielo detrás de Luna; la chica retorció el semblante con pesar. Llegaron los recuerdos de otros momentos en los que él había apuntado hacia ella: el balón prisionero, la bellota.

Había fallado porque no podía acertar en Luna.

Claro. Hunter lo había olvidado. Ella era la única inmune a su puntería.

HSUEH-TING CHANG

El padre de Luna

Hsueh-Ting fue el primero en verlo. La luz llamó su atención, la luz hizo que se inclinara sobre el volante para mirar por el parabrisas. Llevaban horas conduciendo por Fairbridge para intentar averiguar dónde había ido su hija.

—Gira aquí —dijo Meihua, señalando un cruce.

Pero Hsueh-Ting aparcó en un lado de la carretera, junto al bosque.

—¿Ves eso?

Era la silueta de una chica, que giraba y giraba mientras volaba por el cielo y brillaba con una luz imposible.

Vio otra forma celestial, reluciente como una estrella. Al entrecerrar los ojos, distinguió una figura, que la seguía como la cola de una cometa.

Un sentimiento terrible le acaparó el pecho, como una astilla clavándose en su corazón. Las formas brillantes desaparecieron detrás de las nubes. Recordaba una noche, hacía mucho tiempo, cuando su hija era tan pequeña que aún la llevaban en brazos. La vio sentada en la hierba con la cabeza hacia los cielos, balbuceando con alegría.

—Luna —dijo Hsueh-Ting, y se echó a llorar.

LUNA CHANG

Ese siempre había sido su destino.

El cielo nocturno la envolvía como una manta. Hacía frío, pero no lo notaba. Su cuerpo se había desprendido de la máscara humana. Ya no era de carne y hueso.

Estaba hecha de la plata de los rayos lunares.

Luna abrazó a Jadey. Juntas observaron a Hunter, que las seguía. No las alcanzaría jamás.

La coneja empezó a lloriquear. Luna nunca había visto algo así, lágrimas silenciosas que caían por el rostro de Jadey, que le manchaban el pelaje y se precipitaban como motas relucientes. Su cuerpecito temblaba.

Luna no pudo evitarlo. Ella también se echó a llorar. ¿Cómo podía sentir que todo iba bien y mal al mismo tiempo? Sus ojos derramaron unas gotas de lluvia a modo de aviso que no tardaron en convertirse en una tormenta silenciosa. Las nubes grises se arremolinaron bajo ellas.

Al acercarse a la luna, vio que las luciérnagas no eran *Lampyridae* ni ninguna otra especie que un entomólogo pudiera reconocer.

Eran partículas de luz lunar. La habían seguido hasta la Tierra y ahora la seguían de nuevo. Brillaban como fragmentos de la galaxia.

Luna aterrizó en un cráter: la agarró como una madre que envuelve a su hija en un abrazo.

Hunter pasó por encima de ella, aún a la deriva. Dijo algo que ella no entendió, pero vio la forma de las sílabas en sus labios. Dos sencillas palabras.

YVONNE YEE

La madre de Hunter

Empezó a llover. Yvonne tenía los ojos fijos en la ventanilla y rezaba por ver una señal de sus hijos. Temía el momento en que Huang apareciera por el espejo retrovisor.

Su marido aparcó junto a la acera.

—¿Por qué paras? —le preguntó, tensa, pero entonces vio lo que le había llamado la atención.

Allí, desde el espesor del bosque, salió su hijo pequeño. Caminaba con paso lento y vacilante, con el cabello mojado y el rostro manchado de tierra. Tenía la camisa rota.

Abrió la puerta trasera y se sentó en su asiento.

—¿Dónde está tu hermano? —preguntó David.

—Se ha ido. No va a volver.

Las palabras fueron como hielo e Yvonne se echó a temblar. Le costaba respirar. Un recuerdo le atravesó la mente: sus brazos acunando a un Hunter recién nacido, con unos puños minúsculos y una cabeza poblada de pelo. Su hijo abrió los ojos por primera vez.

Miró esas dos gotas de tinta y él le devolvió la mirada, sin parpadear, mientras ella le ofrecía en silencio promesas y todo su amor.

HUNTER YEE

Hunter se elevó más y más, siguiendo a Luna y luego pasándola de largo. Al cabo de un rato, empezó a oír palabras, como un viejo amigo hablándole al oído. Un amigo, no... su hermano. Oyó la voz de Cody, alta y clara, contando una historia.

> *Érase una vez, había un arquero que vivía en el cielo. Desde su posición junto a la luna, mantenía el mundo luminoso con estrellas. Golpeaba chispas con su arco creciente y las lanzaba hacia la noche. Su deber divino consistía en mantener el equilibro del mundo.*
>
> *Un día cualquiera en medio de la eternidad, la luna cayó. No entera, sino la parte más importante. El arquero tomó una decisión: atravesaría el cielo, iría tras el ser que siempre había amado.*
>
> *El viento le avisó que en la Tierra sería otro humano más y no recordaría nada.*
>
> *Todo cambiaría mientras esa parte vital de la luna faltase. Pero el arquero ayudaría en su búsqueda. Regresarían juntos al cielo.*

Hunter orbitó la luna, unido a su arco y apuntando para toda la eternidad hacia un objetivo al que nunca acertaría. Respiraba el aire que Luna inhalaba y nunca más le dolió el pecho.

Con el tiempo, aprendió a dirigir las estrellas. Era un don y una maldición, vigilar esas chispas. Elegía dónde enviarlas. Las observaba partir hacia un lugar al que él no podía ir.

LUNA CHANG

El lugar de Luna estaba en la luna. Era su corazón y su aliento.

Las lágrimas eran necesarias, lo sabía. Atrapaban la luz al caer. Limpiarían todo el mal. Y, por eso, lloró durante días.

No *todo* era por pena, aunque estaba triste por haber dejado a sus padres y por saber que no la recordarían. Triste por ver con claridad todo ese mal que había surgido de las grietas en la tierra y que había manchado los corazones de personas que, en esencia, eran buenas.

Triste por tener que mantener para siempre esa distancia que la separaba de su amante.

Hunter pasó por encima, cubierto de oro por el sol, y ella le gritó las dos preciadas palabras que nunca había podido decirle.

Las lágrimas siguieron cayendo, muchas por la sensación de paz que la desbordaba. Arreglaría esas grietas con su océano de cuidado y pondría la tierra en su sitio.

El resto del tiempo miraría aquello que le era valioso. Se dejaría maravillar por su deber. Desde allí arriba podía hacer algo de lo más extraordinario: amar.

CODY YEE

Cody sacó la lengua y descubrió que la lluvia sabía a sal. No había truenos ni rayos. Solo agua, que cayó durante una semana entera y llenó las grietas del suelo e inundó las carreteras. Se rumoreaba que, si la cosa seguía así, si se derrumbaban más árboles y tendidos eléctricos, las escuelas deberían cerrar durante un par de días. Pero la tormenta terminó tan rápido como había empezado.

Se despertó ante un sol brillante y un mundo lavado.

Descubrió que sus padres lo habían olvidado todo. La piedra hexagonal que había sido objeto de su obsesión. El hombre terrorífico llamado Huang.

Ni siquiera recordaban a Hunter.

En el colegio pasaba lo mismo. Todo el mundo había olvidado la tierra rota antes de que lloviera. Cody encontró una copia del directorio del Instituto Fairbridge y recorrió con el dedo las filas de nombres. No había ningún Hunter. No había ninguna Luna.

Todo había cambiado.

Excepto Cody… solo él recordaba. Se ató la pulsera de Hunter en la muñeca. Conservó la jaula de Jadey en su habitación y el libro especial bajo la almohada.

Él nunca olvidaría.

LUNA LLENA

Cosas extrañas habían ocurrido en Fairbridge desde el principio de los tiempos. Las personas aceptaban esos acontecimientos del mismo modo que contemplaban la caída de meteoritos brillantes que se producía cada año: se maravillaban y apreciaban el fenómeno, pero también estaban seguras de que algo así volvería a ocurrir. Preferían dormir antes que quedarse vigilantes junto a la ventana.

Sin embargo, unas décadas más tarde, algunas se jactarían de haber prestado atención todo el tiempo. Porque ¿quién en su sano juicio renunciaría a lo divino?

Y era difícil resistirse a una buena historia de amor, sobre todo una que había hecho temblar el universo como un par de dados entre las manos, observados por unos ojos invisibles para ver dónde rodarán y caerán.

Algunos años, cuando la luna se hinchaba a modo de preparación para la cosecha de otoño, un anciano visitaba las escuelas locales de idiomas donde los niños estudiaban mandarín los fines de semana. Les enseñaba a atar nudos tradicionales, a crear pulseras como las dos rojas que lucía en sus muñecas. Y, mientras sus manos trabajaban, les contaba esta versión de la historia de Houyi y Chang'e.

—Qué triste —solían decir los niños hacia el final.

—¿Triste? —repetía el señor Cody, mientras, pensativo, daba unos golpecitos al libro sobre su regazo—. Es posible. Pero también es hermoso que esos dos amantes trágicos puedan pasar toda la eternidad allá arriba. Ella es la guardiana, él orbitará pasa siempre a su alrededor. Si os fijáis bien, podréis verlos a los dos y a su amiga, la coneja de jade. Intentadlo. En la próxima luna llena, mirad el cielo.

AGRADECIMIENTOS

Me da la sensación de que tengo que darles las gracias a tantas personas como estrellas en el cielo. Haré todo lo posible para incluirlas a todas, pero sé que faltará alguien.

Mi primer agradecimiento va para mi querido agente, Michael Bourret, uno de los seres humanos más amables e inteligentes que conozco y el rayo de luna más brillante.

Gracias a mi brillante editora, Alvina Ling, que fue la defensora perfecta de esta historia y exhibió una paciencia infinita al ayudarme a pulirla hasta que alcanzara su forma final.

Mi familia editora en Little, Brown es una constelación de gente maravillosa: Danielle Cantarella, Ruqayyah Daud, Olivia Davis, Janelle DeLuise, Jackie Engel, Shawn Foster, Nikki Garcia, Bill Grace, Stefanie Hoffman, Patrick Hulse, Sasha Illingworth, Savannah Kennelly, Siena Koncsol, Annie McDonnell, Amber Mercado, Christie Michel, Emilie Polster, Marisa Russell, Victoria Stapleton, Megan Tingley y todos quienes trabajaron para que este libro brillara. Siempre os estaré agradecida.

David Curtis, un artista con mucho talento, dio vida a esta cubierta. Y Anna Dobbin fue una revisora genial y un ángel de la guarda.

Al otro lado del charco está mi maravilloso equipo de Reino Unido en Orion Children's Books, incluidos Nazima Abdillahi, Naomi Berwin, Hannah Bradridge, Helen Hugues, Alison Padley y Minnie Tindall… y mucha más gente cuyos nombres tendré que aprender. Gracias a todos.

Tengo la inmensa suerte de contar con la agencia Dystel, Goderich & Bourret a mis espaldas y debo agitar unas bengalas de más para mi hada madrina de los derechos internacionales, Lauren Abramo, y la maravillosa y reluciente Michaela Whatnall. Un millón de gracias a Mary Pender-Coplan, mi mágica agente cinematográfica en United Talent Agency.

En 2019, Caldera Arts en Oregón me otorgó una residencia muy necesaria. Mi cabina se hallaba entre montones de nieve más altos que yo y, de vez en cuando, miraba por la ventana para ver cómo un águila pescaba un pez del río. Esas semanas me permitieron avanzar de una forma esencial en la reescritura de este libro.

Mucha gente generosa me ofreció su tiempo y sus ideas mientras montaba y desmontaba y volvía a montar esta historia. Mis primeros lectores incluyen a grandes estrellas como Shenwei Chang, Preeti Chhibber, Sarah Nicole Lemon, Emily Ritter, Marie Rutkoski y Alexa Wejko.

Tengo la suerte de contar con muchos amigos en los que apoyarme y, sobre todo, debo darles las gracias a Dani Bennett, Mia García, Jaida Jones, Delilah Kwong, David Lee, Tiff Liao, Erica Sergott y Fiona Yu, por animarme siempre y hacerme funcionar.

Hay varias personas que leyeron con valentía *múltiples* borradores de este libro y ofrecieron sus astutos comentarios, además de apoyo emocional. A ellos les debo muchos abrazos y helado: Melissa Albert, Bri Lockhart, Britt Lockhart y Aisha Saeed. Y a Joanna Truman, mi compañera de críticas megaperspicaz, porque siempre sabe lo que falta y lo que necesito oír.

Saludos especiales y abrazos grandes para Mice & Uteruses: A-M McLemore, Anica Mrose Rissi, Nova Ren Suma. Os adoro hasta la luna y más allá. Las cartas dicen que nuestro destino era encontrarnos.

Mis maravillosos padres han aguantado muchas llamadas por la noche en las que les pedía ayuda para traducir algo o analizar un nuevo dato con el que me había encontrado. También pusieron un póster enorme de *El asombroso color del después* en su altar y siempre son los primeros en recordarme que debo celebrarlo.

A la persona con la que comparto nido y es mi fuente constante de luz, Loren Rogers. ¿Cómo puedo tener tanta suerte? Gracias por cada minuto de cada día.